# L'Aile du papillon

# L'Aile
## DU PAPILLON

JOËL CHAMPETIER

**Données de catalogage avant publication (Canada)**

Champetier, Joël 1957–

L'aile du papillon

(Romans ; 028)

ISBN 2-922145-24-7

I. Titre.

PS8555.H392A84 1999      C843'.54     C99-941530-1
PS9555.H392A84 1999
PQ3919.2.C42A84 1999

Illustration de couverture
JACQUES LAMONTAGNE

Photographie
LONGUEUIL PHOTO

Diffusion et Distribution pour le Canada
**Québec Livres**

Pour toute information supplémentaire
**LES ÉDITIONS ALIRE INC.**
C. P. 67, Succ. B, Québec (Qc) Canada G1K 7A1
Télécopieur : 418-667-5348
Courrier électronique : alire@alire.com
Internet : www.alire.com

Dépôt légal : 4e trimestre 1999
Bibliothèque nationale du Québec
Bibliothèque nationale du Canada

Les Éditions Alire inc. bénéficient des programmes d'aide à l'édition
du Conseil des Arts du Canada (CAC) et de la Société de
développement des entreprises culturelles du Québec (SODEC)

# PROLOGUE

Pendant des siècles, peut-être des millénaires, Caligo était demeuré prisonnier des caves du funérarium. Il n'était pas né dans ce sombre caveau, de cela il était certain – une certitude intuitive qui ne nécessitait aucune preuve. Son éveil à la conscience avait été un processus si graduel qu'il aurait été incapable d'identifier le moment où il avait compris qu'il était distinct du néant. Les premières années – mais il aurait tout aussi bien pu s'agir de minutes que de siècles – il avait nagé dans un brouillard flou, au sein d'un bruissement dont il ne percevait ni la source, ni la nature. Au fil du temps, le brouillard qui masquait sa vue s'était dissipé, et le bruissement qui noyait tous les sons s'était atténué. Caligo, pour la première fois sans doute de son existence, avait éprouvé un désir. Le désir, encore vacillant, de comprendre.

Il tendit la main et toucha une paroi dure et lisse. Il ne distingua rien au-dessus de sa tête et ne sentit rien sous ses pieds. Il flottait à la verticale au sein d'un tube de matière transparente. Au-delà de la paroi courbe, une lumière jaune, tout d'abord faible comme le souffle d'un mourant mais de pl̄ en plus vive, traça les contours d'une vaste pièce au sol de pierre noire, au plafond bas soutenu par de lourdes arches d'un bois si sombre et usé qu'il en paraissait huileux. De chaque côté de Caligo, un tube transparent, sans doute identique au sien, luisait d'une sourde lueur bleutée. Le cylindre à sa droite était vide. Celui de gauche contenait une créature inconnue, semblable à un cloporte aux dimensions humaines. Malgré la distorsion causée par la courbure de la paroi, Caligo aperçut plus loin d'autres cylindres faiblement lumineux, emprisonnant d'autres créatures impossible à identifier. Incapable de changer son point de vue, Caligo ne put déterminer combien de cellules cylindriques tapissaient ainsi le mur à sa gauche et à sa droite. Contre la paroi d'en face, derrière les épais piliers de moellons qui soutenaient les solives du plafond, il distingua plusieurs dizaines de tables larges et basses. On eût dit du métal, usé, bruni, encore épais et solide en dépit d'éons d'exposition aux vapeurs délétères, à l'humidité corrosive qui régnait dans le sous-sol du funérarium – d'autres certitudes qui étaient transfusées dans l'esprit de Caligo sans qu'il puisse en imaginer la provenance.

Rarement, la solitude de la cave était rompue par l'arrivée d'hommes et de femmes vêtus de blanc. Plus rarement encore, un de ces visiteurs s'immobilisait brièvement devant un tube et regardait la créature à l'intérieur. Il arriva ainsi qu'un visiteur s'arrête devant la cellule de Caligo . Jamais un de ces hommes ou une de ces femmes ne lui fit le moindre si . Ils offraient toujours le même visage absolu- expressif. Quant à Caligo, il ne se souvenait ir éprouvé le désir de manifester par un savait qu'on l'observait.

De toute façon, la plupart du temps, presque toujours, les visiteurs et les visiteuses vêtus de blanc vaquaient à leurs activités sans se préoccuper de Caligo ou des autres créatures. L'essentiel de ces activités consistait à transporter sur des brancards des cadavres humains, qu'ils allongeaient sur les tables de métal. Ils déshabillaient les cadavres, les nettoyaient pour ensuite les envelopper dans des linceuls de drap. Les cadavres emmaillotés étaient ensuite déposés sur d'autres brancards et transportés hors du funérarium.

Pendant des millénaires, sous l'immuable lumière jaune qui régnait dans la cave, Caligo contempla la routine du transport et du traitement des cadavres. S'il avait eu la capacité de spéculer aussi abstraitement, Caligo aurait sans doute fini par en déduire que ce rituel se poursuivrait pendant l'éternité. Mais il aurait eu tort de penser ainsi. Avec une soudaineté terrifiante, les fondations de la cave, qui semblaient aussi insensibles au temps que le rituel qui s'y déroulait, tressautèrent violemment. Des éclats de lumière éblouissants jaillirent des puits d'escalier, accompagnés de lourds grondements, de stridulations suraiguës et de rafales d'explosions plus sèches. À la suite d'un choc plus violent que les autres, la lumière jaune, qui régnait sans faillir depuis l'éveil de Caligo, s'éteignit. Un fracas de verre brisé emplit l'obscurité dans laquelle était maintenant plongé le funérarium.

Le tumulte se poursuivit un certain temps. D'occasionnelles décharges lumineuses, aussi aveuglantes qu'irrégulières, permirent à Caligo de distinguer sur le sol de la cave des milliers d'éclats de cylindre à travers lesquels plusieurs créatures se tordaient, agitaient leurs tentacules et leurs membres impossibles en projetant des éclaboussures du liquide glaireux qui les baignait auparavant.

Les grondements s'atténuèrent. Les éclairs s'espacèrent dans le temps, pour disparaître tout à fait. Longtemps, l'obscurité qui régnait dans la cave fut profonde, absolue. Même la faible luminosité bleue qui jadis nimbait l'intérieur des cylindres s'était éteinte.

Le temps passa.

Puis, comme cela s'était produit plusieurs millénaires plus tôt, une lumière jaune permit à Caligo de distinguer de nouveau les contours des murs, du plafond en arches, des piliers cyclopéens, des lits de métal et des prisons tubulaires. Le sol avait été nettoyé de toute trace de verre ou de liquide. Les créatures libérées – ou leurs cadavres – avaient été amenées ailleurs. Peu à peu, l'étrange cérémonial qui se déroulait ici avant la conflagration reprit. Des hommes et des femmes vêtus de blanc déposèrent de nouveau des cadavres sur les tables corrodées, pour les nettoyer, les emmailloter et les transporter vers une destination aussi mystérieuse que leur provenance. Caligo soupçonna toutefois que ce rituel n'était maintenant qu'une mascarade, une imitation de celui qui s'y déroulait auparavant. Les hommes, les femmes, et même les cadavres qui circulaient maintenant dans le funérarium n'étaient plus des *humains*. C'étaient des créatures étrangères, des extraterrestres semblables à certaines des bêtes qui flottaient dans les tubes transparents. Avec le passage des années, les soupçons de Caligo furent remplacés par des certitudes. Plus le temps passait, plus les extraterrestres faisaient preuve de négligence. Ils bâclèrent leur déguisement. Entre les coutures lâches de leurs masques humains, sous leurs perruques élimées, posées à la hâte, Caligo entrevit l'éclat lustré d'une peau finement écailleuse. Sous leurs amples survêtements blancs, il devina des membres étrangement articulés, une démarche saccadée, reptilienne. Cette dégradation dans la qualité de l'imitation fut tout aussi marquée chez les « cadavres ». Il s'agissait le plus souvent de créatures non humaines, hâtivement équarries et grossièrement maquillées. On les soulevait de leur civière brutalement, à l'aide de crochets à viande. Les extraterrestres poussèrent la négligence, ou l'indifférence, jusqu'à employer des mannequins auxquels il manquait parfois des membres. Ils ne se donnaient même plus la peine de masquer ou de maquiller les embouts de plâtre ou de plastique là où s'était détaché un membre factice.

Un changement encore plus brutal attendait Caligo. Alors qu'il assistait avec son immobilité coutumière aux allées et venues des extraterrestres, à la répugnante parodie de l'ancien rituel, une intense lumière jaillit par les puits des escaliers. Aussi vive que l'éclat des explosions survenues des siècles plus tôt, cette luminosité était toutefois empreinte d'une douceur qui contrastait merveilleusement avec l'éclairage jaune souffreteux ayant régné jusqu'alors.

Terrorisés, les extraterrestres maquillés s'enfuirent. Le plafond de la cave s'ouvrit. Les lourdes pierres et les solives noires s'envolèrent, soufflées par la lumière vibrante. Une créature lumineuse descendit par l'ouverture béante où avait pesé jusqu'à ce moment l'épais plafond de pierre.

« N'aie pas peur », dit la créature d'une voix douce et profonde. « Je suis l'Ambassadeur du Royaume d'Argent. Je suis venu te libérer. »

L'Ambassadeur du Royaume d'Argent était un homme entièrement argenté, aveuglant de lumière. Il sourit à Caligo, et son sourire était empli d'une profonde bonté sous son regard où transparaissait la sagesse des âges. Toujours flottant, l'Ambassadeur posa une main fluide comme du mercure sur le cylindre où Caligo était maintenu prisonnier. Un claquement sec, suraigu, retentit. Une fissure irrégulière zébra la paroi transparente. L'Ambassadeur retira sa main. Un grand éclat courbe se détacha du cylindre. Le liquide glaireux s'écoula, entraînant Caligo par l'ouverture, mais, au lieu de s'écraser sur le sol de la cave, le prisonnier du funérarium fut soulevé par une force invisible. En compagnie de l'Ambassadeur du Royaume d'Argent, il s'éleva jusqu'au plafond, et au-delà.

Pour la première fois de sa vie consciente, Caligo fit face au nouveau, à l'inconnu. Il émergea au sein d'un bâtiment jadis énorme, maintenant réduit à l'état de ruines charbonneuses, encore fumantes. Comme il s'élevait toujours, son regard embrassa un panorama dantesque. Sous la lumière anémiée d'un pâle soleil, une ville noircie, aplatie, détruite, s'étalait jusqu'à un horizon bleu par la fumée. Caligo comprit, comme il comprenait tant de choses sans même s'interroger sur la source de cette connaissance, que le bombardement extraterrestre avait été d'une férocité extraordinaire.

Toujours à la traîne de l'Ambassadeur du Royaume d'Argent, Caligo survola la ville en ruines, puis une forêt qui s'étalait jusqu'aux confins de l'horizon. Ils volèrent longtemps, très longtemps au-dessus de la forêt, au point qu'une question timide et inquiète germa dans l'esprit de Caligo. Où l'amenait l'Ambassadeur ? Ce survol durerait-il aussi longtemps que son emprisonnement dans le funérarium ? Devait-il se préparer à survoler pendant des siècles, des millénaires, d'incalculables éons, une forêt qui n'en finirait jamais ?

# CHAPITRE 1

Au-delà du pare-brise de l'autocar, l'autoroute 40 se prolongeait jusqu'à l'horizon, rectiligne. L'asphalte avait la même nuance de cendres que le plafond nuageux, à l'exception de quelques taches plus sombres, des flaques d'eau presque asséchées, souvenir d'un crachin matinal. Michel Ferron tourna la tête et la pencha contre la fenêtre à sa droite. Le front appuyé sur la surface dure et fraîche, il regarda la plaine qui défilait. Plutôt un marais qu'une plaine, à en juger par les reflets de l'eau à travers les broussailles et la jeune herbe, vision printanière vaguement surréelle derrière la vitre teintée.

Un peu plus à l'est, l'autocar ralentit et s'engagea dans la bretelle menant à l'autoroute 55 sud, direction Trois-Rivières. Dans le vaste pare-brise du véhicule s'encadra un panorama un peu plus urbain. Le pont Laviolette se dessina contre le ciel gris, courbe audacieuse lancée par-dessus le fleuve Saint-Laurent. Il y avait une éternité que Michel Ferron n'avait mis les pieds à Trois-Rivières. La ville évoquait pour lui des clochers d'église, d'austères maisons de brique, des ruelles anguleuses à l'asphalte défoncé, des usines aux fenêtres opaques de poussière…

L'autocar s'engagea dans le tronçon de l'autoroute qui traversait la ville. Les clochers de cuivre
dressaient toujours leur flèche vert-de-gris, les
clochers de tôle leur pointe d'argent. Michel ne se
rappelait pas qu'il y en avait autant. Les maisons
de brique aussi étaient au rendez-vous. Quant aux
usines délabrées… Sans doute se trouvaient-elles
plus loin.

L'autocar quitta l'autoroute, sortie centre-ville.
D'en bas – *de l'intérieur*, fut sa véritable pensée –
la ville ne parut pas aussi lugubre que Michel s'y
attendait. Il roulait pourtant dans une rue tout à fait
anguleuse à l'asphalte éminemment rapiécé, entre
d'austères maisons aux façades sang-de-bœuf.
Mais une fois qu'on avait quitté les hauteurs de la
voie rapide, le visage de la ville reprenait ses véritables proportions. Un visage abîmé, certes, ridé par
le passage des années, mais qui n'en acquérait que
plus d'humanité. Ce quartier lui rappelait les vieilles
rues de Montréal. Pas le « Vieux » Montréal, transformé en bibelot pour touristes. Plutôt les rues dis-
crètes de Rosemont ou de certains quartiers ceinturant
le centre-ville, là où, sous la voûte des ormes et des
érables, quelques citadins réussissaient à se faire
oublier de la modernité.

Mais déjà le véhicule s'arrêtait dans la cour de
la gare d'autobus. Michel descendit. Dehors, sous
le ciel bas, l'air humide était tiède, chargé d'un
parfum étrange, fétide, une odeur un peu écœurante
de levain fermenté. Il récupéra la vieille valise de
cuirette bleue que lui tendait le chauffeur, marmonna
un vague remerciement.

Des taxis en attente étaient stationnés en face de
la gare. Michel leva la main vers le premier de la file.
Le conducteur lui fit signe d'approcher. Michel
ouvrit la porte arrière et prit place.

—Je vais au Centre hospitalier Saint-Pacôme, à Shawinigan.

À la mention de la destination, le chauffeur étudia son passager quelques secondes, sa valise bon marché, sa mise négligée, sa tignasse rebelle lisérée de précoces cheveux blancs.

—C'est pas mal loin. Ça peut monter à cinquante-cinq piasses.

Michel haussa une épaule.

—Je sais.

Le chauffeur mit le moteur en route et embraya.

—J'aime mieux prévenir, ajouta-t-il sans regarder son passager. Je ne veux pas de mauvaise surprise une fois rendu.

Michel ne répondit pas. Le taxi reprit l'autoroute en direction de Shawinigan et Grand-Mère, un tronçon routier neuf, quasi désert. Au bout d'une vingtaine de minutes, le taxi emprunta une sortie qui menait, passé un petit pont, à un boulevard typique des périphéries citadines, bordé par les mêmes stations-service et restaurants-minute que partout ailleurs en Amérique du Nord. Avec peut-être une plus grande proportion de terrains vagues et de commerces vacants que la moyenne des zones de ce type. Après un terrain de baseball désaffecté, le boulevard se rétrécit en une rue délimitée par des trottoirs étroits, mince zone frontière entre l'asphalte et les maisons de brique, brunes comme du boudin dans l'ombre des balcons de bois peint. Le taxi tourna dans une rue un peu plus large, un sens unique bordé de maisons et de petites boutiques aux enseignes ternies, puis descendit le long d'une lente courbe à flanc de colline. La route dominait une cour de triage ferroviaire, des usines, des entrepôts aux façades lépreuses, un panorama rouille et gris béton, rébarbatif sous le ciel bas.

La route descendait toujours. Indifférent au piètre état de la chaussée, le chauffeur roulait beaucoup plus vite que la vitesse permise. Le taxi passa en trombe devant des commerces, un lave-auto aux portes béantes, une gare désaffectée. Finalement, le visage de Shawinigan se fit un peu plus souriant. Le taxi tourna à droite dans la 4e rue. Un petit parc entourait la baie de Shawinigan. De l'autre côté de la surface liquide, qui sous le ciel bouché avait la texture de l'étain martelé, se profilaient les structures basses de l'usine hydroélectrique et, plus impressionnante, la tour de la Cité de l'énergie. Le taxi emprunta le chemin bordé de chênes et d'érables qui ceinturait la baie. Au sommet d'une colline se dressait la silhouette monolithique du Centre hospitalier Saint-Pacôme. Sur le flanc de la colline, les marches géantes d'un stationnement descendaient jusqu'au chemin.

Le chauffeur arrêta son véhicule en face de l'entrée principale. Avec des gestes lents et minutieux, Michel Ferron compta son argent et paya la course en s'excusant à mi-voix de ne pas avoir assez pour donner un pourboire.

—Ça ne fait rien, répondit le chauffeur sur un ton fataliste.

Michel sortit, tenant sa misérable valise bleue contre son flanc comme s'il avait peur qu'on ne la lui dérobe. Une fine pluie s'était mise à tomber. Le taxi s'éloigna, abandonnant son client sur le trottoir qui se mouchetait de taches plus foncées. Michel ne bougea pas tout de suite. Il contemplait l'édifice qui se dressait devant lui. Il n'aurait su donner un nom à ce style géométrique un peu suranné. Des piliers étroits en pierre grise, ternie par les ans et la pollution industrielle, encadraient de minces fenêtres séparées par des rectangles de granit noir. Cela lui rappelait certains immeubles du Vieux-Montréal. N'était-ce pas ce qu'on appelait l'art déco ?

Michel aspira les effluves un peu vaseux de la baie de Shawinigan, attentif à la rumeur qui provenait de la ville et de l'usine hydroélectrique toute proche. On ne voyait âme qui vive. L'hôpital aurait pu être un édifice abandonné, le mausolée d'un prince autrefois adulé, maintenant oublié de tous.

Mais non, deux femmes vêtues d'un uniforme pastel sortirent de l'entrée principale et s'éloignèrent vers le stationnement en discutant à mi-voix.

Michel poussa un long soupir puis, comme s'il était enfin venu à bout d'un dilemme intérieur, s'avança. Il monta les cinq marches luisantes de pluie, usées au centre par les milliers, les millions de pas fragiles et hésitants qui, au fil des années, s'y étaient succédé. Il poussa une des portes vitrées. Le hall avait manifestement été rénové depuis la construction du bâtiment. C'était un cube d'allure moderne, aux larges fenêtres centrées entre des colonnes d'aluminium. Le plâtre des murs semblait neuf, peint d'une couleur sans âge, un jaune ocre imprécis. Tenant toujours sa valise contre lui, Michel avança jusqu'au comptoir de l'information. Une préposée plutôt âgée jeta un coup d'œil sur le document que le nouvel arrivant lui présentait. Elle tendit une main à la peau parcheminée, zébrée de fines veines bleutées.

—Prenez le couloir à droite, jusqu'à l'ascenseur, et montez au cinquième étage. La porte est identifiée. Sonnez, on viendra vous chercher.

Michel obtempéra. Une fois traversé le hall, le marbre du plancher fut remplacé par un *terrazzo* grisâtre, tandis que les angles des murs s'arrondissaient. Michel eut l'impression de reculer dans le temps jusqu'aux années cinquante. L'ascenseur révélait lui aussi l'âge vénérable du bâtiment : c'était une boîte de métal aux coins arrondis, émaillée en vert et beige, avec une rampe d'acier inoxydable qui en faisait le tour. Michel appuya sur un des gros boutons de plastique noirs marqué du chiffre 5. Bruyamment mais résolument, l'ascenseur monta au cinquième étage. Michel se retrouva dans un court segment de couloir en forme de L. Il y avait quatre portes. La plus large de celle-ci, une solide porte de métal, semblait aussi un peu plus moderne que les trois autres portes de bois. Au-dessus d'un bouton de sonnette, quatre rivets difformes aux coins d'un rectangle de peinture plus claire permettaient de déduire qu'il y avait déjà eu une affichette.

Michel sonna et attendit. Il allait appuyer sur le bouton de nouveau – il n'avait absolument rien entendu la première fois – lorsqu'il reconnut le bruit familier d'une clé tournant dans une serrure. La porte s'ouvrit, livrant passage à un infirmier assez corpulent, au visage absolument inexpressif.

Michel tendit d'une main hésitante la prescription que lui avait remise le docteur Leduc. L'infirmier prit la feuille de papier, l'examina.

— C'est bien ici, monsieur Ferron. Suivez-moi.

L'infirmier s'écarta pour laisser passer Michel. Ce dernier se retrouva dans un couloir aux murs blancs, au sol de carrelage jaune et rose saumon, soigneusement astiqué. L'infirmier referma la porte à clé puis fit signe à Michel d'avancer jusqu'à une pièce carrefour au milieu de laquelle un poste surélevé permettait à deux infirmières de surveiller les quatre couloirs qui s'y croisaient. L'infirmier présenta Michel à sa collègue, une femme dans la cinquantaine au visage amaigri et cuit de soleil, au regard noir, aux lèvres minces accusant un pli sévère.

— Marie-Michèle est l'infirmière en chef de votre module, expliqua l'infirmier avec le ton un peu doucereux que l'on emploie lorsqu'on s'adresse à une personne d'intelligence limitée. Elle va s'occuper de vous.

L'infirmière lut la prescription, puis salua son nouveau patient d'un bref hochement de la tête.

— On vous attendait, monsieur Ferron. Donnez-moi deux petites secondes, et on va vous installer.

Marie-Michèle interpella un homme assez grand qui passait devant le poste, un homme dans la jeune trentaine, au visage basané de Sud-Américain, vêtu de blanc comme ses collègues.

— Rico, c'est M. Ferron qui vient d'arriver. Tu peux t'occuper de lui, s'il te plaît ?

— C'est le nouveau patient du 525 ?

— Oui.

L'employé étudia brièvement Michel, puis lui fit signe de le suivre. Ils dépassèrent le poste central et continuèrent le long du couloir principal. Ils passèrent devant plusieurs portes, la plupart entrouvertes, offrant de furtifs aperçus sur des chambres stériles, aux murs couleur crème, aux lits étroits, certains occupés par des patients. Chaque porte était numérotée avec une plaque de plastique gravée. Chambre 528, chambre 527... Une exclamation fut réverbérée tout le long du couloir – *De la bière ! De la bière !* – avec une jovialité excessive, à la limite de l'hystérie. Une cascade de rires suivit.

La porte de la chambre 525 était grande ouverte. Néanmoins, l'infirmier frappa doucement sur le cadre avant d'entrer. Arrivé à l'intérieur, Michel en comprit la raison. La chambre comportait deux lits. Sur l'un d'eux était assise une jeune femme aux courts cheveux très frisés, toute menue dans un survêtement sportif trop grand pour elle. La jeune femme regarda les nouveaux arrivants. Ses yeux bleus étaient si clairs et si fixes qu'ils rappelèrent à Michel le regard d'une poupée.

—Salut Sylviane, dit l'employé. Tu n'es pas à la séance d'information sur les médicaments?

—Non, répondit sèchement la jeune femme. Je l'ai déjà vue.

—Tu es sûre?

—Oui.

—Enfin… Je te présente ton nouveau compagnon de chambre, Michel Ferron.

La jeune femme salua d'un hochement bref de la tête, presque un spasme.

—Bonjour, dit Michel.

—Sylviane, j'aimerais que tu ailles attendre un peu dans le salon, pendant que j'explique à Michel comment ça fonctionne ici. Tu reviens dans une petite demi-heure, ça va?

Sylviane se leva avec la raideur d'une marionnette et quitta silencieusement la chambre. L'employé se tourna ensuite vers Michel, un sourire professionnel sur le visage. Il avait une belle tête ronde, à la peau couleur de pain cuit. Sous des sourcils très noirs brillaient des yeux langoureux – ce qui était bien la seule caractéristique féminine de son physique.

—C'est votre premier séjour à Saint-Pacôme, monsieur Ferron?

—Oui.

—Je m'appelle Rico. Je me présente parce qu'on va souvent se revoir. Je suis préposé de jour pour

l'équipe du module bleu. Est-ce qu'on vous a
expliqué un peu notre fonctionnement?

—Euh…

—Vous allez voir que c'est pas compliqué,
reprit le préposé avec une bonne humeur un peu
appuyée. Bon, commençons par vous installer. Ça,
c'est votre lit. Vous avez un meuble de rangement,
et aussi un petit placard pour vos vêtements. Je
dois vérifier le contenu de votre valise. Il va falloir
retirer tout ce qui peut être dangereux: ciseaux, médicaments, même les stylos en métal. Je vais tout
déposer derrière le poste central, dans un coffret de
sécurité. Il faut deux clés pour ouvrir les coffrets,
une à vous et une à nous, comme dans les banques.
On va tout vous remettre lorsque vous aurez votre
congé. C'est pas seulement pour votre sécurité,
mais aussi pour celle des autres patients du service.
Je vous recommanderai aussi de déposer votre
portefeuille et votre montre, si elle a de la valeur.
L'hôpital n'est pas responsable des vols.

—J'ai une montre bon marché, répondit Michel
avec une grimace de fatigue. Écoutez, il y a une
erreur. J'avais demandé une chambre privée.

—Oh! Ne vous inquiétez pas, vous n'aurez pas
de problèmes avec Sylviane. Elle est très tranquille.

—Ça me gêne d'être avec une femme. Le docteur
Leduc m'a promis une chambre privée.

—On va vous installer ici pour l'instant, expliqua
Rico avec la patience infinie que l'on acquiert à
répéter à longueur d'année les mêmes ordres, les
mêmes instructions. On aura tout le temps plus tard
de régler ça.

Avec un soupir lourd, comme si cette nouvelle
contrariété n'était qu'une pierre de plus ajoutée au
fardeau qui lui faisait ployer les épaules, Michel dit
que ça ne faisait rien après tout.

Le préposé inspecta la valise de Michel. Il en retira des stylos et le portefeuille. Il examina soigneusement le contenu du sac de toilette, retira les rasoirs jetables, la lime à ongle, l'aspirine et les médicaments prescrits – des antidépresseurs et des narcotiques légers. Le portefeuille, les accessoires de toilette et les médicaments furent glissés dans un sac de plastique à rabat fermoir.

Rico fit ensuite un bref survol du fonctionnement du service. Les patients et le personnel traitant étaient répartis en petits groupes, appelés modules, ce qui permettait de mieux se connaître et facilitait la relation thérapeutique. Il y avait quatre modules au cinquième étage du Centre hospitalier Saint-Pacôme : les modules jaune, bleu, rouge et vert. Le docteur Leduc, le médecin qui avait hospitalisé Michel, faisait partie de l'équipe des trois psychiatres responsables du module bleu. Michel devenait donc automatiquement un Bleu.

Les bénéficiaires se levaient à huit heures. Les modules bleu et rouge faisaient leur toilette pendant que les vert et jaune déjeunaient, puis c'était le contraire. À partir de neuf heures trente, la matinée était consacrée à des thérapies de relaxation, des rencontres avec les médecins, les psychologues, les psychoéducateurs. Il s'agissait souvent de rencontres de groupe. Après le repas du midi, les bénéficiaires pouvaient faire une courte sieste, recevoir des visiteurs ou même rencontrer leur médecin si ce dernier n'avait pas eu le temps de compléter sa tournée du matin. De quatorze à seize heures, les activités des bénéficiaires étaient plus variées, selon leur programme de traitement : ergothérapie, physiothérapie, etc. À seize heures se terminait le programme officiel de la journée. Les quatre équipes du jour abandonnaient l'étage au personnel du soir, une équipe beaucoup plus réduite qui supervisait le souper et les activités libres de la soirée.

—Des questions ? conclut Rico sans même reprendre son souffle.

Michel hocha négativement la tête. Le préposé jeta un bref coup d'œil à sa montre-bracelet.

—Presque onze heures. Le docteur Turcotte ne devrait pas trop tarder à venir vous chercher.

Sur ce, après avoir répété à son patient de ne pas hésiter à l'appeler s'il avait des questions, Rico quitta la chambre. Une fois seul, Michel s'assit lentement sur son lit. Le matelas était très ferme, ce qui n'était pas pour lui déplaire. Il s'allongea sur la couverture tiède, un peu rugueuse, essayant de s'imprégner de l'ambiance qui régnait dans la chambre. Il était à la fois soulagé et rempli d'expectative.

Voilà. C'était fait. Il avait beaucoup hésité, mais finalement il avait bien été obligé de reconnaître qu'il lui faudrait en passer par là. Toujours couché, il regarda autour de lui. Il n'y avait pas grand-chose à voir. Pourtant, depuis qu'il avait pénétré dans la chambre, un détail l'agaçait subconsciemment. Il comprit soudain. C'était la présence de barreaux aux fenêtres. Bien sûr…

Il perçut un mouvement dans le couloir, furtif comme le vol d'une chauve-souris dans le ciel du crépuscule. Une épaule apparut à la lisière du cadre de la porte, pour disparaître aussitôt. L'épaule réapparut, surmontée d'un croissant de tête aux courts cheveux frisés. Finalement, un œil très bleu glissa un regard incertain dans la chambre.

—Vous pouvez entrer, dit Michel. Nous avons fini.

La jeune femme ne se fit pas prier outre mesure. Elle avança de sa démarche un peu comique, à la fois résolue et roide comme un pantin. Elle s'assit au pied de son lit, le dos toujours très droit, fixant Michel comme si elle n'avait jamais contemplé une bête aussi curieuse. Puis, satisfaite de son examen, elle se pencha vers le petit meuble de mélamine blanc cassé fixé à la tête de chaque lit et ouvrit le tiroir du haut. Elle en sortit une boîte de conserve large et plate dont elle retira le couvercle de plastique. Elle tendit la boîte vers Michel, si brusquement que ce dernier faillit sursauter.

— Veux-tu des peanuts ?

— Non, merci.

— J'ai aussi des amandes, mais je les garde pour moi, ajouta la jeune femme sur un ton catégorique. Ils n'en vendent pas à la boutique. Ils vendent seulement des peanuts. Je veux dire, ils vendent aussi des chips, des petits gâteaux, du Coke, toutes sortes d'affaires, mais ils vendent pas d'autres sortes de noix que des peanuts. C'est une copine qui m'apporte des amandes. L'autre fois elle a oublié, ça fait qu'il ne m'en reste presque plus. Préfères-tu des chips ? J'ai des chips aussi.

— Non, ça va. Je n'ai pas faim.

— Moi, j'ai tout le temps faim. (Joignant le geste à la parole, elle engouffra une poignée d'arachides, qu'elle mâcha avec résolution.) Surtout que la bouffe est dégueulasse ici. Comment tu t'appelles, déjà ?

— Michel Ferron.

— Michel, oui, c'est ça. Tu voulais une chambre privée, je suppose ? Sois pas surpris. Je t'ai entendu. Tout le monde veut une chambre privée. En tout cas, je te dérangerai pas longtemps. Je vais te faire de la place vite. Je suis ici illégalement. J'ai un avocat qui rencontre le juge cette semaine pour faire casser la mise en tutelle que ma famille m'a imposée. C'est ma mère qui a monté mes sœurs contre moi.

Elle s'interrompit pour avaler une seconde poignée d'arachides puis, constatant que son interlocuteur ne semblait pas désireux de faire un commentaire, poursuivit sur un ton curieusement monocorde une interminable narration sur les circonstances ayant mené à son internement. Michel éprouva rapidement de la difficulté à comprendre les tenants et les aboutissants du monologue de Sylviane, un roman-fleuve ponctué de retours en arrière et de pauses arachides. Il crut néanmoins saisir – en refusant de tenir compte des digressions trop écartées du discours dominant – que Sylviane était une fonctionnaire ayant décidé de quitter le ronron d'un travail qui ne la « stimulait pas assez » pour se lancer dans les affaires. Un de ses projets – elle semblait en mener plusieurs de fronts – avait été l'achat d'un immeuble afin de le transformer en centre d'accueil pour les adolescents en difficulté d'apprentissage, ou encore en auberge « couette et café », la nature exacte du projet se transformant au cours du récit (à moins qu'elle ne s'attendît, songea soudain Michel, à ce que l'auberge soit administrée par lesdits adolescents). Le financement de ce projet aurait été possible grâce à des subventions gouvernementales ainsi que par la vente de sa maison personnelle. Or, sa mère, avec qui elle avait toujours eu une relation difficile – Michel dut patiemment écouter plusieurs anecdotes à l'appui de cette affirmation – s'était opposée à ce qu'elle quitte son emploi pour se lancer dans ce projet risqué. Au point que la mère de Sylviane avait « tourné » tout le monde contre elle, même sa propre fille.

— La fille de qui ? demanda Michel.

— Ma fille à moi, répondit Sylviane avec un froncement de sourcils impatienté. Quand elle a appris que j'avais mis notre maison en vente, elle s'est fâchée. On s'est disputées. J'ai été obligé de la mettre dehors.

— Ah... Quel âge a-t-elle ?

— Quatorze ans.

Michel refréna prudemment tout commentaire, qui n'aurait pu être que désobligeant. De toute façon, il commençait à douter que la jeune femme s'intéressât vraiment à son opinion. Elle désirait avant tout une oreille attentive, pour ne pas dire captive. Elle allait reprendre son quasi-monologue lorsqu'une femme s'arrêta devant la porte de la chambre.

— Bonjour ! Je peux entrer ?

Sans vraiment attendre d'invitation formelle, la nouvelle venue entra et tendit une main volontaire vers Michel. C'était une belle grande femme dans la jeune quarantaine, vêtue d'un tailleur sobre, de grande qualité, en soie or sombre.

— Monsieur Michel Ferron. Je suis le docteur Irène Turcotte. Je suis psychiatre, membre de l'équipe du docteur Leduc. Le module bleu.

Michel serra mollement la main tendue, s'efforçant de dissimuler la tension qui s'était emparée de lui, d'ignorer les battements sourds de son cœur dans sa poitrine et les pulsations presque douloureuses dans les veines à la base de son cou. Il avait été prévenu que les patients admis à l'interne étaient toujours évalués le jour même par le médecin de garde, même si leur internement avait été volontaire. Il n'avait pas prévu que cette rencontre se déroulerait si tôt.

La femme médecin l'invita à le suivre. Ils retraversèrent le couloir principal de la bâtisse, passèrent devant le poste central où la psychiatre salua brièvement un employé au physique de tueur à gages. Elle poussa une porte sur laquelle était inscrit « Bureau du médecin ». Ils se retrouvèrent dans une pièce un peu impersonnelle, tout de même égayée par des plantes en pot à la luxuriance presque hors de contrôle. Le docteur Turcotte s'assit derrière son bureau et indiqua à Michel d'en faire autant dans un des fauteuils de cuir qui lui faisait face. Un sourire chaleureux soulevait ses lèvres impeccablement maquillées, mais son regard brun scrutait son patient avec une vigilance toute professionnelle.

— Alors, monsieur Ferron. J'ai cru comprendre que ça n'allait pas très bien ces temps-ci ?

Michel haussa une épaule, sans dire un mot. La psychiatre poursuivit.

— Le docteur Leduc m'a expliqué que vous aviez tous les deux conclu que pour un certain temps il vaudrait mieux que vous ne restiez pas seul. C'est bien ça ?

— C'est ça.

— Il m'a mentionné un diagnostic. Un diagnostic de dépression majeure. Êtes-vous d'accord avec ça ?

— Je ne sais pas.

— Vous avez dit au docteur Leduc que vous aviez des pensées qui vous inquiétaient.

Pas de réponse.

— Quel genre de pensées, monsieur Ferron ?

Michel resta encore un long moment silencieux, le regard fixé sur une des plantes, sur une feuille plus jaune que le reste. Une feuille morte ou sur le point de mourir. Puis il poussa un long soupir et murmura :

— Je pense à me tuer.

Elle hocha doucement la tête. Son patient ne contredisait pas le rapport que son collègue lui avait remis.

— Est-ce qu'il y a longtemps que vous avez des pensées de ce genre-là?

Il pinça les lèvres en une grimace dégoûtée.

— Longtemps? Toute ma vie, à peu près…

— Êtes-vous déjà passé à l'acte?

— Je… Je comprends pas.

— Avez-vous déjà fait des tentatives de suicide?

Il hocha négativement la tête.

— Avez-vous déjà été hospitalisé?

— Non. Je veux dire… pas pour ça. L'année passée je suis tombé d'une échelle et je me suis blessé au dos.

— Mais ce n'était qu'un accident?

— Oui. Je réparais ma galerie.

— Bref, vous n'aviez jamais senti le besoin ou un médecin ne vous avait jamais recommandé de vous faire hospitaliser à cause de vos problèmes de dépression?

— Non.

— Mais aujourd'hui c'est devenu plus difficile, c'est ça? Qu'est-ce qui s'est passé?

Michel hocha de nouveau la tête, comme si la réponse était trop difficile à exprimer.

— Dites-le avec vos mots.

— Avant… (Il poussa encore un soupir.) Avant je me disais que ce serait pas correct. Que j'avais pas le droit… de faire ça. Je me dis maintenant que ce serait mieux pour tout le monde.

Le docteur Turcotte feuilleta brièvement le dossier.

— Depuis combien de temps prenez-vous des antidépresseurs, monsieur Ferron?

— Je… Je ne sais pas… À peu près trois ans.

À travers la porte fermée, Michel entendit de nouveau l'exclamation quasi hystérique entendue à son arrivée : « De la bière ! De la bière ! », suivie comme la première fois du rire suraigu d'une femme. L'attention de la psychiatre ne quitta pas le dossier de Michel. Elle poursuivit, dubitative :

— La dose d'antidépresseurs que vous prenez est plutôt faible. Vous n'avez pas discuté avec le docteur Leduc de la possibilité d'augmenter la dose ? Ça pourrait remplacer avantageusement l'hospitalisation, non ?

— Ça n'a pas marché. Je saignais lorsque j'allais aux toilettes.

— Ah ! Avez-vous essayé de changer de médicament ?

— J'ai essayé du Aventyl, mais ça me donnait des migraines terribles.

— Vous aviez dans vos effets personnels une prescription de codéine. Est-ce le docteur Leduc qui vous l'a donnée ?

— Oui. Je les prends quand j'ai trop mal à la tête.

— Je vois.

Michel devina que la psychiatre accueillait ses réponses avec un certain scepticisme, mais elle se contenta de prendre quelques notes, pour finalement conclure avec un sourire compatissant :

— Ce sera tout pour ce matin, monsieur Ferron. Je vais vous laisser le temps de vous reposer et de vous familiariser avec les lieux. On se reparlera de tout ça demain. Ça vous va ?

Après avoir salué mollement la femme médecin, Michel sortit du bureau pour revenir à sa chambre. Il croisa un groupe de patients qui sortait d'une réunion, groupe qu'il traversa en rougissant de timidité sous leurs regards inquisiteurs. Un homme d'une cinquantaine d'années l'interpella :

—Heille, le nouveau : tu viens d'arriver, toi, hein ?

Ne sachant trop s'il devait répondre ou pas, Michel accéléra le pas.

—Sauve-toi pas ! lui cria l'homme. Je voulais juste te dire un mot.

—Laisse-le tranquille, dit un autre.

Michel se dépêcha de se réfugier dans la chambre 525. Sylviane lisait, couchée en chien de fusil sur son lit, un livre de poche appuyé contre ses genoux repliés. Elle darda un regard bleu dans sa direction.

—La Turcotte est-elle avec toi ?

—Pardon ?

Sylviane ferma le livre et sauta en bas de son lit. Avec une expression de méfiance caricaturale, elle se glissa jusqu'à la porte et sortit la tête dans le couloir. Rassurée, elle retourna à son lit et s'assit en tailleur face à Michel, le regard brillant. Elle chuchota sur un ton fébrile :

—T'en es-tu rendu compte ?

—Rendu compte de quoi ?

—Turcotte. La psychiatre. C'est vrai que tu l'as pas vue longtemps. Moi, je le sais, ça fait longtemps que je l'ai compris.

—Compris quoi ? demanda Michel.

—Que c'est une lesbienne, expliqua Sylviane avec un sourire entendu.

Elle dut confondre le silence de son compagnon de chambre pour du scepticisme, car elle insista, hochant vivement la tête.

—Je te le dis. Elle m'a fait des avances. C'est pour ça qu'elle me garde ici. Tant que je vais lui résister... Ce qu'elle comprend pas, c'est que ça sert à rien de me bourrer de pilules. Ça agit pas sur moi ces affaires-là.

*Oh, seigneur...*

Michel alla s'asseoir sur son lit. Selon l'horaire que lui avait débité Rico, le dîner serait servi à onze heures trente. On dînait tôt au cinquième étage du Centre hospitalier Saint-Pacôme de Shawinigan. Cela lui laisserait une demi-heure pour réfléchir et permettre à son cœur de se calmer. Il avait redouté la rencontre avec le docteur Turcotte, mais finalement tout s'était bien passé. Oui, tout s'était déroulé comme prévu.

Il prit une longue inspiration, priant pour que tout ce dérangement en vaille la peine.

# CHAPITRE 2

*Crisse !* Il essaie de se calmer. Que peut-il faire sinon attendre ? Suer et attendre comme un imbécile que la dépanneuse arrive. Ou pire, les beûs. Maudite courroie de marde. Elle n'aurait pas pu lâcher ailleurs qu'au milieu de l'autoroute Métropolitaine ?

Le béton crevassé du muret de sécurité est chaud sous son jean. À dix mètres au-dessus de l'intersection Crémazie-Saint-Denis, l'air est épais comme du sirop. Un sirop au goût de diesel et d'huile à moteur. Il consulte pour la dix-millième fois sa montre. Il se lève. Il est en train de se brûler le cul, et de toute façon le béton est noir de crasse. Pardessus le toit surbaissé de la Mustang, il tente d'apercevoir au-delà de l'enfilade de voitures et de poids lourds le toit anguleux d'une dépanneuse. Son regard se baisse sur le pare-brise de la Mustang. Le soleil s'y reflète, éblouissant. C'est à peine si on devine au travers un visage dissimulé sous des lunettes noires. Elle refuse de sortir de la voiture. Il a eu beau lui expliquer que la climatisation ne pouvait pas fonctionner sans la courroie, elle préfère bouder à l'intérieur et crever de chaleur. Il grimace, exaspéré. Qu'elle crève, si ça l'amuse.

Il attend donc, les bras croisés, appuyé contre l'aile de la voiture. La tôle noire est encore plus brûlante que le muret. Le plus humiliant est de soutenir le regard méprisant des automobilistes retardés par sa faute. Encore plus enrageant : le petit sourire ironique de certains lorsqu'ils reconnaissent la voiture sport. Il les entend penser. *As-tu vu le « Gino » avec sa belle Mustang de compétition ? Heille* man *! Ça roule pas vite une belle Mustang en panne, hein ?*

Il hoche la tête, un sourire froid sur les lèvres. Oui, c'est ce qu'ils pensent tous, ces petits yuppies dans leurs Toyota, ces livreurs minables dans leur Caravan, ces vieux petits couples d'Américains à la retraite dans leur grosse bagnole immatriculée Florida. Une chose est certaine, personne ne viendra lui dire ça dans la face. Pas même les camionneurs qui le regardent du haut de leurs cabines.

Du coin de l'œil, direction engorgement, il aperçoit un clignotement de gyrophares. Un sentiment de dépit presque nauséeux s'empare de lui. Ce n'est pas une remorqueuse. C'est une voiture de la SQ. Un char de beûs. De chiens. De cochons.

Il réintègre tranquillement sa place derrière le volant. La passagère fait comme s'il n'existait pas. D'une main malhabile, elle attrape un autre mouchoir de papier. Elle essuie ses joues mouillées, ses lèvres tremblantes, glisse le mouchoir sous les larges lunettes pour s'essuyer les yeux.

— Bon, qu'est-ce que t'as à brailler encore ?

— Parce que j'aime ça me faire traiter de conne, répond-elle sur un ton bas, lourd de sanglots retenus.

— J'ai juste voulu te faire comprendre que je voulais *pas* connaître ton opinion sur les causes de la panne de mon char, OK ?

— T'as pas le droit de me traiter de conne.

— Pourquoi est-ce que tu t'es mêlée de ça ? Tu le sais qu'au volant je suis impatient. Tu le sais. Je comprends même pas pourquoi tu t'es mêlée de me donner ton opinion. Tu connais rien en mécanique.

— J'ai le droit de parler.

— Parle tant que tu veux, mais arrête de brailler. La dernière chose que je veux faire, c'est commencer à expliquer aux beûs c'est quoi le problème, OK ?

Elle ne répond pas, mais au moins elle semble avoir arrêté de pleurer.

La voiture de police s'est arrêtée à quelques mètres derrière la Mustang, gyrophares allumés. Dans le rétroviseur, il voit la portière s'ouvrir. Un policier se dresse. Non, une policière. Une femme flic.

Moche en plus.

Il hoche la tête avec une grimace de commisération. À la télévision, toutes les femmes flics sont de superbes blondes à la taille de mannequin. Pourquoi dans la vraie vie c'est jamais le cas ? Tu parles, c'est évident : les belles filles ont mieux à faire qu'être flics. C'est un métier pour les moches. Femme flic… Femme flic… Curieux, il n'appelle jamais un policier mâle un « flic ». Flic, ça fait Français, ça fait fif. Un policier gars, c'est un beû, un sale, un chien, un cochon. Mais pour les femmes, oui, flic ça va. Femme flic, femme flic, flic flicaflic…

— Un problème, monsieur ? demande la femme flic en inclinant le torse près de la fenêtre de la portière.

*Un problème ? Ben voyons donc ! Si j'aime ça, moi, rester pogné au milieu de l'autoroute.* Il contrôle son envie d'être sarcastique. Ce n'est *vraiment pas* le moment de s'aliéner la police.

—La courroie a brisé.

Elle sourit, compatissante.

—Toujours au pire endroit et au pire moment, hein ? Une dépanneuse est en route. Patientez encore un peu, on va vous sortir d'ici.

Il hoche doucement la tête. Il ne va pas dire merci. *No way.*

—Est-ce que je pourrais voir votre permis et vos papiers d'immatriculation ?

—Pourquoi faire ? Je suis juste tombé en panne.

Le sourire baisse d'un cran. Le ton de la voix se raidit de formalité.

—Monsieur, j'aimerais avoir votre permis de conduire et votre certificat d'immatriculation, s'il vous plaît.

Sans commentaire, il sort de son portefeuille les documents exigés et les tend à la femme flic. La femme flic moche. Celle-ci retourne à la voiture de patrouille. Il ne comprend pas trop ce qu'elle fout. Elle discute avec son partenaire. Ça lui prend une éternité. La voiture de la SQ est peut-être munie de l'ATSR, le logiciel de sécurité routière qui, après lecture du code-barre de son permis de conduire, va cracher son dossier complet aux policiers.

*Crisse...*

Ce n'est plus à cause de la chaleur qu'il trans-pire maintenant. Qu'est-ce qu'elle fout ? Il a payé toutes ses contraventions, non ? Il en a eu sa claque de toujours avoir la police au cul. Ça lui arrive encore de céder à une impulsion de colère et de déchirer le *ticket*, surtout lorsqu'il s'agit d'une infraction bête et futile. Comme le dépassement du temps alloué par un parcomètre. Mais il est plus sage maintenant. Il ne jette plus le constat déchiré dans le caniveau. Il se calme, récupère diligemment les morceaux déchirés, les recolle et poste un chèque, généralement aspergé d'un peu d'urine – question de principe.

Une éternité ou deux plus tard, il aperçoit dans son rétroviseur la femme flic qui s'approche de nouveau. Elle ne sourit plus. Elle a enfilé le masque de neutralité absolue d'une vraie flic. Son collègue est lui aussi sorti de la voiture. Debout près de sa portière, il surveille attentivement la situation. A-t-il dégagé son revolver ? Impossible à voir d'ici.

La femme flic lui tend ses papiers par la fenêtre, prononçant un « Merci » de pure formalité. Elle scrute sans vergogne la passagère et l'étroite banquette arrière. Va-t-elle lui demander de sortir de la voiture, d'ouvrir le coffre, de tester ses phares et ses feux clignotants ? Va-t-elle lui demander où il s'en va comme ça ? Va-t-elle le faire chier ?

—La dépanneuse devrait arriver dans une dizaine de minutes. Vous allez pouvoir dégager la route.

C'est tout. Elle retourne attendre en compagnie de son partenaire l'arrivée de la dépanneuse.

Celle-ci se présente enfin. On s'explique. La Mustang est remorquée jusqu'à une station-service d'Anjou. Toutes ces opérations se déroulent avec une exaspérante lenteur. Tout est lent quand ce sont les autres qui contrôlent nos gestes, notre vie. Heureusement, le garagiste possède en stock ce modèle de courroie et veut bien interrompre le travail en cours pour accommoder ces deux clients en retard pour leur travail.

Moroses, ils déambulent dans la salle d'attente torride. Il avise près du trottoir une cabine téléphonique perdue sous un soleil diffus, tache de couleur incongrue dans ce panorama de béton et d'asphalte craquelés. L'intérieur de la cabine est brûlant et vibre du grondement de la circulation. Il compose un numéro. On répond « Allô », sur un ton morne.

— C'est moi.

— Qu'est-ce qui se passe ? Ça fait une heure qu'on t'attend.

— Je suis tombé en panne sur l'autoroute. Je veux savoir ce qu'on fait, là. J'ai plus le temps de passer chez vous, je suis déjà en retard pour la job.

Un court silence accueille cette information.

— Où es-tu en ce moment ?

Il décline le nom et l'emplacement de la station-service. On discute à voix basse à l'autre bout, puis son interlocuteur reprend le combiné.

— Je t'envoie un de mes gars. Il s'appelle Marc. Sais-tu de qui je parle ?

— Je le connais.

— Tu l'attends et vous réglez ça sur place, tu comprends ?

— Je comprends. Pas de problèmes.

— Ouais… Pas de problèmes pour toi peut-être, mais moi, j'aime pas ça les imprévus, compris ? T'aurais pas pu appeler avant ?

— J'étais bloqué sur la 40, au-dessus de Saint-Denis. Qu'est-ce que tu voulais que je fasse ?

Un reniflement d'impatience ou de mépris.

— T'as pas de téléphone cellulaire ?

— Non.

— Achète-toi-z-en un, ça presse. Je fais fonctionner une business, comprends-tu ça ? Je veux plus de niaisage comme ça, OK ?

Il répond « OK », mais l'autre a déjà raccroché. Il raccroche à son tour, blême de colère honteuse. Encore traité comme un imbécile. Adossé à la paroi poussiéreuse de la cabine, il reprend son calme, ce qui n'est pas évident avec le bruit de la circulation et la chaleur qui irradie de l'asphalte. Il retourne dans la salle d'attente où sa compagne lève à peine le regard de sa revue maculée de traces de doigts graisseux.

La Mustang est prête avant l'arrivée de Marc.

— Qu'est-ce que tu fais ? s'étonne-t-elle en cons-tatant qu'au lieu de reprendre la route il stationne la voiture à l'ombre du garage.

— J'attends quelqu'un.

— On est en retard.

— Je *sais* qu'on est en retard. Je t'avais dit que je devais aller faire une commission. On va me rejoindre ici, pour me sauver du temps justement. De toute façon, on va se faire donner de la marde en arrivant. Cinq minutes de plus ou de moins, qu'est-ce que ça va changer ?

Elle hausse les épaules et ajuste la grille de l'évent sur le tableau de bord. Au moins, la clima-tisation fonctionne.

Une luxueuse Lexus aux fenêtres teintées tourne dans la cour du garage et s'arrête à côté de la Mustang. Marc, un homme en complet gris, un peu empâté, émerge de la Lexus, la main en visière pour se protéger les yeux du soleil.

Il sort à son tour et salue le nouvel arrivant.

— Des problèmes mécaniques ? demande Marc, un sourire goguenard sur les lèvres.

Il se force à sourire. Tout ce qu'il désire main-tenant, c'est régler la transaction et foutre le camp d'ici. Il ouvre le coffre de la Mustang, soulève le coin d'une couverture qui en tapisse le fond et dévoile une grande enveloppe matelassée. Il donne l'enveloppe à Marc, en échange d'une petite boîte de carton, solidement scellée avec du ruban de fibre. Habituellement, on ne fait pas ce genre d'échange en plein air, mais les circonstances sont particulières. De toute façon, il n'y a personne dans ce désert de béton.

Les deux hommes se saluent, puis chacun réintègre son véhicule. La Lexus prend l'autoroute Métropolitaine vers l'ouest, la Mustang vers l'est.

La voiture sport zigzague nerveusement entre les rampants et les bourgeois trop timorés pour dépasser la limite de vitesse. Heureusement, à la hauteur des raffineries, la circulation se fait plus fluide. Il adopte un tranquille 125 kilomètres à l'heure – rouler plus vite le démange, mais depuis quelque temps l'autoroute grouille de voitures de patrouille.

Il s'attend à ce qu'elle lui demande la nature du colis reçu de l'homme à la Lexus ; il se prépare à lui dire de se mêler de ses affaires. Eh non, pour une fois elle se ferme la trappe. Elle boude toujours. Elle fouille parmi les cassettes et en glisse une dans le lecteur. Oh non, pas encore le dernier Céline Dion... Il trouve insupportables les maniérismes de la chanteuse... Mais pour une fois que sa passagère se tait, bon Dieu, il peut bien faire pareil.

Il regarde l'heure sur l'horloge du tableau de bord. Un quadruple zéro clignote avec une persévérance bête et électronique... Il consulte sa montre-bracelet. Ils arriveront avec une bonne heure de retard... Bonjour l'engueulade avec l'infirmière en chef. Merde, merde, merde, c'est pas vrai ! Ils ne vont pas se traîner à 125 jusqu'à Shawinigan. Il appuie sur l'accélérateur. À 150, au moins, on n'a plus l'impression de faire du surplace. *Fuck* les beûs !

Sa passagère tend la main vers la radio. La voix de Céline Dion devient plus puissante et parvient à traverser le grondement du moteur et le sifflement du vent…

# CHAPITRE 3

Du haut du toit où il s'était dissimulé, Caligo porta les jumelles à ses yeux et étudia la place centrale du village, trois étages plus bas. Les soldats nazis étaient plus nombreux que prévu. Les pavés de la petite esplanade disparaissaient presque sous les tanks, les camions, les canons. On avait arraché les enseignes des vénérables édifices pour y fixer le nouveau drapeau nazi.

«J'entends une sirène», prévint Cochon, qui avait l'ouïe aussi fine qu'un chien. Caligo entendait aussi, maintenant. Il pointa ses jumelles en direction d'une lourde ambulance chenillée qui émergeait d'une ruelle, à l'est de l'esplanade. L'espionne barbie qu'ils avaient torturée avait donc avoué la vérité au sujet du lieu et du moment où aurait lieu le transfert. Sur les flancs de l'ambulance, l'ancienne croix rouge avait été transformée en croix gammée par l'ajout de quatre traits. Toujours le nouveau drapeau sur lequel la croix gammée n'était plus noire mais rouge sang, symbole de l'abominable collusion entre les militaires et les barbies. Caligo savait que les traits transversaux rouges ajoutés à la croix originale n'avaient pas été tracés avec de la peinture.

Leurs ennemis se faisaient un point d'honneur d'employer du sang, le sang d'un Ami de la forêt, capturé lors d'une rafle, symbole de l'alliance nouvelle et éternelle qu'avaient signée les forces du mal.

L'ambulance traversa l'esplanade. Les soldats s'écartèrent pour laisser passer le véhicule, qui alla se stationner en face des tanks. Quatre barbies vêtues d'uniformes aux couleurs pastel descendirent de l'ambulance. Elles parlementèrent avec un officier nazi. Caligo essaya de stabiliser les jumelles du mieux qu'il pouvait. Avec un frisson, il identifia le grand officier. C'était le terrible *Sturmbannfürher* Schwartz.

Les barbies ouvrirent les portes arrière de l'ambulance. Des soldats retirèrent du véhicule plusieurs caisses de bois poussiéreuses, manifestement assez lourdes. Une des caisses fut amenée aux pieds du *Sturmbannfürher*. À l'aide d'un pied de biche, on décloua les planches du couvercle. Schwartz fendit avec un canif les feuilles de bulles de plastique pour en extraire une poignée de grosses seringues. Il montra les seringues aux sous-officiers nazis qui l'entouraient. Tous hochèrent la tête de satisfaction.

Caligo serra les dents. Cette fois-ci, leur plan fonctionnerait. Il abaissa les jumelles et se tourna vers ses compagnons qui attendaient en sa compagnie sur le toit du vieil édifice : Cochon, Q2D4, Autoverte et Bonhomme-au-fouet. C'était presque toujours eux qui organisaient les représailles contre l'ennemi. Rien de plus normal : Caligo était leur chef. Avant, c'était Bonhomme-au-fouet qui dirigeait tout, mais depuis l'arrivée de Caligo après sa libération du funérarium, il y avait eu des élections. Caligo avait gagné. Une grande guerre entre les partisans de Bonhomme-au-fouet et ceux de Caligo avait éclaté, une guerre qui avait duré longtemps, des années peut-être – le temps se comportait bizarrement dans la forêt, et on ne se souciait pas trop d'en faire la mesure. Les belligérants s'étaient finalement lassés d'une guerre ennuyeuse qui n'intéressait plus personne. Caligo et Bonhomme-au-fouet avaient fait la paix, pour s'allier contre leurs véritables ennemis : les nazis et les barbies.

Caligo porta de nouveau les jumelles à ses yeux. Sur la place du village occupé, leurs ennemis démontraient comme toujours leur incapacité à contenir leurs viles pulsions. La transaction effectuée, excités par la proximité des alliés de l'autre sexe, nazis et barbies s'enlacèrent et s'embrassèrent goulûment. Des soldats glissèrent leurs mains sous les robes pastel de leurs alliées. Celles-ci glapissaient, avides de caresses honteuses comme des chiennes en chaleur. L'image tremblotante des jumelles se fixa sur la cheftaine des barbies. Debout sur le capot de la semi-chenillette, sous les éructations joyeuses des soldats, elle se déshabillait avec des déhanchements lascifs.

Caligo détourna le regard, révolté par le spectacle et pourtant cruellement satisfait de la tournure des événements. Dans l'état de distraction où se trouvaient leurs ennemis, leur mission ne pouvait plus faillir. Il se tourna vers ses compagnons qui attendaient impatiemment ses ordres.

« Bonhomme-au-fouet. Q2D4. »

Tous deux saluèrent, Bonhomme-au-fouet de sa main gantée de fourrure, un rictus sardonique au milieu de sa barbe blanche, Q2D4 avec nonchalance, un sourire en coin dans lequel se fichait un épais cigare toujours sur le point de s'éteindre.

« Vous piloterez le Bv-141 », ordonna Caligo. « Moi et Cochon, nous attaquerons au sol avec Autoverte. »

« Ouaiaiais ! » approuva Cochon avec un cri porcin, pendant qu'Autoverte klaxonnait et tournait sur elle-même.

« Alors, allons-y ! » cria Caligo. « Montrons-leur qu'à l'avenir ils devront prendre au sérieux les Amis de la forêt ! »

« Tu l'as dit ! » hurla de nouveau Cochon.

Bonhomme-au-fouet et Q2D4 couraient déjà vers l'avion stationné sur le toit de l'immeuble, un Blohm & Voss Bv-141 de fabrication nazie que les Amis de la forêt avaient réussi à dérober lors de leur précédente mission. Bonhomme-au-fouet ouvrit le cockpit et s'installa derrière la console de pilotage. Q2D4 se laissa glisser jusqu'à la tourelle de tir. L'hélice se mit à tourner dans un vrombissement assourdissant et le Bv-141 tourna sur lui-même, déployant ses formes asymétriques qui, malgré leurs grandes qualités aérodynamiques, l'avaient condamné aux yeux du ministère de l'Aviation nazi. Les ateliers nazis n'avaient construit qu'une dizaine de Bv-141 avant de succomber aux moqueries et au scepticisme des officiers qui ne pouvaient accepter pareille bizarrerie : un avion au cockpit décentré et aux ailes de longueurs différentes. « Quels idiots ! » avait songé Caligo lorsqu'on lui avait rapporté cette décision du *Luftfahrtsministerium.*

Une fois le nez de l'avion pointé dans la bonne direction, le pilote mit les gaz à fond. Le toit de l'immeuble offrait une surface de décollage beaucoup trop courte, même pour un avion aussi léger que le Bv-141 : lorsque le train d'atterrissage dépassa le rebord du toit de l'immeuble, l'avion bascula dans le vide… pour réapparaître quelques secondes plus tard, l'accélération due à la chute suffisant pour lui faire acquérir la portance nécessaire. Caligo ne s'était pas inquiété ; il avait une confiance totale envers les talents de pilote de Bonhomme-au-fouet, un type qui auparavant réussissait à faire voler un chariot tiré par des rênes.

« C'est à nous deux, maintenant », dit Caligo à Cochon. Derrière lui, un klaxon protesta. Caligo sauta derrière le volant d'Autoverte et donna une tape amicale sur le tableau de bord. « Excuse-moi, Autoverte. Je voulais dire : à nous trois ! »

Cochon bondit à son poste habituel, debout sur le siège arrière, agrippé aux poignées de la lourde mitrailleuse dont le trépied avait été boulonné au plancher de la voiture. Dans un grondement de moteur poussé à fond, Autoverte accéléra et plongea dans l'ouverture de la rampe automobile. À la vitesse maximale permise par l'adhérence des pneumatiques, la voiture dévala la rampe en colimaçon, le hurlement guerrier de Cochon rivalisant avec le cri strident des pneus dérapant sur la surface de béton. Autoverte atteignit la base de la rampe avec un choc à défoncer les amortisseurs. C'est tout juste si Cochon ne fut pas projeté par-dessus bord. Mais déjà la voiture traversait la porte menant à la sortie. Elle déboucha sur la place du village avec la puissance d'un obus jaillissant d'un canon. Au même moment, avec un synchronisme parfait, le Bv-141 apparut en rasant les immeubles de si près que la poussière était soulevée de leurs toits.

Surpris en pleine orgie, leurs ennemis perdirent de précieuses secondes à émerger de leur stupeur. Une barbie à demi déshabillée hurla. Des nazis relevèrent précipitamment leurs pantalons et coururent récupérer leurs armes abandonnées contre le flanc des véhicules militaires. Trop tard ! Les tirs simultanés de la mitrailleuse de Cochon et de la tourelle du Bv-141 tracèrent deux sillons de mort dans le groupe ennemi puis se croisèrent au-dessus du capot de la chenillette, en plein sur la cheftaine des barbies qui dansait toujours, flambant nue. Son corps absorba de plein fouet le double flot meurtrier. Elle éclata comme une citrouille pourrie, arrosant de viscères et de lambeaux de chair ses compagnes et les soldats qui copulaient encore.

Le Bv-141 s'éloigna, abandonnant momentanément Autoverte et Cochon qui criblait toujours leurs ennemis de mitraille. Caligo, pour sa part, dégoupilla une grenade avec ses dents. Au moment exact où Autoverte braquait les roues pour s'éloigner du lieu du carnage, il lança la grenade qui tomba en plein dans la caisse de seringues de contrebande. Les barbies s'égaillèrent, paniquées. Mais les soldats encore indemnes avaient repris leurs esprits. Hurlant de rage, ils ouvrirent le feu vers Autoverte qui s'éloignait. Caligo sentit les balles siffler autour de sa tête et le pare-brise de la voiture fut transpercé à deux endroits.

Une boule de feu, d'éclats de bois et de débris de seringues engloba les ambulances et les véhicules chenillés. L'onde de choc de l'explosion faucha les quelques nazis encore debout.

Autoverte ralentit, fit demi-tour et s'arrêta.

« Ouaaais ! » exulta Cochon avec un geste obscène en direction de la place du village à feu et à sang. Caligo fit signe à son compagnon de se taire.

« Ne nous réjouissons pas trop vite. La région est infestée de nazis. Il vaut mieux filer. »

Cochon leva soudain le groin, les oreilles fré-
missantes. Caligo serra les dents. Il entendait lui
aussi. Un grondement métallique, pareil au tintement
d'une lourde chaîne d'acier qui se déroule, traversa
le crépitement des flammes. À l'autre bout de la
place du village, un panzer émergea d'une ruelle,
attiré par le tumulte. Aussitôt que le lourd véhicule
eut dégagé le passage, un second panzer apparut.
Puis un troisième… Cochon n'attendit pas de connaître le nombre exact de véhicules blindés qui
surgiraient ainsi de la ruelle : il ouvrit tout de suite
le feu. À demi sorti de l'écoutille du premier véhicule,
un nazi faisait le guet. La rafale de mitrailleuse le
trancha au niveau du thorax. Le haut de son corps
s'affaissa sur la paroi extérieure de la tourelle, dé-
gorgeant un flot d'entrailles sanguinolentes, et
resta suspendu à son abdomen déchiqueté par un
étroit lambeau de chair. Cela ne découragea pas les
opérateurs du char, car la tourelle se mit à pivoter
de façon à pointer le canon vers Autoverte. Les
canons des deux autres panzers convergèrent dans
la même direction. Le tir de Cochon était inutile, la
mitrailleuse était une arme trop légère pour transpercer le blindage des chars nazis.

Dans un vrombissement de fin du monde, le
Bv-141 survola de nouveau la place du village et
largua une roquette qui percuta de plein fouet le
premier panzer. L'explosion souleva littéralement
le véhicule du sol… qui retomba sur le côté, sa
carcasse éventrée exhalant d'épaisses volutes de
fumée au sein desquelles se tordaient des flammes.
Hélas ! l'avion s'éloignait encore, abandonnant Autoverte aux deux chars encore intacts. Insensibles
aux flammes, les panzers contournèrent la carcasse
fumante et s'approchèrent aussi vite que le permettait

leur traction chenillée. Heureusement, cette manœuvre les avait empêchés de garder leurs canons
pointés sur l'ennemi, mais les canons se redirigeaient
déjà vers leur cible.

« Foutons le camp ! » ordonna Caligo. Autoverte
recula dans une ruelle juste au moment où un des
chars tirait. À quelques mètres de la voiture, le
coin du mur explosa, projetant une pluie de pierre
et de mortier pulvérisés. Autoverte continua de
foncer à reculons, un exploit quasi suicidaire étant
donné l'étroitesse et la sinuosité des vieilles ruelles
pavées. Profitant du premier carrefour à se présenter
sur son trajet, la voiture fit demi-tour et s'enfuit de
plus belle.

Cochon se laissa retomber de tout son long sur
la banquette arrière. Un sourire hilare soulevait son
groin maculé de suie et de poussière. Caligo sourit
à son tour, un sourire qui se transforma en un vaste
rire triomphal. Les panzers étaient beaucoup trop
lents pour les rattraper. Cette fois-ci, les odieux
nazis et leurs putains de barbies y avaient goûté, et
pas qu'un peu ! Ce n'était pas demain la veille qu'on
les reprendrait à employer leurs ignobles seringues
sur les Amis de la forêt !

Un vrombissement rassurant par sa familiarité
envahit le ciel. Le Bv-141 apparut dans le ciel, entre
les immeubles. Caligo et Cochon saluèrent avec de
grands gestes Bonhomme-au-fouet et Q2D4 qui les
apercevaient certainement de là-haut. L'avion les
dépassa, traça une courbe gracieuse, sa silhouette
pittoresquement asymétrique se profilant contre le
ciel bleu, et mit le cap en direction de leur base secrète. La poitrine de Caligo se souleva de soulagement. Il retrouverait bientôt ses amis dans la
sécurité de la forêt, et ils pourraient tous fêter la

réussite de cette mission, incontestablement leur plus grande victoire à ce jour.

Caligo échangea avec Cochon la poignée de main secrète. À bas les nazis ! À bas les barbies ! Vive la liberté ! Vive les Amis de la forêt !

Soudain, sans le moindre avertissement, Autoverte freina à fond, les pneus crissant par à-coups sur la chaussée inégale. Cochon bascula par-dessus le dossier de la banquette avant et heurta lourdement le tableau de bord. Caligo reçut le volant dans l'estomac. La voiture s'immobilisa dans un grincement de freins rendus à bout.

« Autoverte, foutu bordel de merde ! » fulmina Cochon en essayant de se dépêtrer de sa fâcheuse position. « T'as gagné ton permis de conduire à la fête foraine ? »

Caligo resta agrippé au volant, le souffle coupé autant par le choc du volant que par le spectacle qui s'offrait à son regard à travers le pare-brise moucheté d'impacts de balles. Entre les façades lépreuses des immeubles abandonnés, deux silhouettes géantes, anguleuses et métalliques, bloquaient l'étroite rue pavée. À côté de lui, Cochon s'était redressé. Il leva un regard incrédule sur les deux monstrueux robots dont le torse pivotait dans leur direction. Il jura à mi-voix :

« Des *Kampfroboter*... Des foutus *Kampfroboter*... »

Caligo serra le volant au point de ressentir la douleur de ses ongles s'enfonçant dans ses paumes. Il avait eu tort de croire que cette mission était terminée...

# CHAPITRE 4

Un peu avant onze heures et demie, le silence qui régnait dans la chambre 525 fut interrompu par la stridulation suraiguë d'une alarme de montre-bracelet. Sylviane, qui s'était remise à la lecture de son livre de poche, se leva aussitôt. Elle rangea son livre dans le tiroir de la commode et s'approcha de Michel qui finissait de placer ses maigres possessions dans les espaces de rangement qui lui étaient destinés.

—C'est l'heure du dîner, annonça Sylviane en le toisant de son regard de poupée. On m'a demandé de te montrer où c'est.

Michel réprima un sourire en constatant le sérieux avec lequel la jeune femme s'acquittait du rôle qu'on lui avait assigné.

—D'accord. Je te suis.

Sylviane mena la marche, se retournant de temps en temps comme si elle avait peur que Michel se perde en chemin. Ce dernier aurait été capable de trouver l'endroit tout seul. Il lui aurait suffi de suivre les patients qui convergeaient en face du poste central, là où les ailes arrière, en rejoignant avec un angle l'aile principale du bâtiment, y délimitaient deux salles à manger en forme de triangle. Sylviane n'entra pas dans la première des salles.

—Celle-là est réservée aux patients des modules rouge et jaune.

—Tu es dans le module bleu toi aussi ?

Ses yeux frémirent dans leurs orbites.

—Évidemment ! On t'a mis dans ma chambre. On mettrait pas une personne d'un autre module dans ma chambre.

—Ah bon…

Michel suivit Sylviane dans la seconde salle, où plusieurs personnes étaient déjà attablées en groupes de quatre. Sylviane s'arrêta à une table déserte où il y avait trois chaises.

—Je m'assois ici d'habitude. Tu peux t'asseoir avec moi.

—Merci.

—Je veux pas que tu penses que je vais te bouder, même si on t'a imposé à moi dans ma chambre. Je sais que c'est pas ta décision.

Incapable d'imaginer un commentaire adéquat, Michel se contenta de s'asseoir à la gauche de Sylviane ; essayant d'éviter de croiser les regards qui s'attardaient sur lui, il fit mine de lire les affiches sur les murs. Une femme dans la quarantaine, ricaneuse, aux longs cheveux raides et au cou maigre comme celui d'un poulet déplumé, vint s'asseoir en leur compagnie, puis leur table fut complétée par un homme taciturne en fauteuil roulant, qui répondit par un grognement au salut que Michel lui adressa. Vêtu d'un complet, l'homme en fauteuil jurait un peu dans le décor jusqu'au moment où l'on contemplait ses mains mutilées, spectacle à la fois désagréable et fascinant. Il manquait deux doigts à la main gauche, alors que sa main droite n'était plus qu'un moignon couturé de cicatrices, semblable à une pomme de terre rosée avec deux ergots : une moitié de pouce et les deux premières phalanges du petit doigt.

Un préposé des cuisines, un petit blond maigre comme un clou, avec un nez étroit, poussa un volumineux chariot d'acier inoxydable dans le couloir en face de la porte. Il salua joyeusement la compagnie puis, avec des gestes vifs et précis, ouvrit la porte de son chariot et il se mit à servir les repas. Denis, le gros infirmier taciturne qui avait accueilli Michel à son arrivée, lui donnait un coup de main. Le préposé au chariot posa avec raideur deux plateaux sur la table en face de Sylviane et de l'homme en fauteuil roulant.

—Monsieur Landreville ! s'exclama le préposé avec la bonhomie un peu agressive d'un vendeur de porte à porte. Toujours le sourire aux lèvres !

Le patient fit un geste agacé, refusant – ou étant incapable – de répondre.

—Pis toi Sylviane, ça va ?

Sans attendre de réponse, le préposé alla chercher deux autres repas, qu'il déposa en face de Michel et de la femme au cou de poulet.

—Salut, Joanne !

—Salut, Richard !

—T'es ben belle à matin !

La patiente caqueta de rire.

—C'est qui le nouveau, Joanne ? demanda le préposé nommé Richard en adressant un clin d'œil à Michel. Je le connais pas. C'est ton *chum* ?

Joanne gloussa de plus belle, le visage secoué de tics nerveux.

—Non, non…

Richard retourna chercher d'autres plateaux, plus intéressé à taquiner les patients qu'à prendre note de leur réaction. Michel étudia le contenu de son plateau. Entre un jus de fruits scellé sous aluminium et un pouding de couleur indistincte se trouvait une assiette de plastique dans laquelle trônaient une boule de pomme de terre en purée, trois carottes molles et un filet de poulet blanchâtre dans une sauce d'allure commerciale. Michel prit sa fourchette et son couteau en plastique – les couverts de métal devaient être bien peu populaires dans les hôpitaux psychiatriques – et fit une prudente tentative de dégustation… Il poussa un immense soupir. Sylviane, sur ce point au moins, avait dit la vérité : la nourriture servie au Centre hospitalier Saint-Pacôme était positivement et incontestablement dégueulasse. Et on ne pouvait pas dire que l'ambiance compensait la piètre qualité de la cuisine. La plupart des convives mangeaient en silence. Ceux qui se laissaient aller à une conversation le faisaient à voix basse, à l'exception d'un jeune homme aux cheveux longs, à l'autre bout de la salle, qui parlait beaucoup et fort, au point que Denis, qui était resté pour surveiller la salle, devait parfois le rappeler à l'ordre. Étant donné les nombreuses admonestations qui ponctuèrent la période du repas, Michel ne tarda pas à connaître le prénom du jeune homme : « Moins fort, Jean-Robert ! » « Si tu mangeais, Jean-Robert, au lieu de parler tout le temps. » « Jean-Robert, éteins ça. Tu sais que tu peux pas fumer ici. »

Cette dernière réprimande entraîna une vive protestation de la part du jeune homme.

— C'est en mangeant que j'aime fumer. Pas après.

— Tu fumes dans ta chambre ou au salon. C'est tout et c'est final.

—Qui est-ce que ça peut ben déranger si je fume? La bouffe est tellement dégueu.

—Jean-Robert, éteins ça, je ne me répéterai plus.

D'une chiquenaude, Jean-Robert projeta la cigarette sur le mur, où elle s'éteignit avec une petite explosion d'étincelles.

—Maudit tannant! s'impatienta Sylviane, ses yeux frémissant d'exaspération.

Le surveillant ignora l'impertinence et Michel suivit l'exemple de ses deux autres compagnons de table en continuant de manger en silence.

À la fin du repas, alors que plusieurs convives avaient commencé à quitter leur table, un homme dans la jeune cinquantaine, au visage sympathique encerclé d'une barbe tirant sur le roux, pénétra dans la salle à manger et s'approcha de Michel, tout sourire.

—Michel Ferron? Je m'appelle Pascal Lafrance, je suis le psychoéducateur de votre module.

Michel se leva et serra la main tendue.

—Dommage qu'on se soit manqués ce matin, poursuivit le psychoéducateur. Rico s'est bien occupé de vous?

—Rico?

—Le préposé qui vous a installé ce matin.

—Ah! Oui, il m'a tout expliqué.

—Dommage que vous ayez manqué la rencontre de groupe, j'aurais pu vous présenter à tout le monde. On se reprendra demain. De toute façon, je vois que vous avez déjà commencé à faire connaissance?

—Un peu.

—Est-ce que ça vous dirait de visiter un peu plus en détail? Voir comment nous sommes installés?

Après tout – il éclata d'un rire franc – vous êtes ici pour plusieurs semaines. Il serait bon que vous vous sentiez le plus vite possible chez vous.

Michel haussa une épaule fatiguée.

—Si vous voulez…

Avec la bonne humeur d'un agent immobilier flairant une vente facile, le psychoéducateur entraîna Michel pour une visite en règle du cinquième étage, entièrement consacré aux soins psychiatriques de longue durée. Ils commencèrent par le poste central. Derrière le comptoir du poste se dressait une paroi vitrée percée d'étroites ouvertures à chicane, comme dans les banques. Derrière le verre, si épais qu'il en était un peu glauque, s'alignaient de nombreuses étagères garnies de pots et de bouteilles de toutes tailles. La pharmacie du service, expliqua Pascal Lafrance. À gauche du poste se trouvaient les bureaux où les patients rencontraient les médecins et les psychologues. Au-delà de ces bureaux, le couloir se terminait par la porte menant aux ascenseurs que Michel avait franchie le matin même. Plusieurs années plus tôt, ce couloir se prolongeait bien au-delà de l'ascenseur, mais cette partie du bâtiment était désaffectée. « À cause des restrictions budgétaires », confia le psychoéducateur avec un sourire en coin.

La visite se poursuivit. Lafrance montra à son visiteur les toilettes pour hommes, les locaux d'ergo-thérapie et de physiothérapie, la salle de billard qui faisait également office de bibliothèque.

Une salle de thérapie – qu'ils appelaient la salle « multi » – occupait le centre du bâtiment, juste en face du poste. La salle n'était pas utilisée à ce moment-là. Un employé d'entretien – un jeune homme d'allure maghrébine – qui nettoyait le plancher avec de courts mouvements très méthodiques. Au fond de la salle, une verrière grillagée laissait entrevoir un balcon, lui aussi ceinturé d'une clôture haute comme celle d'un terrain de tennis.

—Le balcon est fermé, expliqua Lafrance, mais plus pour longtemps. On l'ouvre du 24 juin au 1ᵉʳ octobre.

Michel suivait docilement. Pendant toute la visite, son attention s'était surtout portée sur les chambres des patients. La plupart des portes étaient ouvertes ou au moins entrouvertes. Michel aperçut une femme aux cheveux clairsemés, assise sur sa chaise et fixant le vide ; un homme allongé dans son lit, le regard fébrile au milieu d'un visage mangé d'eczéma, ses membres d'une maigreur incroyable immobilisés par des lanières de cuir rembourré ; et un vieillard qui tendait avec irascibilité une télécommande vers une télévision boulonnée au plafond.

De nombreuses chambres étaient vides, cependant, leurs occupants éparpillés dans les salles à manger et dans la salle commune, dernier arrêt de la visite guidée. Cette salle commune, le « salon », occupait la pleine largeur de l'aile principale, à son extrémité nord-est. Les murs étaient beiges, le sol couvert des mêmes tuiles jaunes et saumon soigneusement astiquées qui tapissaient le plancher des couloirs. Un puissant remugle de tabac froid épaississait l'air. Avec ses tables à cartes dépeuplées et ses téléspectateurs alignés en face des deux téléviseurs diffusant *J.E. en direct*, la grande pièce réverbérante aurait été parfaitement lugubre sans le paysage verdoyant entrevu à travers les fenêtres grillagées. Dans le fond de la salle, un auvent dissimulait un placard. Au-dessus de l'auvent, un tableau affichait un message en grosses lettres noires :

## Bienvenue au Salon du cinquième (5e) étage du Centre hospitalier Saint-Pacôme, Shawinigan, Québec
## Nous sommes LUNDI, LE 14 JUIN 1999
## Dehors, c'est le PRINTEMPS

Il fallut à Michel quelques secondes pour comprendre que ce tableau n'avait pas été installé dans un but décoratif, mais bien pour constamment rappeler aux patients confus où ils se trouvaient et à quelle époque.

Tout le monde n'écoutait pas la télévision. Une femme se balançait sur sa chaise, le visage ravagé de tics. Un jeune homme au visage placide, quoique illuminé d'un regard profond et noir, tournait doucement les pages d'un livre posé sur ses genoux. Michel s'aperçut que le jeune homme lisait son livre à l'envers, tête-bêche. Au fond de la salle, un grand homme nerveux à carrure de boxeur déambulait d'un mur à l'autre tel un ours en cage. Il était accompagné dans sa marche par Jean-Robert, le jeune homme aux longs cheveux châtains qui un peu plus tôt voulait fumer dans la salle à manger. Près de la porte, un infirmier que Michel n'avait pas encore rencontré lisait distraitement un roman en jetant fréquemment un coup d'œil sur le petit monde qu'il était chargé de surveiller.

Quelques regards s'attardèrent sur les nouveaux arrivants, surtout sur Michel que l'on ne connaissait pas, mais l'attitude générale fut l'indifférence polie. Le seul à réagir de façon marquée fut Jean-Robert. Il traversa vivement la salle commune, un sourire ravi sur le visage, répétant «Heille, heille… Heille, heille… ». Michel recula d'un pas, incertain de la conduite à adopter, mais le petit homme aux cheveux longs était déjà sur lui, la main tendue.

— Heille, salut ! Je t'ai vu tout à l'heure dans la salle à manger. T'es nouveau toi, hein ?

Michel serra une main moite, potelée, aux doigts courts.

— Je m'appelle Jean-Robert Dion. Toi ?

— Michel. Michel Ferron.

— Enchanté Michel ! Ça me fait super plaisir de rencontrer quelqu'un de nouveau. Quelqu'un qui a l'air parlable. D'où est-ce que tu viens ? Quel âge as-tu ?

— J'ai… J'ai quarante-cinq ans.

— Quarante-cinq ! Ça paraît pas ! Moi, j'ai vingt-trois ans. Je viens de Grand-Mère.

— Vous aurez amplement d'occasions de vous connaître, dit aimablement Lafrance. Michel est dans le module bleu.

— Hein ? Moi aussi ! s'exclama Jean-Robert. *All right ! All right !* Les Bleus, c'est les vrais !

Michel avait de la difficulté à prêter attention au verbiage excité de Jean-Robert Dion. Il ne quittait pas de l'œil le costaud qui s'approchait, l'air teigneux, ses avant-bras noueux secoués de spasmes. Heureusement, le psychoéducateur lui fit signe d'arrêter, le disputant sur le ton de sévérité bourrue que l'on emploie avec les enfants ou les chiens.

— Anthony ? On se calme…

— Quoi ? Quoi ? Qu'est-ce qui se passe ? demanda Jean-Robert, regardant tour à tour Pascal Lafrance et Anthony.

— Y mmm… Y mmm… bégaya le colosse, son visage plissé sous l'effort qu'il mettait à essayer de parler.

— On se calme, Anthony, répéta Lafrance sur un ton à la fois ferme et amical.

—Ben oui, Tony! éclata joyeusement Jean-Robert en frappant du plat de la main sur les épaules du malabar. Contrôle, hein Tony? Qu'est-ce qu'on s'était dit, hein, hein? Tony macaroni! On se contrôle. On canalise l'agression. On canalise, Tony!

Le jeune homme avait soulevé la main droite et l'agitait à quelques centimètres de son oreille. Le poing noueux d'Anthony fendit l'air là où son compagnon agitait la main.

—Ici maintenant!

Jean-Robert agitait la main gauche. Anthony frappa dans cette direction. Les deux hommes entamèrent un fébrile pas de deux, l'un sautillant, agitant la main et répétant « Tony! On canalise, Tony, on canalise! », tel un entraîneur de boxe asticotant son poulain, et l'autre frappant, et frappant encore, effleurant chaque fois la main qui faisait office de cible. Michel ne connaissait pas grand-chose à la boxe, mais il devina que la vigueur des feintes d'Anthony et la façon dont il se protégeait le visage malgré l'absence de coups en retour étaient le fruit d'un entraînement professionnel.

Au bout de la salle, le surveillant finit par s'impatienter:

—Jean-Robert! Je t'ai dit de pas exciter Anthony…

Jean-Robert leva les mains, sautant sur la pointe des pieds et faisant signe à Anthony d'arrêter.

—C'est beau, Tony! Stop! Stop!

Anthony balança encore quelques coups, pour la forme, puis il se calma lui aussi, respirant comme une forge et essuyant la morve qui lui coulait du nez.

—Vous êtes stressants, dit Sylviane qui s'était approchée de Michel sans que ce dernier s'en aperçoive.

—Heille, non, non ! On est cool, on est cool. On discute, hein ? On s'assoit et on discute.

Joignant le geste à la parole, Jean-Robert s'assit prestement à une des tables et fit signe à Anthony, Michel et Sylviane de s'asseoir en leur compagnie.

—Bon, eh bien je vous laisse faire connaissance, dit Lafrance en s'éloignant.

Encore un peu abasourdi, Michel obéit aux gestes d'invitation fébriles de Jean-Robert. Il s'assit, suivi un peu à contrecœur par Sylviane.

—Toi aussi, Tony ! Assis-toi, mon Tony. Tony macaroni, la machine à spaghetti. Heille, ça fait du bien de parler à du monde nouveau. On s'assoit et on discute, toute la nuit.

Le jeune homme soulignait chacune de ses phrases d'un claquement de doigts, d'un craquement d'articulations, du frottement d'un index contre l'autre ou d'un autre tic nerveux démontrant à quel point il avait de la difficulté à tenir en place.

—C'est ça que j'aime dans la vie. On s'assoit autour d'une bonne bière, pis on jase, pis on rit. Des fois, avec mes chums, on a *tellement* ri. Mal au ventre. Le problème ici, pour être honnête avec toi, c'est qu'on peut pas discuter autour d'une bière, vu qu'on en a pas. (Avec une soudaineté déconcertante, il aboya en direction des téléspectateurs indifférents.) *De la bière ! De la bière ! On veut de la bière !*

À l'autre bout de la salle, Joanne éclata du long rire hystérique que Michel avait entendu plusieurs fois depuis son arrivée.

—Ça marche à tout coup ! s'esclaffa Jean-Robert en se frappant sur la cuisse. Maudite Joanne. Complètement capotée. Heille, Michel ! C'est bien ça, Michel, hein ? Tu me feras penser de te montrer mon album. Tu viendras dans ma chambre, quand tu voudras, n'importe quánd, ça va me faire plaisir. Je suis à la chambre 536. Tu vas être surpris, je te préviens. (Il ajouta à l'intention de Sylviane, comme en aparté:) Toi aussi, tu peux venir.

—Je les ai vues, tes photos.

Jean-Robert se frotta fébrilement les mains, c'est à peine s'il avait écouté la jeune femme.

—*Yes!* Ça fait que – Michel, c'est ça hein? – tu t'es retrouvé avec Sylviane. Tu te retrouves donc dans la chambre numéro… La chambre numéro… Attends, aide-moi pas, je vais m'en rappeler…

—Cinq cent vingt-cinq, dit Sylviane.

—J'ai dit que je m'en rappelais! fulmina le jeune homme. Je t'ai dit de ne pas m'aider! Cinq fois cinq égale vingt-cinq. Comme on est au cinquième étage, c'est un truc pour s'en rappeler. Tu sais de quoi je parle, hein Michel?

—Oui. Un truc mnémotechnique.

—Exact! approuva Jean-Robert avec un sursaut de surprise ravie. T'as l'air de savoir plein d'affaires, toi. On va avoir du fun. J'ai des trucs mnémotechniques pour tout. Donne-moi ton numéro de téléphone et je te garantis que je vais m'en souvenir.

—Peut-être une autre fois.

—Pas de problèmes. C'est sûr qu'il y a des chiffres moins évidents que d'autres. Le numéro de ma chambre, par exemple. J'ai juste trouvé 67 multiplié par 8 – six, sept, huit: tu comprends? Ça fait 536. Oui, je sais, c'est pas terrible. C'est plus simple de dire que ma chambre est en face du placard de la machine à cirer.

Le monologue fébrile de Jean-Robert se poursuivit, ponctué de quelques réponses de Michel lorsque l'autre lui lançait un insistant « D'accord avec moi ? » ou « J'ai-tu raison ou j'ai-tu pas raison ? » Sylviane et Anthony ne disaient rien. La première boudait, rentrée dans sa coquille, tandis que le second tentait de suivre la conversation, son visage prognathe plissé en une expression de profond ahurissement. Et il y avait de quoi l'être : la narration du jeune homme bondissait, virevoltait, effectuait des vrilles et des triples saltos arrière, au rythme des métaphores et des associations d'idées. À force de parler, Jean-Robert s'échauffait. Il se mit à vitupérer contre les voitures américaines, pourfendant notamment la compagnie Chrysler pour ses voitures fabriquées dans les années soixante-dix. Maintenant hors de lui, il se leva, frappa la table du plat de la main.

—Le seul char américain qui a de l'allure, c'est la Cadillac ! Y a-tu quelque chose de plus capoté qu'une Cadillac rose décapotable ? « Capoté », « décapotable », elle a passé vite celle-là, hein ? Une Cadillac avec des sièges en « minou », hein ? Comme dans les vidéos de *Z Z Top* ? (Il se mit à se déhancher et à chanter avec une voix de fausset.) *She's got legs, and she knows how to use it...*

—Ta gueule ! protesta un des patients à l'autre bout de la salle.

—On essaie d'écouter la télévision !

—Jean-Robert, assis-toi, renchérit l'infirmier surveillant.

Jean-Robert se tourna vers l'infirmier, toujours dansant.

—*What's your problem, man ? I'm a star ! You can't stop a star from shining...*

L'infirmier posa lentement et ostensiblement son roman sur la chaise à côté. Il ne se leva pas, toutefois. Pas tout de suite. Sous ses cheveux très

bruns et très fournis, son visage était passé de la
tolérance blasée à l'impatience manifeste. Comme
plusieurs de ses confrères travaillant à cet étage, il
était grand et costaud, avec des biceps et des avant-
bras sculptés par un entraînement intensif. À la
hauteur des épaules, dissimulés par la combinaison
mais perceptibles tel un filigrane dans le tissu blanc,
apparaissaient les tatouages qui semblaient incon-
tournables chez les amateurs de musculation. L'infirmier dit, très calmement:

—Oblige-moi à me lever de cette chaise et tu
vas le regretter. Je te le répéterai pas. Assis-toi et
calme-toi.

—*Sir! Yes, Sir!* répondit Jean-Robert en s'assoyant d'une masse, la main dressée à la hauteur du
front en une parodie de salut militaire. (Il se pencha
aussitôt vers Michel et lui fit un clin d'œil complice.) Serge se prend pour un infirmier. C'est pour
ça qu'il est enfermé ici avec nous. Chuuut… Faut
pas le contredire. Tout le monde lui obéit comme
s'il était *vraiment* un infirmier. C'est le seul moyen
de l'empêcher de faire des crises…

Un pâle sourire souleva les joues mal rasées de
Michel. Pendant un certain temps, les seuls sons
qu'on entendit dans le salon furent le ricanement
contenu de Jean-Robert et les conversations des
personnages à la télévision, le tout entrecoupé par
les slogans tonitruants des publicités. Jean-Robert
sortit un paquet de cigarettes et en offrit à la ronde.
Seul Anthony accepta. Le jeune homme alluma deux
cigarettes et en tendit une à son compagnon qui
marmonna quelque chose qui pouvait ressembler à
un remerciement.

—Ouaille… finit par s'exclamer Jean-Robert
après une longue période de silence. C'est ça qui
est ça.

Michel ne fit aucun effort pour relancer la conversation. Il observait le monde autour de lui, bien qu'il n'y eût, tout considéré, pas grand-chose à voir dans cette grande salle rectangulaire aux fenêtres grillagées. Des tables, des chaises – du mobilier robuste. Les patients continuaient de regarder les télévisions prisonnières de leurs solides cages d'acier, boulonnées au plafond. Serge, l'infirmier aux tatouages, avait repris sa lecture. Le grand jeune homme aux yeux noirs continuait aussi de lire son livre à l'envers, véritable caricature de la maladie mentale.

— Qu'est-ce qu'il fait ici, lui ? demanda Sylviane, son regard fixé vers le couloir.

Michel regarda dans la direction indiquée. Il réussit à ne pas réagir, en dépit du fait que son cœur battait soudain plus lourd dans sa poitrine. Un homme avait passé la porte de la salle commune ; assez grand, il était vêtu d'un complet sport avec des pièces de cuir aux coudes. Sous son front dégarni, derrière de petites lunettes rondes, des yeux pâles largement écartés lui conféraient un regard de hibou. Avec une légère hésitation, comme s'il n'était pas encore sûr de la conduite à tenir, il s'approcha de Michel, les lèvres soulevées en un sourire incertain.

— Bonjour, monsieur Ferron !

Michel se leva lentement et serra la main tendue.

— Bonjour, docteur Leduc.

— Heille, c'est Duc Ledoc ! s'exclama joyeusement Jean-Robert.

— Bonjour, Jean-Robert. Ça va aujourd'hui ?

— Ça va super. Qu'est-ce que vous faites ici ? Vous faites des heures supplémentaires ?

Le docteur Leduc ignora les questions du jeune patient et s'adressa à Michel.

—Je ne suis pas de garde, mais j'avais des dossiers à remplir, alors je me suis dit que je viendrais voir comment ça allait. Alors oui, ça va ? On s'occupe bien de vous ?

—Ça va.

Le docteur Leduc consulta ostensiblement sa montre. *Mon Dieu, il est encore pire comédien que je craignais !* songea Michel.

—J'aurais une demi-heure de libre. Voudriez-vous passer au bureau ? On pourrait discuter de… de votre programme de soin.

—Si vous voulez.

Michel sortit en compagnie du psychiatre avec l'impression que tous les occupants du salon les regardaient. Le couloir de l'aile centrale semblait s'être allongé, la marche jusqu'au bureau du médecin parut ne jamais vouloir finir. Michel entra dans le bureau où quelques heures plus tôt il avait répondu aux questions du docteur Turcotte. Le docteur Leduc entra à son tour et se dépêcha de fermer la porte.

—Vous ne la verrouillez pas ?

Le psychiatre eut un pâle sourire.

—Ça aurait l'air bizarre. Je ne verrouille jamais la porte. Ne vous inquiétez pas, le personnel n'ouvrira pas sans frapper pendant que je suis en consultation.

Michel se laissa tomber lourdement dans un des fauteuils de cuir, secouant la tête avec un sourire incrédule sur les lèvres.

—En tout cas, docteur Leduc, je ne pensais jamais que j'éprouverais autant de plaisir à vous revoir !

Le psychiatre émit un petit rire incertain.

—Je voulais simplement voir si vous réussissiez à passer à travers votre première journée.

—Un peu bizarre comme expérience, mais tout se déroule comme prévu. Disons tout de même que je suis surpris de partager ma chambre avec une femme.

Le docteur Leduc alla s'asseoir derrière son bureau, se gratta l'oreille et cligna de ses grands yeux de hibou.

—Oui, j'ai vu qu'on vous a logé avec Sylviane Pagé. Ce n'était pas vraiment prévu. Idéalement, nous essayons de ne pas placer un homme avec une femme. Mais je n'ai pas besoin de vous répéter que l'univers d'un hôpital psychiatrique est loin d'être idéal. L'étage est surpeuplé de façon chronique. Chaque module est conçu pour traiter douze patients, alors que vous êtes dix-sept. Je vous répète ce que je vous ai dit l'autre jour. Nous ne sommes pas un hôpital général. Les chambres privées sont attribuées en fonction de la pathologie et du comportement des patients. Un dépressif – comme vous – doit être socialisé, c'est donc préférable de l'hospitaliser avec un compagnon de chambre… Comme Sylviane refuse de partager une chambre avec une autre femme, alors…

—C'est bon, c'est bon, coupa Michel. Ça m'a un peu surpris, c'est tout.

Le psychiatre ne sembla pas apprécier le ton impatienté de son interlocuteur. Il cligna des yeux plusieurs fois.

—Oui, eh bien… Je me permets de rappeler que ce n'était pas mon idée de vous avoir ici.

Michel se morigéna. C'était un fait que Leduc et lui n'avaient que peu d'atomes crochus. Le timbre subtilement geignard de la voix du médecin l'agaçait, et pour tout dire il était ridicule avec ses ronds de cuir aux coudes. Mais Michel avait intérêt à supporter les maniérismes affectés du psychiatre… Au moins tant que ce dernier serait la seule personne du service à connaître la vérité à son sujet, à savoir que le nouveau patient qui venait d'être intégré au module bleu ne souffrait ni de dépression ni d'aucune autre maladie psychiatrique. Il aurait pu diagnostiquer, à la rigueur, une personnalité un peu schizoïde, avec quelques traits obsessionnels, mais rien de pathologique. En fait, c'étaient des traits de caractères plutôt normaux, pour ne pas dire utiles, chez un homme exerçant la profession un peu particulière de détective privé.

# CHAPITRE 5

L'engueulade. Tout ça pour une malheureuse demi-heure de retard. Quelle *bitch* cette Martine depuis qu'on lui a confié la charge de la garde du soir au cinquième étage. Voilà ce que ça donne de mettre des femmes à la tête d'un service. Elles sont insécures et à la moindre anicroche rappliquent avec le règlement. Le règlement, le règlement, faut suivre le règlement. Une femme boss, c'est l'enfer !

La dernière fois qu'il avait eu un problème mécanique, est-ce qu'il s'était fait crier après ? Non. Parce que le responsable du *shift* ce soir-là avait été Denis. Avec un homme, il n'y aurait pas eu de stress. Denis lui aurait demandé ce qui s'était passé. Il lui aurait expliqué que la courroie avait lâché. Denis aurait compris qu'une voiture pas de courroie, ça n'avance pas. Il aurait compris à quel point il avait été chanceux de pouvoir faire réparer sa voiture aussi vite. Un homme comprend ces choses-là. Un homme comprend qu'une voiture, c'est de la mécanique. Qu'un remorquage, ça prend du temps.

Les femmes comprennent rien à la mécanique. Quand ça brise, elles chialent. Elles prennent ça personnel, comme une malédiction, un complot.

Pour elles, une voiture ne devrait jamais tomber en panne. Si ça brise, c'est la faute du constructeur, du garagiste, du concessionnaire qui leur a vendu un citron. Elles paranoïent. Elles pensent que tous les garagistes et vendeurs de voitures essaient de les fourrer parce qu'elles sont des femmes. Mais demandez-leur de faire vérifier l'huile quand elles font le plein d'essence – pas de le faire elles-mêmes, mais de simplement *penser* à le demander au garagiste – et elles vous regardent avec des yeux ronds. Elles ne veulent pas. Elles n'y comprennent rien. Elles préfèrent chialer.

Et bien sûr, quand la femme devient boss, elle chiale contre ses employés en retard s'ils osent prétexter une panne.

*Fuck off...*

Alors maintenant, faut courir. Faut toujours courir, de toute façon. Le soir, ils ne sont que six membres du personnel pour s'occuper des quatre modules. De l'étage au complet. L'équipe de jour a intérêt à avoir tout réglé avant seize heures – ils sont vingt-sept – parce que l'équipe du soir n'a pas le temps de s'occuper des niaiseries. Faut courir. Courir pour le souper, courir pour les pilules. Au moins, ce soir, ils sont tranquilles. Même le nouveau du module bleu, dans le 525. Faut dire que les dépressifs ne sont pas les plus accaparants.

Dans le salon du personnel, il prend deux secondes pour s'en allumer une. Il entend le bruit d'un fauteuil roulant. M. Landreville passe la tête par la porte du salon.

—Est-ce que je peux vous demander quelque chose?

—Qu'est-ce que tu veux?

—Je voudrais téléphoner.

—À qui?

—Au docteur Leduc. J'ai pensé à plusieurs affaires aujourd'hui. Faut que je lui en parle.

—Non.

M. Landreville disparaît sans protester, à croire que le patient n'a jamais vraiment cru qu'on le laisserait téléphoner à cette heure de la soirée.

Il termine sa cigarette, puis patrouille un peu l'étage. Il surprend Jean-Robert dans le couloir en train de transporter des draps. Il lui ordonne de rapporter ça à sa chambre. Finalement, il préfère suivre Jean-Robert pour s'assurer qu'il s'agit bien des draps de son lit à lui. Il ne faudrait surtout pas que ce maudit énervé ait volé les draps de Kevin. L'autiste fait des crises terribles quand on a le malheur de toucher à quoi que ce soit dans sa chambre. Comme la chambre de Kevin est proche de celle de Jean-Robert et que ce dernier est toujours en train d'emmerder les autres patients, le personnel n'en fournit pas de le surveiller.

Mais non, ça va. Jean-Robert réintègre sa chambre et refait son lit, aidé maladroitement par Anthony. Toujours ensemble, ces deux-là. Ça vaut bien la peine de leur donner chacun une chambre privée. Un bavard et un muet débile. Le couple parfait.

En retournant au poste, il prend le temps de vérifier si tout va bien chez Kevin. Le jeune autiste tourne en rond dans sa chambre. C'est son heure pour vérifier, dix fois, cent fois, que tout est à sa place. Il mesure la distance entre la tête du lit et le mur, repositionne les objets sur sa table de nuit, classe ses précieux livres par ordre décroissant de taille, avec un soin maniaque. Avant de se coucher, ses pantoufles doivent être déposées à un endroit précis, au millimètre près. Ce genre d'activité l'occupe pendant une demi-heure au moins tous les soirs. Le jeune homme vole d'un bout à l'autre de la chambre avec une fébrilité silencieuse, comme un papillon de nuit autour d'une ampoule électrique.

La routine.

Vers vingt-deux heures, c'est vraiment le calme plat. Parfait. Il va s'accouder au poste. Ses deux collègues sont en train de remplir toute la paperasse. Elles bavardent un peu. Il se mêle à la conversation. Ils n'ont pas grand-chose à se dire. Il boit un jus de fruits. Sa paille fait un bruit de succion dans le fond du contenant de jus. Il jette le berlingot vide dans la poubelle et décide d'aller faire une dernière patrouille.

Il longe les couloirs déserts. Oui, c'est vraiment tranquille ce soir. D'habitude il faut assommer les *morons* de pilules pour qu'un silence pareil règne le long de ces tunnels assombris. Dans la salle commune abandonnée, les téléviseurs sont éteints. Une des préposées du soir, Annette, une petite grassouillette, change la date sur le panneau indicateur, en équilibre sur le marchepied. Leurs regards se croisent. Il surveille le couloir derrière lui. Seul signe de vie, les deux infirmières nimbées de la lumière éternelle du poste central, minuscules au bout du couloir.

Annette descend du marchepied. Elle le regarde approcher avec, sur le visage, une expression de gêne et d'avidité un peu fiévreuse.

—Est-ce qu'on peut... chuchote-t-elle.

Il fait un geste rassurant.

—On peut se parler.

—Je me demandais si tu aurais la... la même chose que l'autre fois.

L'autre fois, il s'était agi d'Oramorph, un comprimé de sulfate de morphine.

— J'ai un équivalent. Combien tu en veux ?

— Je… Je sais pas… Penses-tu que tu pourrais m'en donner une trentaine ?

— Autant que tu veux, ma fille, répond-il avec un sourire suffisant. Mais pas ce soir.

— Bien sûr. Je comprends.

Elle lance un regard nerveux vers la porte menant au couloir, se lèche la lèvre supérieure en un geste inconscient. Il travaille au même étage qu'Annette depuis plus d'un an et les seules occasions où il la voit se lécher la lèvre de cette façon, c'est lorsqu'elle lui fait ses « commandes ». Elle avait commencé avec de la codéine, mais le narcotique s'était finalement avéré trop léger pour ses besoins et, depuis quelques semaines, elle préférait se procurer *the real thing*.

— Demain ? souffle-t-elle.

— Aucun problème. Normalement, c'est quatre piasses le comprimé, mais je te ferai un chiffre rond : cent pour le tout. Tu diras pas que je suis pas correct avec toi.

Elle hésite un peu.

— Est-ce que je pourrais te régler ça un peu plus tard ? Le jour de la paye ?

Il grimace.

— Courir le monde, j'aime pas ça. Je te l'ai déjà dit.

— T'auras pas à me courir. Je te promets de régler ça dès que j'ai l'argent.

Il voudrait lui expliquer qu'il accepte mais que c'est la dernière fois, compris ? Mais il ne dit rien : Nabil vient de pénétrer dans la salle commune. L'éducateur les salue jovialement. Il lui retourne son salut. Nabil confond la salutation pour une invitation. Il s'approche, reste un peu à bavarder, le sourire aux lèvres. La bonne humeur de l'éducateur finit par tomber sur les nerfs, cette bonne humeur un peu forcée de celui qui a rencontré Dieu sur le tard.

Il lui faut se méfier de Nabil. Rien de tel qu'un fou de Dieu pour se mettre dans la tête de vous dénoncer.

De toute façon, minuit approche. Certains employés de l'équipe de nuit sont déjà arrivés. Toujours les mêmes en avance, toujours les mêmes en retard. On discute un peu, on informe les nouveaux arrivants de l'état des choses. Dehors, il s'arrête sur le parvis de la sortie des employés. Il attend sa pasagère, qui a fait un bref arrêt aux toilettes. Il est juste content d'être sorti du lugubre édifice, de respirer autre chose que de l'air en conserve. Le vent qui souffle au sommet de la colline est doux et parfumé. On ne distingue pas les étoiles ; les nuages bas reflètent les lumières de l'usine hydroélectrique. Un plafond gris orangé, comme une nuée d'incendie. Il se sent bien. Le mois de juin a débuté sur une note pluvieuse, mais la troisième semaine annonce pour de vrai l'été. Il est plus que temps. La saison commence-t-elle officiellement le 20 ou le 21 ? Il n'a jamais trop su. Pour lui, le véritable signal de l'été a toujours été la fête de la Saint-Jean. Ça lui fait penser qu'il faut accélérer les préparatifs du *party* pour les patients du cinquième. Une tradition. Faut bien les distraire un peu. Il sera de service cette année, comme l'année passée.

Elle sort enfin des toilettes.

— Tu as l'air fatiguée.

— Bof…

Il la suit jusqu'à la Mustang. Pour une fois qu'il est aimable, regarde ce que ça donne… Bah ! Lui aussi est fatigué. Il n'a hâte qu'à une chose, être de retour à la maison et se coucher.

Il insère la clé dans la serrure de la portière. Avec un claquement discret de mécanique bien élevée, les portes de la Mustang se déverrouillent. Ils prennent place tous les deux. Ils émergent du parking, tournent à gauche, descendent la pente jusqu'à la 4e Rue. À cette heure, Shawinigan est désertée. Il brûle un feu rouge : il n'est quand même pas pour attendre comme un con. La 55 est vide elle aussi. Il appuie sur l'accélérateur. Le moteur gronde. Il s'engage à plus de cent kilomètres à l'heure sur la bretelle menant à la Transcanadienne. La voiture colle à la route, une beauté.

L'autoroute 40 se perd dans la nuit, droit devant, au-delà de la portée des phares. La Mustang maintient un tranquille 135. À la radio, la voix sensuelle de Shade met un peu d'ambiance dans l'habitacle silencieux. L'air tiède est riche d'insectes, fugaces étoiles filantes qui éclatent contre le pare-brise avec un craquement liquide. Les essuie-glaces tentent de nettoyer les dégâts, mais les entrailles d'insectes collent à la vitre. Il n'a pas encore pensé à remplacer l'antigel par du lave-glace d'été. Le liquide gicle en vain. Quel gâchis !

# CHAPITRE 6

Incrédules, Caligo, Cochon et Autoverte contemplaient les deux énormes *Kampfroboter* qui leur barraient le chemin, terrifiants avec leurs membres puissamment articulés, leurs pinces luisantes d'huile, leur thorax kaki sur lequel était peinte l'ignoble croix gammée écarlate et, tout en haut, surplomblant la ruelle à près de six mètres, leur tête anguleuse percée d'une fenêtre horizontale derrière laquelle se dissimulait l'opérateur.

Comme tous les Amis de la forêt, Caligo avait eu vent de rumeurs au sujet de l'arme secrète de leurs ennemis. Des *Kampfroboter*. Des robots de combat. Mais il n'avait jamais imaginé que les ingénieurs nazis en eussent déjà terminé la mise au point.

Les opérateurs des robots, bien à l'abri dans la tête blindée, avaient certainement reçu par radio des instructions de leur quartier général, car ils attendaient Autoverte et ses occupants de pied ferme. Les deux puissants thorax pivotèrent immédiatement dans leur direction. Les robots soulevèrent une de leurs épaisses jambes anguleuses, poussèrent en avant un pied d'acier large comme un coffre, chaussé d'une épaisse semelle de caoutchouc rainuré. En un accord parfait, les pieds reprirent contact avec le pavé. Un choc sourd fit vibrer la ruelle. Les deux autres jambes se soulevèrent. Avec une lenteur trompeuse, les *Kampfroboter* avancèrent à la rencontre d'Autoverte.

La fidèle voiture n'attendit pas l'ordre de Caligo. Les roues braquées au maximum, elle se dépêcha de faire demi-tour… Un cri de surprise jaillit de la bouche de Cochon. Caligo sentit un frisson de terreur lui monter le long de l'échine. Derrière eux, un troisième *Kampfroboter* émergeait d'une ruelle pour les prendre à revers. Ils étaient pris en souricière !

Avec un feulement de klaxon pareil à un cri de défi, Autoverte accéléra avec l'espoir invraisemblable de réussir à passer tout de même. Elle grimpa brutalement sur le trottoir de gauche. Un enjoliveur se détacha en tourbillonnant. Le robot de combat se pencha avec une souplesse cybernétique, ses lourdes pinces tendues. Autoverte avait beau frôler la façade des immeubles à une vitesse insensée, il fut clair pour Caligo qu'elle ne réussirait pas à esquiver le robot. Le chasseur et sa proie ne se trouvaient plus qu'à quelques dizaines de mètres l'un de l'autre. Le *Kampfroboter* posa un de ses pieds massifs au milieu du trottoir sur lequel filait Autoverte. Sans ralentir, la voiture braqua à droite pour passer entre les deux jambes du robot.

Caligo hurla intérieurement : Autoverte allait payer cher sa témérité. L'opérateur du *Kampfroboter* s'empressa de bloquer l'espace entre ses jambes en abaissant une de ses pinces. Caligo et Cochon se baissèrent *in extremis*. Au-dessus de leur tête, l'univers explosa. Caligo resta étourdi une fraction de seconde, puis il se rendit compte que la voiture roulait toujours. Il se redressa, le corps couvert d'éclats de verre. La pince du robot n'avait réussi qu'à défoncer le pare-brise et à arracher la mitrailleuse de son socle.

Derrière eux, au-delà du coffre éraflé et cabossé d'Autoverte, Caligo aperçut avec effroi les trois *Kampfroboter* lancés à leur poursuite. Ils couraient avec la lourdeur d'un trio d'ogres, grotesques avec leurs pinces tendues droit devant, chacun de leur pas secouant les pavés comme un coup de bélier mécanique. À cause de leurs dimensions, leurs mouvements semblaient lents, mais en réalité ils couraient très vite. En ligne droite, ils auraient fatalement rattrapé leur proie. Heureusement, ils n'étaient pas conçus pour négocier les courbes serrées à pleine vitesse, comme Caligo s'en rendit compte lorsque Autoverte tourna dans une rue secondaire. Les robots eurent beau s'incliner pour ne pas basculer dans le virage, la manœuvre les obligea tout de même à ralentir. Autoverte en profita pour reprendre quelques dizaines de mètres d'avance. Hélas ! dès qu'ils se retrouvaient en ligne droite, les robots reprenaient la distance perdue, leurs pas faisant éclater les vitres des immeubles sur leur passage.

Autoverte n'eut pas d'autre possibilité que d'enfiler à une vitesse démente tous les embranchements qui s'offraient à elle, esquivant à chaque carrefour une énorme pince qui se refermait parfois à moins d'un mètre de son coffre. Après quelques minutes d'une poursuite infernale, Caligo eut l'impression qu'ils réussissaient à distancer leurs poursuivants – et il le fallait, car Autoverte ne pourrait pas indéfiniment déraper sur les pavés de pierre, elle finirait par crever un pneu.

Mais encore une fois l'espoir de Caligo fut cruellement étouffé. Ils se retrouvèrent soudain dans une rue non seulement droite et plane, mais le long de laquelle Caligo savait qu'il y avait peu d'embranchements. Aussitôt passé le tournant, les opérateurs nazis profitèrent de l'occasion et poussèrent leurs machines à fond. Autoverte fila, le moteur grondant, mais à chacune de leurs enjambées les *Kampfroboter* gagnaient plusieurs mètres sur elle…

Les robots les avaient presque atteints lorsque Autoverte aperçut l'entrée d'une rue étroite. Il était impensable de tourner à pareille vitesse. La voiture risquait de déraper et de capoter. Elle dut ralentir un peu. Au moment où elle négociait le virage avec un hurlement infernal de pneumatiques, la pince du *Kampfroboter* le plus proche attrapa le coffre, déchirant la tôle aussi facilement que s'il s'agissait de papier… Mais pour accomplir cet exploit, l'opérateur nazi avait surestimé sa maîtrise de la machine. Le flanc du robot frotta sur la façade en pierre d'un immeuble. Des étincelles jaillirent. Le robot déséquilibré lâcha Autoverte puis trébucha. Il aurait sans doute réussi à reprendre son équilibre si le second *Kampfroboter*, pris par surprise, ne lui était pas rentré dedans. Les membres de métal s'entremêlèrent. Avec un ferraillement épouvantable, les deux titans s'effondrèrent.

La catastrophe sembla décourager le troisième opérateur nazi, car Autoverte n'éprouva aucune difficulté à le semer. Cette fois-ci, tout le monde attendit prudemment d'avoir quitté la ville et d'avoir réintégré la sécurité de la forêt avant d'exprimer sa joie et son soulagement. Les Amis de la forêt empruntèrent le chemin discret qui menait à leur quartier général au plus profond de la futaie où ils aperçurent le Bv-141 qui venait d'atterrir. Autoverte s'arrêta devant la cabane de la piste d'atterrissage où les attendaient Bonhomme-au-fouet et Q2D4 en compagnie de Demiflute, Pieuvre, Bébé auto, Télécommande et tous les autres Amis de la forêt.

D'un geste autoritaire, Caligo coupa court aux questions inquiètes causées par leur retard et le piètre état d'Autoverte. Il relata leur rencontre avec les *Kampfroboter* et la poursuite qui s'était ensuivie. On l'écouta dans un silence horrifié. Même Bonhomme-au-fouet, le plus impassible du groupe, parut troublé. Ses joues rouges avaient la pâleur d'une dragée.

« Je ne pensais pas que les nazis étaient aussi avancés technologiquement », dit-il de sa belle voix grave.

« Vous avez parlé de trois robots », dit Q2D4. « Ils en possèdent peut-être plus encore. »

Cochon émit un juron grossier : « Voilà ce qui arrive depuis que nos espions ont tous été capturés. On ne sait plus ce qui se trame chez ces salauds de nazis. »

« Sans parler de ces putains de barbies ! » dit Pieuvre.

« Ah, felles-là, ve les détefte ! » renchérit Demiflute de sa petite voix suraiguë.

Plusieurs de leurs compagnons approuvèrent bruyamment.

« Du calme », ordonna Caligo. « Rappelons-nous que nous avons un allié dans notre lutte contre les nazis et les barbies. Un allié puissant qui ne nous laissera pas tomber. »

« Ouais… » murmura sourdement Q2D4, les dents serrées sur son cigare presque éteint. « L'Ambassadeur du Royaume d'Argent… »

Tous les Amis de la forêt s'étaient tus. Leur chef Caligo avait raison, comme toujours. Ils auraient toujours de leur côté l'énigmatique, le puissant et mystérieux Ambassadeur du Royaume d'Argent, celui qui, bien protégé au sein de sa lointaine forteresse, surveillait les agissements de l'Alliance des forces du mal. Les nazis ignoraient que ce dernier avait encore plus de pouvoir, était encore plus dangereux que tous les *Kampfroboter* mis au point par leurs ingénieurs.

« Mais ne restons pas tous plantés là », ajouta Caligo. « Aujourd'hui, nous avons remporté une éclatante victoire contre l'Alliance, surtout grâce à la vaillance de notre fidèle Autoverte ! Nous nous occuperons de ces machines infernales plus tard. Pour l'instant, allons fêter ! »

« Ça c'est parlé ! » approuva bruyamment Cochon.

Une explosion de cris et de rires s'ensuivit. On souleva et on transporta en triomphe tous les membres de la mission, surtout Autoverte à qui Q2D4 promit de réparer son pare-brise et de lui installer une nouvelle mitrailleuse encore plus puissante que la première.

Soudain, Cochon cessa de sourire et de répondre aux commentaires de ses compagnons. Il leva le groin, les oreilles dressées. Il fit signe à tout le monde de se taire.

« Un avion. Qui s'approche. »

« Sonnez l'alerte », dit Caligo.

« Pas nécessaire. C'est un des nôtres. »

Personne ne douta de la parole de Cochon ; il avait l'ouïe infaillible. Maintenant que tout le monde s'était tu, Caligo aussi percevait le bourdonnement d'insecte qui semblait provenir des profondeurs de la forêt, à l'ouest. Demiflute, Pieuvre et tous ses compagnons regardèrent dans cette direction, interloqués.

Un biplan rouge et blanc émergea au-dessus de la frondaison. Il survola la clairière, le quartier général et les Amis de la forêt rassemblés, puis il entama un large demi-tour et se dirigea de nouveau droit vers Caligo et ses amis. Le moteur toussota et diminua de régime, le biplan ralentit, mais son altitude resta la même. Il ne se dirigeait pas vers la piste d'atterrissage.

« Qu'est-ce qu'il fout ? » s'impatienta Cochon. « Il atterrit ou quoi ? »

« C'est un avion-courrier de l'Ambassadeur. Il est peut-être seulement venu nous jeter un colis. »

Un peu avant que le biplan ne survole le quartier général, quelque chose tomba effectivement de la carlingue. Mais il ne s'agissait pas d'un colis ni d'un sac de courrier. C'était un homme, habillé de couleur kaki. Un soldat, sautant sans parachute – accessoire qui, de toute façon, aurait été inutile d'une hauteur de dix mètres. La chute du soldat se termina sur le gazon. Il rebondit en arrachant des mottes de terre et virevolta cul par-dessus tête jusque sur la piste d'atterrissage où il finit par s'immobiliser au sein d'un volumineux nuage de poussière.

Cochon agita fébrilement ses deux pattes de devant en direction du biplan qui reprenait de l'altitude.

« Qu'est-ce que c'est que ce malotru ? Revenez ! »

« Occupons-nous plutôt de l'autre ! » dit Caligo.

Les Amis de la forêt qui avaient assisté à la scène se précipitèrent tous à la rescousse du sauteur. À leur grand soulagement, il s'était déjà redressé et ne semblait pas se ressentir trop de son atterrissage en catastrophe. C'était un soldat d'une quarantaine d'années, aux cheveux courts et drus, au regard gris acier, à la mâchoire carrée et aux larges épaules. Il essuyait du revers de la main la poussière couvrant son uniforme kaki, comme si de rien n'était. En apercevant Caligo, l'homme cessa son époussetage et salua, au garde-à-vous.

« Lieutenant Max à vos ordres, Monsieur ! »

« Repos, lieutenant », dit Caligo. « Est-ce que ça va ? Vous n'êtes pas blessé ? »

« Sauf votre respect, l'atterrissage a été un peu rude, Monsieur. Mais je suis un soldat, Monsieur, et j'en ai vu d'autres. »

« Quelle foutue idée de sauter en vol ? » s'insurgea Cochon. « Votre pilote n'aurait pas pu atterrir ? »

« C'est moi qui ai insisté pour sauter, Monsieur. Atterrir et redécoller aurait fait perdre du temps au pilote et aurait consommé de précieux litres d'essence. Il est de mon devoir de faire tout ce qui est humainement possible pour contribuer à l'effort de guerre ! »

« Eh bien », dit Caligo en réprimant un sourire face au zèle du nouveau venu, « ça me fait plaisir de t'avoir parmi nous, Max. »

« Je n'aspire qu'à une chose, Monsieur. Vous aider dans votre lutte contre vos ennemis, jusqu'à la mort s'il le faut ! »

« Je veux bien être pendu par les oreilles ! » s'exclama Cochon en levant le groin au ciel. « Relaxe, Max, et écoute un peu ici. Tu m'as l'air d'un brave type, mais je suis pas sûr d'être capable de supporter longtemps un zélé dans ton genre. Première chose, va falloir que tu arrêtes de gueuler tout le temps "Monsieur". Ici, dans la forêt, les choses sont beaucoup plus informelles que pendant l'entraînement. Moi, c'est Cochon, et tu m'appelles Cochon. Lui, c'est Caligo, et tu l'appelles Caligo. Qu'est-ce que t'en dis ? Tu crois que tu vas pouvoir t'y faire, Max ? »

« Je… Je vais essayer, monsieur Cochon. »

« Pas "monsieur" Cochon ! Cochon, juste Cochon ! »

Caligo éclata de rire devant l'air malheureux du pauvre Max qui, manifestement, ne savait trop à quel degré prendre les pitreries de leur compagnon. Il décida de venir à sa rescousse.

« Allez, Max, t'occupe pas de lui. Tu t'habitueras tôt ou tard à ses conneries. Qu'est-ce que tu dirais de venir déposer tes affaires et de te dépoussiérer un peu ? »

« Certainement, Monsieur. »

« Plaît-il ? » grogna Cochon en dardant un regard mauvais en direction du soldat.

Ce dernier émit un sourire maladroit.

« Je voulais dire… Certainement, Caligo… Et merci… »

« Ben voilà », fit Q2D4, goguenard. « Tu vas y arriver… »

« Fûr qu'il va y arriver », dit Demiflute. « Vive Macf ! »

« *Vive Max !* » approuvèrent en chœur les Amis de la forêt attroupés autour du nouveau venu.

« Ouais, ouais ! » renchérit Cochon. « En attendant, par les saintes couilles argentées de l'Ambassadeur, poussez-vous un peu et laissez-nous passer ! »

Et cette fois-ci, même Max participa à l'éclat de rire général avant de se mettre en marche en direction de son nouveau domicile, le quartier général des Amis de la forêt, où l'on fêta jusqu'à tard dans la nuit l'arrivée de ce nouveau compagnon.

# CHAPITRE 7

La première nuit au Centre hospitalier Saint-Pacôme fut une expérience pénible. Un peu après minuit, dans une chambre du même corridor que celle de Michel Ferron, un patient se mit à couvrir d'injures un interlocuteur réel ou imaginaire. Des membres du personnel de nuit tentèrent de le raisonner, sans trop de succès. Finalement, Michel entendit distinctement un homme s'impatienter «Vas-tu la fermer, ton ostie de gueule?», puis, après une nouvelle série de glapissements colériques, le patient finit par se taire. Sans doute l'avait-on bourré jusqu'aux yeux de calmants.

Par la suite, chaque fois que Michel sentait qu'il allait glisser dans le sommeil, il entendit Sylviane se redresser dans son lit. Un bruissement de couvertures déplacées, le raclement du tiroir de la table de chevet, le heurt clair d'une boîte métallique contre un meuble, le « pop » d'un couvercle que l'on soulève… Le tout suivi par un bruit de mastication d'arachides, d'amandes ou de toute autre espèce de noix que sa compagne de chambre gardait en réserve en prévision de ses fringales nocturnes. Au bout de la troisième ou quatrième séance de mastication, Michel dut faire un effort pour garder son calme. Tous ces bruits étaient amplifiés par son incapacité à trouver le sommeil dans cette chambre nouvelle, dans ce lit étranger, à quelques mètres à peine d'une femme inconnue. L'antipathie relative qu'il avait immédiatement éprouvée pour sa compagne de chambre ne l'empêchait nullement de ressentir une vague excitation sexuelle.

Le temps passa avec la lenteur particulièrement éprouvante des nuits blanches. Il tendait parfois l'oreille pour essayer de capter une bribe d'information pertinente à son enquête, mais depuis que le patient surexcité s'était tu, le silence régnait entre les murs anciens de l'hôpital. Pas une absence absolue de sons, plutôt une rumeur sourde amalgamant tous les soupirs déchirants, les pleurs assourdis, les conversations à voix basse, les craquements de chaise, les sonneries téléphoniques réglées au niveau le plus faible, les chuintements d'un chariot poussé le long des couloirs désertés. Un bruit blanc, qui ne révélait rien, sinon que le vieil édifice était habité, qu'entre ses épais murs de pierre une humanité assoupie luttait contre les rêves et les cauchemars en attendant l'aube et l'assurance que l'existence n'était pas faite que de nuit.

Michel prit son mal en patience. Il n'était pas question qu'il se fasse remarquer par le personnel en se levant dès la première nuit. Un homme assez déprimé pour être hospitalisé dormirait beaucoup, comme n'avait pas manqué de lui dire le docteur Leduc lors de leurs rencontres préparatoires. Il ne fallait pas que, par un comportement irréfléchi, Michel fasse sauter sa couverture, après tout le mal qu'ils s'étaient donnés.

Dès le début, ils avaient été très prudents. Un mois plus tôt, Michel s'était présenté à la clinique psychiatrique de Trois-Rivières pour un premier rendez-vous avec le docteur Leduc. La réception-niste avait fait une empreinte de sa carte d'assurance-maladie, puis lui avait demandé de remplir un ques-tionnaire pour l'ouverture de son dossier. Sous les regards furtifs des patients présents, Michel s'était retiré dans un coin discret de la salle d'attente pour remplir – sans y porter beaucoup d'intérêt – son questionnaire. Il avait à peine terminé lorsque le docteur Viateur Leduc s'était présenté et lui avait fait signe de le suivre dans son bureau. Le psychiatre avait fermé la porte derrière Michel, puis il avait souri, vaguement embarrassé.

— Merci d'avoir accepté de vous inscrire comme un de mes patients. Je sais, ça fait un peu mélodra-matique tout ça, mais… Vaut mieux mettre toutes les chances de notre côté.

— J'ai l'habitude des situations délicates.

Le docteur Leduc avait émis un rire incertain.

— Oui, j'imagine…

Par une porte dérobée, un homme était venu les rejoindre. Vêtu d'un strict complet anthracite, l'homme d'une cinquantaine d'années était de petite taille. Son regard noir était sérieux, ses manières directes.

— Je suis Yves Saint-Pierre, avait-il expliqué en serrant fermement, presque sèchement, la main de Michel. Je suis le directeur général du Centre hos-pitalier Saint-Pacôme de Shawinigan. Merci d'avoir accepté de vous déplacer jusqu'à Trois-Rivières, monsieur Ferron.

— Je suis à votre service.

Les trois hommes s'étaient assis, le docteur Leduc derrière son bureau et les deux autres dans les fau-teuils lui faisant face.

—Monsieur Ferron, avait expliqué Yves Saint-Pierre, il est entendu que tout ce qui va se dire dans cette pièce est strictement confidentiel.

—Dans mon métier, on doit savoir tenir sa langue.

—Très juste. Votre patron, M. Ruel, n'a d'ailleurs que des éloges à votre égard.

—Son estime me fait plaisir. Je précise cependant que M. Ruel n'est pas mon patron. Je ne suis pas un employé de Sécuriteq. On me confie les enquêtes qui semblent me convenir. Je suppose qu'on peut m'appeler un pigiste.

—Connaissez-vous la spécialité du Centre hospitalier Saint-Pacôme, monsieur Ferron ?

—Non. Mais j'en déduis par notre présence dans le bureau d'un psychiatre qu'il s'agit d'un hôpital psychiatrique.

—En dehors de Québec et de Montréal, c'est un des plus importants hôpitaux de soins prolongés en psychiatrie de la province, avait expliqué le directeur avec une fierté un peu compassée. En plus des services externes que l'on trouve un peu partout ailleurs, nous avons une aile fermée de soins prolongés de près de soixante-dix lits.

—Oui, ça me revient... Je savais qu'il y avait un asile psychiatrique en Mauricie, mais je ne connaissais pas le nom officiel.

Une ombre fugace avait glissé sur le visage du directeur.

—Le terme d'asile n'est plus tellement utilisé, monsieur Ferron.

Michel avait accepté la correction sans se démonter.

—En quoi puis-je vous aider ?

Le directeur et le médecin s'étaient lancé un bref regard.

—Nous croyons qu'un de nos employés fait du trafic de drogue dans le centre hospitalier, avait expliqué Yves Saint-Pierre. Un employé… ou plusieurs.

—Quelles sortes de drogues?

—Surtout des médicaments, bien sûr, quoique des analyses sanguines aient révélé chez certains bénéficiaires une consommation de cocaïne et de PCP. S'il est exact que dans notre clientèle les narcomanes ne sont pas rares, il s'agissait ici de patients en cure fermée. Nous n'avons pas tout de suite sauté aux conclusions. Cette drogue aurait pu être apportée par des patients en externe. Mais il a fallu se rendre à l'évidence. Le réseau fonctionne trop bien. Aucun bénéficiaire ne pourrait faire entrer autant de drogue dans un service de soins de longue durée. Il faut que le trafiquant puisse aller et venir à sa guise.

Michel n'avait pu retenir un gloussement sardonique.

—Des employés de l'hôpital vendent de la drogue à des patients qui souffrent de problèmes *psychiatriques*? Pas très édifiant.

—Est-ce vraiment pire que d'en vendre à des enfants de douze ans ? avait demandé le directeur avec un sourire froid.

—Je suppose que non. Je me croyais totalement blasé, c'est tout. Qu'est-ce qui vous a décidé à demander l'aide d'un détective privé? Vous n'avez vraiment aucune idée de l'identité des coupables ? Même pas des soupçons?

—Un centre hospitalier ne ferme jamais, monsieur Ferron. Il fonctionne vingt-quatre heures sur vingt-quatre. Le personnel soignant et le personnel de soutien totalisent deux cents personnes. Plus l'administration. Ajoutez à ça le climat conflictuel qui règne à cause des restrictions budgétaires et vous comprendrez que la situation n'est pas simple. Un comité restreint du conseil d'administration s'est réuni pour étudier le problème. Ce n'est pas exactement le genre de nouvelle que l'on veut rendre publique, n'est-ce pas? Non seulement faut-il identifier les employés mêlés au trafic, mais il faut les prendre sur le fait pour pouvoir les mettre à la porte. Il faut qu'ils sachent que nous pourrions les dénoncer, qu'il est inutile de se plaindre à leur syndicat. Nous voudrions, si possible, éviter d'avoir affaire à la police. Nous n'avons pas de temps à perdre en poursuites judiciaires. Tout ce que nous voulons, monsieur Ferron, c'est faire le ménage.

— Vous n'avez pas à vous justifier auprès de moi. Je ne suis pas policier.

— Exactement… Bref, nous nous sommes demandé s'il serait possible d'introduire dans le centre un observateur qui rendrait compte directement à l'administration de ses observations.

— Quel genre d'observateur? Un employé ou un patient?

— Oh, ça ne peut être qu'un patient, avait dit vivement le docteur Leduc.

— Vous faire engager serait trop compliqué, avait expliqué le directeur. Le fonctionnement d'un hôpital est archi-syndiqué. Ce ne serait pas efficace de toute façon. Vous ne seriez présent que huit heures par jour, peut-être douze. Et vous seriez occupé par votre travail. Un patient est présent vingt-quatre heures par jour et il a tout le loisir d'observer ce qui se passe.

— Rassurez-vous, avait ajouté le docteur Leduc. Vous pourriez retourner chez vous les fins de semaine. C'est une procédure de plus en plus courante maintenant que le personnel de fin de semaine a été réduit au strict minimum.

Michel avait réfléchi, méditant sur cette offre peu banale. Il leur avait demandé s'ils avaient examiné toutes les options, s'il n'aurait pas été plus simple d'employer des caméras. Le directeur lui avait répondu qu'avec les comités de défense des droits de la personne, il était maintenant presque impossible d'utiliser des caméras dans les hôpitaux psychiatriques, sauf dans certains cas très spéciaux comme les cellules d'isolement.

— Je parlais bien sûr de caméras cachées, posées en secret. De micros. Il existe du matériel miniaturisé presque indétectable.

— « Presque » indétectable ? avait rétorqué le directeur avec un sourire attristé. Et si le personnel le découvrait quand même ? Je ne tiens pas à me retrouver en première page des journaux dans le rôle du méchant administrateur qui espionne ses employés.

— Je comprends. Combien de personnes sont au courant de votre démarche ?

— Nous savons très bien qu'ébruiter l'affaire, c'est la condamner. Seuls quelques membres du conseil d'administration savent que nous prendrons des mesures appropriées et nécessaires dans les circonstances. Ils ne sauront pas quelles seront ces mesures. Personne d'autre que le docteur Leduc et moi n'est au courant de votre présence ici.

— Supposons que j'accepte. J'ai bien dit supposons. Quel serait mon diagnostic ?

Le docteur Leduc avait pris un mouchoir de papier et essuyait son front dégarni.

— Ah, j'y ai pensé. Il faut choisir une maladie suffisamment sérieuse pour justifier une hospitalisation, mais pas trop difficile à imiter. N'oublions pas que je travaille en équipe avec un psychoéducateur, un psychologue, du personnel infirmier, etc. Comme médecin traitant, je partage mes gardes avec deux de mes collègues. Autrement dit, je suis de garde une semaine sur trois. Pour peu que votre enquête dure plus d'une semaine, vous rencontrerez fatalement un de mes collègues. Je n'ai même pas abordé le problème de la médication. Je ne vous imagine pas en train de faire une enquête avec deux milligrammes d'Haldol dans le sang.

— Je refuserais de toute façon.

Le médecin avait émis un petit rire aigu.

— Juste un exemple… L'Haldol est un médicament pour les patients psychotiques ou agités. En fait, pour vous, le diagnostic idéal est celui de dépression sévère. Personne ne s'étonnera que vous restiez tranquille dans votre coin. Le seul problème, j'y reviens encore, c'est qu'il faudra prescrire des médicaments. Je tiens à dire – le psychiatre avait lancé un coup d'œil discret au directeur – que je suis contre le principe de prescrire des médicaments à quelqu'un qui n'est pas malade, même si les antidépresseurs n'ont à peu près aucun effet sur les personnes non déprimées.

— Vous ne pouvez pas me prescrire de faux médicaments ?

— Des placebos ? Impossible. C'est le personnel de l'étage qui distribue les médicaments. Je peux vous prescrire une dose minimale d'antidépresseurs. Pas trop faible, sinon je vais éveiller les soupçons de mes équipiers. Je le répète, ça ne vous assommera pas, ça ne vous excitera pas non plus. Normalement, vous ne devriez même pas sentir la différence.

Michel avait réfléchi un long moment, puis il s'était remis debout.

— Je vous rappellerai demain matin pour vous faire part de ma décision.

Yves Saint-Pierre et le docteur Leduc s'étaient levés à leur tour. Il était clair que les deux hommes étaient déçus.

— Je n'accepte aucun contrat sans m'accorder quelques heures de réflexion, avait expliqué Michel. Qui sait, j'aurai peut-être pris ma décision plus tôt.

◆

Michel s'aperçut que la luminosité dans la chambre avait changé de nature. Autour du store baissé, la riche lumière du jour s'infiltrait par le moindre interstice. La rumeur générale aussi avait changé. Des échos de multiples conversations glissaient jusqu'à la chambre de Michel. Dans le couloir, il aperçut une infirmière qui passait et revenait, l'air pressé.

Michel consulta sa montre. Il était presque sept heures. Il avait donc dormi un peu. Il ne se sentait ni endormi ni parfaitement lucide. Cet état de désorientation ne dura que quelques minutes, heureusement. Bientôt il eut l'esprit tout à fait clair, mais l'état léthargique dans lequel il avait baigné l'inquiéta un peu. Était-ce un effet secondaire des antidépresseurs ? Sa première dose datait de la soirée précédente – maintenant que ses médicaments étaient administrés par le personnel de l'hôpital, il était difficile d'y couper. L'infirmière qui lui avait apporté ses médicaments avant l'heure du sommeil – Nicole Sansfaçon, une jolie fille au visage sensuel encadré d'épais cheveux châtains – ne l'avait pas quitté du regard tant qu'il n'avait pas tout avalé. Il avait été prévenu contre la tentation de faire semblant d'avaler, pour recracher les pilules ensuite. « Les membres du personnel connaissent tous les trucs », avait expliqué Leduc avec son petit rire chevrotant. « Si vous n'avalez pas, ils vont s'en rendre compte. Si vous les crachez quelque part, ils vont les trouver. Le risque n'en vaut pas la peine. Le Paxil ne devrait vous causer aucun effet secondaire. Ce n'est ni un calmant ni un narcotique, c'est une substance qui corrige une insuffisance des neurotransmetteurs dans le cerveau. Pour la personne non dépressive, ce genre de médicament ne change rien. »

Michel gratta sa joue râpeuse comme du papier sablé. Il devait reconnaître qu'il s'était endormi tard. Ceci expliquait sans doute cela.

— Salut.

Michel se tourna vers l'autre lit. Sylviane le regardait, assise en tailleur au sein de ses couvertures emmêlées. Michel comprit pourquoi le regard de la jeune femme lui semblait aussi étrange. Elle ne cillait presque jamais. Elle avait vraiment des yeux de poupée. Il aurait voulu l'allonger sur son lit pour vérifier si ses paupières se fermeraient en position couchée, comme les poupées de ses sœurs quand ils étaient enfants. Michel chassa l'image, un peu irrité de se laisser emporter par de pareilles élucubrations.

— Bonjour, finit-il par répondre. Bien dormi ?

— Non. Mais c'est pas grave, je dors jamais bien. J'aime pas ça, dormir, de toute façon. Une perte de temps. Savais-tu que le tiers de notre vie passe à dormir ?

— Le tiers, vraiment ?

Michel fit un rapide calcul mental : huit heures de sommeil sur vingt-quatre. Oui, Sylviane avait raison. Il n'avait jamais songé à cette réalité pourtant fondamentale de l'existence. Il haussa les épaules : de toute manière, à ce moment précis, c'était un autre besoin, bien concret et naturel, qui se faisait sentir. Michel écarta ses couvertures et descendit de son lit. Il était en train de mettre ses pantoufles lorsque Rico, le préposé du module bleu qui commençait tout juste sa garde, entra dans la chambre sans frapper.

— Bonjour, Sylviane. Bonjour, Michel. T'as passé une bonne nuit ?

— Pas tellement, non. J'ai de la difficulté à dormir ailleurs que chez moi.

— Tu vas t'habituer, répondit Rico sur un ton plutôt indifférent. On t'a expliqué que le module bleu faisait sa toilette avant le déjeuner ? Tu sais où c'est ?

Michel hocha négativement la tête. Un dépressif manquait d'attention et ne faisait pas preuve de bonne volonté.

— T'as qu'à me suivre, dit Rico.

Son patient obéit, retenant un sourire de voir la manière avec laquelle le préposé marchait, en roulant les épaules comme un enfant imitant un cow-boy. Les couloirs grouillaient d'activité ce matin. Dans la petite salle de bain – à la porte munie d'un verrou que le personnel pouvait ouvrir de l'extérieur – Michel se soulagea tout en contemplant son reflet dans le miroir de plastique terni et égratigné. Un type dans la quarantaine avancée, aux cheveux hirsutes et au menton arborant une repousse poivre et sel, le toisa avec un regard chassieux. On ne pouvait pas dire, il avait la gueule de l'emploi !

Michel prit une douche dans un cabinet d'acier inoxydable aux parois tapissées de barres de soutien.

Il avait droit à une douche tous les deux jours, pas plus. On lui avait remis une serviette de bain qui devait lui servir deux fois, pour diminuer les coûts de buanderie. Pour les administrateurs des restrictions budgétaires, il n'y avait pas de petites économies. Les bains étaient réservés aux patients invalides qui ne pouvaient se tenir debout.

En poussant la porte de la douche, Michel se fit bousculer.

Anthony, le grand type au crâne rasé et au gabarit de boxeur, lui barrait le chemin, les poings frémissants, des spasmes faisant tressauter les muscles de son torse nu. Michel recula, prêt à défendre sa peau : il avait rarement vu autant de férocité animale dans le regard d'un être humain. Heureusement, un préposé aux bénéficiaires, un grand barbu répondant au nom de Karl Labrecque, surveillait la salle de bain.

—Qu'est-ce que c'est ça, Anthony ? Qu'est-ce que tu fais ?

Le costaud se tourna vers Labrecque, son visage exprimant l'insondable difficulté que pouvait représenter l'articulation d'une réponse. Il finit par articuler péniblement :

—… M'prendre… une… douche…

—Chacun son tour, Anthony. Tu vois bien que le monsieur a fini. Laisse-le sortir. Pis après tu prendras ta douche.

Le visage d'Anthony exprima un profond sentiment de dignité offensée.

—Mmm… Mmm… Fff… Fff…

—Si tu le dis, c'est que ça doit être vrai, persifla le préposé. Envoèye, prends ta douche et dépêche-toi si tu veux pas rater le déjeuner.

Le colosse trépigna quelques secondes comme un enfant puis il finit par obéir. Michel, regardant

autour de lui avec méfiance, s'habilla et alla déjeuner. Richard, le préposé chargé des repas, était
déjà sur place et lui tendit un plateau. Michel essaya
de trouver une table qui n'était pas trop sale et
s'assit en contemplant d'un air morose le verre de
jus d'orange, l'assiette d'œufs brouillés et la cou-
tellerie de plastique.

—Un café ? proposa Richard.

—Oui, s'il vous plaît.

Le préposé lui tendit un verre de styromousse.
Michel ne put s'empêcher de grimacer : la sensation du styromousse sur les lèvres lui faisait horreur.
D'ailleurs, le café était tiède. Michel toucha prudemment les œufs. Ils étaient carrément froids. Il y
avait heureusement un petit four à micro-ondes sur
un comptoir au fond de la pièce. Michel se leva pour
aller faire chauffer son assiette, mais il lui fallut
auparavant nettoyer le four, car un patient y avait
renversé du café. Il posa ensuite son assiette à l'intérieur et étudia les contrôles pour en comprendre
le fonctionnement. Il fit une tentative de program-
mation, qui se solda par un échec. Sa tâche était
compliquée par le fait que les innombrables doigts
des bénéficiaires avaient effacé la plupart des indi-
cations imprimées sur la membrane de plastique.

Quelqu'un tendit brusquement la main devant le
visage de Michel. Il sursauta, n'ayant ni vu ni
entendu approcher le jeune homme, qu'il reconnut
comme étant celui qui lisait son livre à l'envers.
Accompagnée par un staccato de « bip », la main
du patient, légère et vive comme un papillon, voleta
sur les contrôles du four. L'appareil se mit en marche,
programmé pour quarante-cinq secondes. Un peu
stupéfait, Michel voulut remercier le jeune homme,
mais ce dernier s'était déjà enfui.

Michel contempla, un sourire au coin des lèvres, le plat d'œufs qui tournait derrière la fenêtre grillagée. C'était bien gentil, mais l'autre avait programmé l'appareil si vite qu'il n'avait rien compris à la procédure. Il n'était donc pas plus avancé. De retour à sa place, Michel fut rejoint par Sylviane, les cheveux encore humides, vêtue d'une combinaison de sport rouge parsemée de logos d'équipement sportif. Comme l'ensemble qu'elle portait la veille, celui-ci était beaucoup trop grand pour elle, mais à voir la manière dont elle avait roulé les manches de son chandail et les jambes du pantalon, son choix vestimentaire débraillé était volontaire.

— Salut, fit-elle en s'assoyant.

Michel la salua d'un bref hochement de la tête. Marie-Michèle, l'infirmière en chef du module bleu, déposa sur les plateaux de ses patients les petits gobelets de papier contenant leur médication du matin. Michel avala les deux comprimés, fataliste. Sylviane compta ses médicaments avec une expression soupçonneuse, mais les avala quand même en les faisant suivre par une grande rasade de jus d'orange. Satisfaite, elle expliqua à Michel qu'elle allait rencontrer son avocat ce jour-là.

— Ah bon.

— De toute façon, je pense que je vais changer d'avocat. Il est toujours en réunion, il me retourne jamais mes appels. À moins que ce soit sa secrétaire qui lui transmet pas mes messages. Elle ne m'aime pas. Je le sens. Juste à la manière dont elle me parle. Remarque, c'est normal : les secrétaires n'aiment pas les femmes d'affaires. Elles sont jalouses des femmes plus haut placées qu'elles. Elles font exprès de perdre les dossiers, d'oublier les numéros de téléphone. C'est beaucoup plus difficile de travailler avec des femmes, tout le monde sait ça.

De nombreux exemples étayèrent sa thèse. Michel mangea en écoutant distraitement son bavardage, au point que lorsque Richard se présenta de nouveau dans la salle à manger pour reprendre les plateaux, Sylviane avait à peine entamé ses œufs – qui devaient de toute façon être froids comme la dalle.

—J'ai pas fini.

—Envoèye, je passerai pas deux fois, s'impatienta Richard, la main tendue.

—Je vais te le rapporter, ton maudit plateau.

—T'es pas au *McDonald*, icitte. C'est moi qui reprends les plateaux, *thank you very much!*

Il retira brusquement le repas de Sylviane. Le café se renversa, inondant le plateau et l'assiette et transformant le contenu en une bouillie encore plus immonde qu'à l'origine. Il débarrassa ensuite Michel avec une expression querelleuse.

—Toi ça va? T'as rien à dire?

Michel garda son calme. Il avait en horreur les roquets en son genre, et en toute autre circonstance il aurait agrippé par le collet le préposé et lui aurait secoué sa face de fouine.

—Occupe-toi pas de lui, dit Sylviane, ses lèvres pâles pincées de mépris. À force de travailler ici, il a accumulé toutes les vibrations négatives de la place. Maintenant il les projette sur nous. C'est un ancien patient, tu savais ça?

—Quoi?

—Oui. Il est resté si longtemps ici qu'ils l'ont gardé une fois guéri. Ils font ça souvent. Tu sais, c'est difficile de trouver du personnel pour travailler dans un asile.

—J'imagine…

Michel s'en voulut d'avoir pendant une fraction de seconde prit l'affirmation de Sylviane au sérieux. Il ne se moqua pas d'elle, toutefois. L'intérêt qu'elle démontrait pour la vie privée des employés pourrait peut-être lui donner des indices – à condition qu'il réussisse à faire la part de l'observation et du délire.

Il lui restait une bonne demi-heure de libre avant la rencontre de groupe du matin. Il était plus que temps de se faire une petite idée personnelle de l'état des lieux au cinquième étage du Centre hospitalier Saint-Pacôme de Shawinigan. Il quitta la table.

—Où est-ce que tu vas ? demanda Sylviane en se levant à son tour.

—Marcher un peu.

—Je viens avec toi.

—Si tu veux, répondit Michel en réprimant un soupir.

Suivi docilement par la jeune femme, qui se montra heureusement capable de se taire pendant plus de cinq minutes d'affilée, Michel longea une après l'autre les quatre ailes du cinquième étage avec la démarche lente de celui qui ne sait trop quoi faire de son temps. Joanne, appuyée contre le cadre de porte de sa chambre, éclata d'un rire aigu en les voyant tous deux passer, comme s'il s'agissait du spectacle le plus comique du monde.

—Sylviane s'est trouvée un chum ! les taquinat-elle sur un ton fébrile entrecoupé de ricanements. Elle s'est trouvé un beau petit vieux !

Michel continua comme s'il n'avait pas entendu, sans même regarder quelle avait été la réaction de Sylviane. Il était partagé entre la vexation – vraiment, il n'avait pas l'air si vieux que ça ! – et l'autodérision de constater qu'il se souciait des absurdités d'une folle. « Je ne vous promets pas un jardin de roses », avait prévenu le docteur Leduc. Or, Michel aurait été fort malvenu de se plaindre. S'il avait accepté cette enquête, c'était avec l'espoir secret qu'elle le changerait de la routine qui s'était peu à peu installée dans sa vie. Bien avant de pratiquer le métier – difficile de croire que ça faisait déjà quinze ans – le détective Ferron savait que les blondes sulfureuses, les coups de feu dans la nuit, les rixes dans les bars et les poursuites de voitures n'appartenaient qu'au monde irréel du cinéma hollywoodien. Comme la plupart de ses collègues, Michel consacrait l'essentiel de son temps à surveiller des fraudeurs d'assurance. La traque d'époux infidèles venait très loin en seconde place. Il n'y avait vraiment rien de romantique dans ce métier fastidieux, prosaïque, pour lequel la patience et la persévérance étaient des vertus plus importantes que l'intelligence. Son bureau occupait une chambre de sa maison de Brossard. Aucun ventilateur n'y brassait d'atmosphère moite et enfumée ; sa porte n'avait pas de fenêtre en verre dépoli avec son nom inscrit en lettres noires ; dans ses tiroirs proprement rangés ne se dissimulaient ni flingue ni bouteille de scotch. Il possédait bien un automatique, un 9 mm Smith & Wesson soigneusement verrouillé dans un petit coffre-fort, mais il songeait à s'en débarrasser – l'idée que son fils puisse mettre la main dessus lui donnait des sueurs froides. De toute façon, il passait plus de temps dans son véritable bureau, une mini fourgonnette bleue, invisible de banalité, où il patientait des heures et des jours derrière ses vitres teintées, tenant dans ses mains ses armes les plus dévastatrices : un appareil photo équipé d'un zoom ou d'un 2000 mm à réflecteur, petit bijou encombrant mais ô combien utile dans certaines circonstances ;

et une solide caméra vidéo, la bonne à tout faire du détective privé de province. Il songeait vaguement à s'équiper pour filmer la nuit. Ç'aurait été amusant de se prendre pour un militaire et un espion de cinéma. Mais le fait est que ça n'en valait pas la peine. La plupart des fraudeurs d'assurance étaient d'une imprudence ou d'une naïveté confondantes. Michel n'en revenait tout simplement pas du nombre « d'handicapés » qu'il avait filmés clouant des bardeaux sur le toit de leur maison ou en train d'aider leur beau-frère à déménager un réfrigérateur, en plein jour, au vu et au su de tout le monde. Lorsque la scène était projetée en cour ou dans le bureau du vérificateur des assurances, il était difficile pour le coupable de ne pas avoir l'air fou. Les premières années, Michel avait éprouvé une vive satisfaction à déculotter ces escrocs amateurs et ne s'était pas privé pour mépriser leurs maladresses. Mais, avec le temps, cette autosatisfaction avait fait place à une lassitude un peu dégoûtée.

Oui, ça faisait du bien de travailler sur une enquête vraiment hors de l'ordinaire, même si le fait d'être privé de son téléphone portable le laissait avec une étrange sensation de nudité et de vulnérabilité. Le téléphone lui manquait beaucoup plus que son ordinateur. Il faut dire que, en dépit d'un vague sentiment de culpabilité à l'idée qu'il n'était plus de son temps, Michel ne s'était jamais vraiment habitué à l'ordinateur; il préférait toujours revenir à son cahier d'école et à son « vieux crayon de plomb avec une efface », comme le disait Nathalie sur le ton de la moquerie. Sa femme pouvait rire de lui tant qu'elle voulait, c'était avec un crayon en main que Michel pensait le mieux. Or, dans ce casci, même ces deux prosaïques outils lui étaient interdits.

Au bout de l'aile Nord – une des ailes arrière du vénérable édifice – Michel et Sylviane rencontrèrent Pascal Lafrance, le psychoéducateur du module, qui émergeait du local d'ergothérapie. Toujours souriant, il rappela à ses deux patients que la rencontre de groupe allait bientôt commencer dans la salle multi. Conformément aux instructions du docteur Leduc, Michel se fit tirer l'oreille : il ne voulait pas participer à une thérapie de groupe. Il n'avait aucune envie de parler de ses problèmes avec des inconnus, il aurait préféré régler ça en privé avec son médecin traitant.

— Rencontrer des gens fait partie de ta thérapie, expliqua doucement Lafrance. Hier, je t'ai laissé t'habituer à ton nouvel environnement, mais il est temps de t'impliquer un peu plus dans le processus de ta guérison. C'est de *ta* guérison qu'il est question. C'est un cheminement que *toi seul* peux faire, Michel. Le personnel de l'hôpital n'est pas ici pour se substituer à cette démarche.

Michel maugréa un peu, pour la forme.

— Tu ne seras pas trop dépaysé. Sylviane va nous accompagner. N'est-ce pas, Sylviane ?

Cette dernière ignora la question mais les suivit jusqu'au poste central, en face duquel s'ouvrait la double porte de la salle multi. Michel ne connaissait les thérapies de groupe que par les films et la télévision. Il découvrit qu'on avait effectivement disposé des chaises en cercle au milieu de la pièce, chaises presque toutes occupées par les patients et les patientes du module bleu. Jean-Robert salua joyeusement les nouveaux venus en se trémoussant sur sa chaise. Joanne gloussa, mélange d'hilarité et de nervosité, en caressant son cou maigre du revers de la main. À la droite de Jean-Robert était assis

Anthony, l'air toujours aussi renfrogné, tandis qu'à sa gauche le jeune homme qui lisait les livres à l'envers se tenait très droit, les yeux fixant le vide. En se préparant pour son enquête, Michel avait étudié les dossiers des patients, mais il n'y avait pas accordé autant d'attention qu'aux dossiers du personnel, si bien que le prénom du jeune patient lui échappait. Il se rappelait seulement qu'il souffrait d'autisme et qu'il était donc la dernière personne qui pouvait l'aider dans son enquête.

Au sein d'un silence circonspect, Michel, Sylviane et le psychoéducateur prirent place dans le cercle. Le docteur Irène Turcotte apparut enfin, suivie de Lebrun, le psychologue de l'équipe. Ils saluèrent tout le monde en adressant un regard un peu plus appuyé sur leur nouveau patient, puis ce fut Lafrance qui prit la parole.

—Je vous demande tous d'accueillir Michel Ferron. Il va faire partie de notre équipe pendant quelques semaines. Pour l'aider à se sentir chez lui le plus rapidement possible, ce serait sympathique de se présenter.

—Jean-Robert Dion, de Grand-Mère! clama aussitôt ce dernier, qui se mit ensuite à présenter ses voisins : tu connais déjà Anthony. Elle, c'est Joanne Gagnon. Elle vient de Drummondville. Lui, il s'appelle Kevin…

—Merci, Jean-Robert. Mais je préférerais que les gens se présentent eux-mêmes.

—J'veux pus me présenter! cracha une femme d'une cinquantaine d'années aux yeux cernés. J'suis tannée! Quossa donne de se présenter? Toujours un nouveau, pis un autre qui repart… J'suis tannée de ça!

—Nous ne sommes pas ici pour t'obliger à faire quoi que ce soit, répondit le psychoéducateur avec une égalité d'humeur imperturbable. Mais peut-être que certains d'entre vous vont être plus accueillants que Thérèse.

Quelques membres du cercle consentirent à se présenter. Emportée par le mouvement, même Thérèse accepta de décliner son prénom. Parmi les rares réfractaires se comptait Kevin, qui ne donna pas le moindre signe qu'il percevait ce qui se déroulait autour de lui.

—D'accord, commenta Lafrance avec bonne humeur. Est-ce que quelqu'un parmi vous veut proposer un sujet de discussion ? Je compte sur vous pour faire comprendre à Michel la manière dont nous fonctionnons.

La conversation démarra lentement. Le seul qui montrait de l'enthousiasme pour le processus était Jean-Robert. Il proposa quelques sujets – la plupart farfelus – froidement accueillis par les autres patients. Il finit par se fâcher, ce qui obligea Lafrance à intervenir pour le calmer. Thérèse se lança ensuite dans une interminable récrimination, trop confuse pour que quiconque y greffe un commentaire. La conversation s'étiola de nouveau. Pour Michel, la séance était à peu près aussi passionnante que l'attente dans l'antichambre d'un dentiste. Toutefois, la patience étant une vertu cardinale dans son métier, il fit face à la situation avec philosophie, se rappelant qu'il était payé à l'heure. S'il avait été cynique, il aurait pu souhaiter que l'enquête dure le plus longtemps possible, jusqu'à ce que son employeur s'impatiente et décide de réduire les frais. Mais agir de cette façon aurait été contre la nature de Michel. Il ne faisait pas ça seulement pour l'argent. Il *voulait* dénoncer les fraudeurs, les magouilleurs, les voleurs. Son ancien métier de policier lui collait toujours à la peau, même après toutes ces années.

À la faveur d'un creux dans la conversation, Lafrance se tourna vers le dernier participant arrivé au sein du groupe:

— Et toi, Michel? Tu ne dis rien?

Sous le regard de l'assemblée, Michel fit la grimace, mais ne répondit pas. Le docteur Turcotte intervint gentiment.

— Tu dois participer à la discussion, Michel. C'est pour ça que tu es parmi nous.

— Que voulez-vous que je vous dise?

— Soit tu commentes les interventions des autres, soit tu nous fais bénéficier de ton propre témoignage.

— Je n'ai rien à dire.

Lafrance sourit avec une expression de reproche.

— Michel, ça fait des années que j'anime de la thérapie de groupes, et il ne m'est jamais arrivé de rencontrer un patient qui n'avait *rien* à dire.

Michel poussa un long soupir – il n'avait pas eu besoin de jouer la comédie.

— Je suis ici parce que je suis en dépression. Depuis plusieurs années. (Il se tut, mais, constatant que personne ne semblait vouloir prendre le relais, se résigna à poursuivre.) Ça m'empêche de travailler. J'ai reçu des prestations d'assurance-chômage, mais maintenant je suis sur le bien-être social.

— *What else is new?* s'esclaffa Jean-Robert. On est *tous* sur le bien-être social!

— Pas moi! protesta Sylviane. Je travaille.

— Tu travailles pas. T'es icitte avec nous autres. *Duh!*

— Viens jamais dire que je suis sur le bien-être social! J'ai rien en commun avec toi, ni avec personne ici.

— Nous sommes tous *différents* sur certains points et tous *semblables* sur d'autres, intervint Lafrance sur ce ton doucereux qui commençait à tomber royalement sur les nerfs de Michel.

— Je suis pas comme vous autres, insista la jeune femme. J'ai rien à faire ici. Je suis ici illégalement. J'ai un avocat qui travaille à me faire sortir, et après ça, c'est moi qui vas vous poursuivre. Mon médecin, et l'hôpital, et le Collège des médecins, pour atteinte à ma réputation. Préparez-vous parce que le compteur tourne, et ça va coûter cher. Des millions.

— Ha ! se moqua Thérèse. T'auras pas une maudite cenne du gouvernement. Le gouvernement n'en a plus d'argent. Il est ruiné.

— Tous mes projets d'immobilier sont sur la glace. Je perds des milliers de dollars chaque jour que je passe ici. On va me payer pour ces pertes-là, je vous en passe un papier !

— Niaiseuse ! T'auras rien pantoute !

La dispute entre les deux femmes dégénéra en un concours d'insultes que les membres du personnel eurent bien du mal à contenir, d'autant plus que Jean-Robert riait et applaudissait à tout rompre au spectacle. Kevin, qui avait assisté impassiblement à la séance jusque-là, se leva et quitta la pièce sans jeter un regard en arrière. Personne ne s'interposa. Michel aurait aimé en faire autant…

Finalement, le docteur Turcotte et les deux thérapeutes réussirent à ramener le calme au sein du petit groupe. Plusieurs des participants, dont Sylviane, s'étaient toutefois enfermés dans un mutisme boudeur, et les vingt dernières minutes de la séance furent remplies surtout d'injonctions de Pascal Lafrance auxquelles les participants répondaient par des marmonnements et des lieux communs.

À onze heures, le groupe fut libéré. Michel sortit lentement, observant la psychiatre et les deux thérapeutes inscrivaient quelques notes pour leurs dossiers. Impossible de dire s'ils étaient satisfaits ou déçus du déroulement de la séance. Michel avait eu l'impression que toute la rencontre avait été une monumentale perte de temps, mais rien ne semblait capable de troubler la sérénité du docteur Irène Turcotte. Michel reporta son attention sur Pascal Lafrance, puis sur Yvon Lebrun, le psychologue, qui n'avait pas dit un mot de la rencontre. La psychiatre s'aperçut que son patient les regardait. Leurs regards se croisèrent. Michel baissa les yeux et quitta la salle multi en compagnie des derniers retardataires.

◆

Comme Michel avait pu le constater la journée d'avant, l'ambiance du cinquième étage se transformait considérablement passé seize heures. Le jour, le département bourdonnait d'activité. Pour chacun des quatre modules, une équipe multidisciplinaire de six médecins, thérapeutes, infirmiers et préposés supervisaient l'horaire d'activités thérapeutiques adapté à chaque patient : ergothérapie, thérapie de relaxation, séances d'information diverses, discussions de groupe, activités à travers lesquelles médecins et psychologues accordaient des rendez-vous selon les besoins.

Après seize heures, le bref tumulte correspondant au départ du personnel de jour et à l'arrivée des six membres de l'équipe du soir faisait place à une étrange ambiance de lieu abandonné. Ce qui ne veut pas dire que le silence régnait: Stefan Rafik, le préposé à l'entretien, terminait sa journée de travail en faisait reluire les tuiles jaune et saumon avec sa lourde cireuse industrielle.

Toute la journée, Michel avait fait de son mieux pour observer les allées et venues des membres du personnel, cruellement conscient qu'il était impossible de faire preuve de vigilance tout en se prêtant à la mascarade nécessaire mais exaspérante qui était la sienne. Le soir venu, non seulement Michel était libéré de la plupart de ses obligations thérapeuthiques, mais la quantité de personnel à surveiller diminuait de façon draconienne. Une équipe de six personnes était maintenant chargée du cinquième étage au grand complet : Martine Tessier-Dumay, l'infirmière en chef ; Nicole Sansfaçon, infirmière ; Gilles Baribeau, infirmier ; Annette Bellavance et Serge Claveau, les deux préposés aux bénéficiaires ; équipe complétée par Nabil François, un jeune éducateur originaire des Antilles.

Michel avait décidé, en premier lieu, de ne pas perdre trop de temps à surveiller le personnel féminin. Que le coupable soit une femme n'était pas impossible, mais le monde du crime restait un univers résolument machiste, insensible aux revendications féministes dont Nathalie aimait lui rabattre les oreilles. Ni la lecture de leurs dossiers ni les quelques heures d'observation dont il avait bénéficié ne réussirent à convaincre Michel qu'une de ces trois femmes pouvait être une trafiquante de drogue. Martine, l'infirmière en chef, une femme mariée mère de trois enfants, était une petite blonde aux cheveux courts qui irradiait l'impatience. Nicole, une jolie jeune fille aux épais cheveux châtains, travaillait à Saint-Pacôme depuis à peine un an, faisant l'aller-retour Shawinigan-Montréal en autobus tous les jours – une épreuve que Michel n'aurait pas infligée à son pire ennemi. Le fait qu'elle ne possédait même pas de voiture lui retirait toute valeur comme suspecte. Non, si Michel avait été dans l'obligation de soupçonner une femme, il aurait choisi Annette, la préposée, une célibataire qui collectionnait les arrêts de maladie et qui physiquement lui paraissait cent fois plus dépressive qu'il ne le serait jamais.

Mais c'est tout de même sur le personnel masculin qu'il préférait concentrer ses efforts. Gilles était un grand moustachu, le type même de l'ectomorphe qui ne s'énerve pas et qui promène sur tout le monde un regard un peu ironique. Selon son dossier, il travaillait à Saint-Pacôme depuis presque dix ans, il habitait d'ailleurs à deux pas de l'hôpital. Nabil habitait Trois-Rivières. L'éducateur avait tout du brave père de famille rondouillet et amical, un contraste presque total avec Serge, le préposé aux cheveux drus, aux biceps d'haltérophile sur lesquels les manches de sa combinaison cachaient mal les tatouages. Michel avait d'ailleurs été un peu surpris d'apercevoir Serge la journée précédente – selon l'horaire officiel le préposé ne travaillait que les soirs du lundi au vendredi. Il devait cependant reconnaître que Saint-Pierre, le directeur de l'hôpital, n'avait pas cherché à lui dorer la pilule. Surveiller le personnel n'était pas seulement un problème de nombre, mais un problème de mobilité. Rares étaient les infirmières et les préposés qui ne faisaient pas des heures supplémentaires en plus de leur horaire normal, sans oublier les remplacements de dernière minute.

Michel se rendit compte à quel point ses réflexes, acquis pendant son entraînement de policier, s'étaient émoussés à surveiller les fraudeurs d'assurance, un genre d'enquête où la question de *l'identification* des coupables ne se posait presque jamais. La situation était vraiment très différente, ici.

Grâce à quelques contacts très peu officiels, Michel aurait pu savoir si un de ces hommes avait un dossier criminel. Ses informateurs à la Sûreté du Québec ou à la Police de la Communauté urbaine de Montréal étaient toujours prêts à « oublier de refermer » un ou deux dossiers, mais pour cela il fallait repérer les candidats les plus prometteurs. Il était hors de question qu'il soumette une liste trop longue de suspects ; ses contacts n'auraient pas apprécié.

Michel marcha jusqu'au salon. Sur les deux écrans, l'animatrice d'une émission de variétés parlait dans le vide. La lugubre salle n'était occupée que par deux patients jouant aux cartes. Michel rebroussa chemin jusqu'au poste central, jetant un coup d'œil indiscret dans les chambres au passage. Le vrombissement de la cireuse parvenait de la salle multi. Il poursuivit sa promenade jusqu'au bout du couloir de l'aile Nord. Plusieurs chambres de cette aile ne comportaient qu'un seul lit. Certaines avaient été décorées avec goût, d'autres possédaient du mobilier qui – on l'avait expliqué à Michel – n'était pas fourni par l'hôpital. Il s'agissait de chambres privées. Le couloir se terminait par les locaux d'ergothérapie et de physiothérapie. Un passage transversal menait à une porte d'acier percée d'une étroite fenêtre grillagée. Michel colla son visage à la fenêtre. Un escalier de secours descendait dans le parking. Un soleil diffus tentait d'assécher l'asphalte trempé par une averse dont il n'avait pas eu connaissance. Au-delà du stationnement, des HLM en brique brune poussaient au sein d'une forêt clairsemée jusqu'à l'avenue de la Station qui descendait vers le centre-ville de Shawinigan.

Michel tourna discrètement la solide poignée. Verrouillée, bien sûr.

En rebroussant chemin, il passa devant la chambre 536. Il eut la malchance d'échanger un regard avec son occupant, le surexcitable Jean-Robert.

— Heille ! C'est mon ami !

Le jeune homme, qui fumait nonchalamment en feuilletant une revue, bondit hors de son lit et accourut dans le couloir.

— Salut, salut ! C'est Michel que tu t'appelles, hein ? C'est bien ça ?

— Oui.

Jean-Robert tendit son paquet de cigarettes en direction de Michel.

— T'en veux une ?

— Non, merci.

— On peut fumer dans ma chambre, s'empressa d'expliquer Jean-Robert, rassurant. Pas de problème.

— Merci. J'ai arrêté de fumer il y a longtemps.

— Heille, tu fais bien ! Maudite cochonnerie de cigarettes à marde ! T'as bien fait d'arrêter. Moi, c'est pas pareil, tu comprends, ça me calme. Déjà que c'est pas évident de me calmer, faut que je m'aide un peu.

— On devrait peut-être parler un peu moins fort ? fit observer Michel en montrant le patient alité dans la chambre 535, juste à côté d'eux.

Jean-Robert s'esclaffa.

— C'est juste Kevin ! On serait bien fous de se déranger pour lui. C'est un autiste. Elle est bonne celle-là… Ses médecins seraient bien trop contents qu'il réagisse à ce qu'on lui dit. Tiens, viens voir !

Il pénétra dans la chambre de Kevin, avec des signes d'invite vers Michel.

— Allez ! Viens, viens voir !

— Jean-Robert, non. Ne le dérange pas.

— Ça le dérange pas, je te dis ! Regarde…

Le petit homme se mit à faire des grimaces à quelques centimètres du visage de Kevin, puis il lui souffla une bouffée de fumée au visage.

— C'est pas correct, ça ! protesta Michel avec plus de fermeté.

— Allô ! Dring, dring… Y a quelqu'un au téléphone ?

Constatant effectivement que le jeune autiste restait parfaitement indifférent à leur présence, Michel accepta de mettre un pied dans la chambre.

— Je veux juste te montrer une chose, continuait Jean-Robert en trépignant d'excitation. Tu vois comment il est ? Il s'occupe pas de nous, hein, il s'occupe pas de nous ?

— Je le vois.

— Regarde, maintenant. Regarde ce qu'il va faire…

Jean-Robert s'approcha d'une petite étagère sur laquelle s'alignaient une vingtaine de gros livres soigneusement rangés par taille décroissante. La nature des livres étonna un peu Michel. Il n'avait pas imaginé qu'un autiste pût s'intéresser aux loco-motives, à l'Antarctique, aux insectes, aux deux Guerres mondiales et à bien d'autres sujets histo-riques et techniques. Jean-Robert attrapa un livre au centre de la rangée et alla le placer au bout. Il choisit un autre livre, qu'il replaça au même endroit après l'avoir tourné de cent quatre-vingts degrés. Jean-Robert se dépêcha ensuite de rejoindre Michel et, avec un sourire d'enfant conspirateur, lui fit signe d'observer la suite des événements. Ceux-ci ne se firent pas attendre. Kevin écarta ses couvertures et se leva, le visage impassible, sans accorder le moindre regard aux deux visiteurs. Il s'approcha de l'étagère et replaça minutieusement les livres déplacés à l'endroit et dans la position exacte qu'ils occupaient auparavant. Une fois cette tâche accomplie, il resta un long moment immobile devant sa bibliothèque, pour finalement prendre un gros volume à la couverture jaunie. D'un pas méthodique, il contourna le lit et passa devant ses deux visiteurs pour aller s'asseoir dans un confortable fauteuil rembourré où il se mit à lire – à l'envers – un livre intitulé *Chimie industrielle*.

—C'est tout ce qu'il fait. Il lit.

—À l'envers ?

—Pour lui, c'est pareil. À l'envers, à l'endroit, dans un miroir. Pareil, pareil, pareil... Il a une mémoire photographique. Il regarde une page – *foutch !* – c'est imprimé dans son cerveau.

—Oui, mais est-ce qu'il comprend ce qu'il lit ? demanda Michel, réalisant à la seconde même où il posait la question à quel point il était ridicule de s'informer auprès d'un patient psychiatrique aussi décervelé que Jean-Robert.

—Il paraît que oui, répondit toutefois ce dernier, très sérieux. Mais, ah ha ! comment en être vraiment sûr, hein ? Comment savoir ce qu'il comprend ? Comment savoir si tu comprends la même chose que moi quand tu lis un livre, hein ? Peut-être que *personne* comprend la même chose. Peut-être que les livres racontent des histoires complètement différentes, selon la personne qui les lit. Hein ? Capoté, hein ?

— Il suffit à deux lecteurs de discuter de ce qu'ils ont lu. De comparer leurs impressions.

— T'as raison ! dit Jean-Robert avec un sursaut, comme sidéré par la justesse de la réponse de Michel. Mais justement, Kevin parle jamais. Il lit. Il fait que ça. Il s'occupe pas de nous. Le seul moyen de le faire réagir, c'est de déplacer quelque chose dans sa chambre. Déplace n'importe quoi, un verre, son lit, n'importe quoi, ne serait-ce que d'un pouce. Il va tout de suite le replacer exactement à la place qu'il a enregistrée. Comme une photo dans son cerveau – *foutch ! foutch !* Veux-tu essayer ?

— Ça va. Je te crois.

— OK, maintenant viens dans ma chambre. J'avais dit que je te montrerais mes albums, tu te rappelles ?

— Oui, je… Je ne voudrais pas te déranger…

— Es-tu malade ? Ça me dérange pas pantoute. Viens, viens, assis-toi.

Michel n'eut pas le cœur de refuser. Jean-Robert se précipita vers le petit bureau au chevet de son lit. Il sortit du tiroir un album de photos d'une épaisseur inquiétante, qu'il posa sur le lit près de Michel. Il s'allongea ensuite sur la surface rêche du couvre-lit et ouvrit le cartable à la première page.

Jean-Robert était un chasseur de célébrités. L'album était constitué de photos prises avec un appareil bon marché, sur lesquelles souriaient fièrement des dizaines de Jean-Robert à l'iris rouge, au visage javellisé. Seuls changeaient l'arrière-plan de couloirs anonymes, de coulisses ou de halls d'hôtel, ainsi que l'identité de la vedette de la chanson, de la télévision ou du cinéma capturée sur le vif, contrainte de faire plaisir à ce spécimen entreprenant de son public. Frémissant de plaisir rétrospectif, il commentait chacun des clichés contenus dans l'album, celui-ci représentant Marie-Soleil Tougas – « moins d'une semaine avant son accident ! » – cet autre Bruce Willis, plus loin Sting ou Paul Piché, ainsi qu'une kyrielle de jeunes vedettes inconnues de Michel. Si la plupart de ces photographies semblaient authentiques, Jean-Robert avait glissé de temps à autre une photographie tirée d'un magazine sur laquelle il avait remplacé la tête d'un quidam par une découpe de la sienne. On le voyait ainsi en « compagnie » d'Elton John et de Claudia Schiffer.

— En attendant d'avoir une vraie photo, expliqua-t-il ingénument.

C'est en vain que Michel tenta, comme par distraction, de sauter quelques pages. La vigilance de son compagnon était sans failles. « Non, non ! Tu as passé une page ! Recule, recule ! » Michel renonça à tenter d'accélérer le processus par un subterfuge aussi grossier. Il fit preuve de fatalisme : tout album, aussi épais soit-il, possède une dernière page. Une fois cette dernière page tournée, Michel se leva et cette fois-ci résista à l'invitation de son hôte de « rester et jaser », et se dépêcha de fuir la chambre. Devant le poste central, il tomba sur Sylviane qui s'immobilisa devant lui, ses yeux bleus frémissant d'une manière quasi surréelle.

— Où est-ce que t'étais ?

Michel eut de la difficulté à ne pas éclater de rire : sa compagne de chambre était vexée qu'il ait eu l'outrecuidance de se promener sans sa compagnie.

— Je ne vois pas en quoi ça te regarde, répondit-il sur le ton le plus affable possible, mais je peux bien te le dire quand même. J'étais avec Jean-Robert.

— Ah !

Sylviane rumina cette réponse, son visage plissé par l'effort qu'elle mettait à paraître insouciante. Elle reprit, avec une fausse nonchalance :

— Il t'a montré son album ?

— Oui.

— C'est bien lui. Il fait toujours ça.

Michel retourna à sa chambre, suivi docilement par Sylviane qui reprit sur son ton boudeur.

— J'avais peur que tu rates le souper.

— Ah, mon Dieu. Ça, ce serait grave !

Michel regretta aussitôt son persiflage. Si la soif de contrôle de sa compagne de chambre avait de quoi tomber sur les nerfs, il ne devait cependant pas trop s'écarter de son rôle de grand déprimé. D'ailleurs, il n'avait aucun intérêt à s'aliéner la jeune femme, car sa propension au bavardage pourrait lui être utile un peu plus tard. L'envie de faire bouger un peu les choses commençait à démanger Michel. Ce serait sa dernière journée à ne rien dire et à ne rien faire. Si rien ne se produisait d'ici demain, Michel brasserait un peu la cage. En attendant… Au bout du couloir apparut le chariot des repas. Michel poussa un long soupir. En attendant, Sylviane avait raison. C'était l'heure du souper. Il en salivait d'avance !

# CHAPITRE 8

En dépit du fait qu'il est presque minuit, l'air qui monte la colline est toujours aussi lourd et humide. Il profite de ce qu'il est seul cette nuit pour aller prendre une bière dans la 4e Rue. Le bar a changé de nom, mais on ne semble pas avoir touché à la décoration ni au choix musical. Toujours du gros rock solide, toujours les mêmes tables de bois piquetées de brûlures de cigarettes sous un plafond violet. Il n'y a pas grand monde. Le mardi, à Shawinigan, c'est jamais la foule.

Un type accoudé au bar, en manteau de cuir noir, agite une bière dans les airs pour saluer le nouvel arrivant. Il salue en retour. La faune du bar non plus n'a pas changé. Le gaillard vêtu de cuir se lève de son tabouret et s'approche, sa grosse tête rasée fendue d'un sourire pompette.

— Si c'est pas WeedKiller, tabarnaque !

La salutation est accompagnée d'une immense claque dans le dos. Il exagère une grimace agacée. WeedKiller. Ça fait une éternité qu'on ne l'a pas appelé comme ça. Du dos de la main, il frappe la bedaine rebondie du gaillard à la bière.

— T'as pas maigri, mon Dan.

— C'est la première chose que t'as remarqué, hein ? Toujours aussi fin avec le monde. T'as le temps de prendre une bière ?

— Qu'est-ce que tu penses que je fais icitte ?

Il va commander un pichet au bar, puis rejoint Dan qui s'est installé au fond de la salle.

— Qu'est-ce qui se passe avec toé ? s'informe Dan en remplissant son bock du liquide mousseux. On te voit plus.

— J'ai déménagé à Montréal.

— Ah oui ? Roger m'a dit que tu travaillais encore à l'asile.

— Toujours.

— Hon ! Tu fais l'aller-retour tous les jours ?

— Quossé que tu veux ? Ma blonde veut rien savoir de venir habiter à Shawinigan.

— Une job pis une blonde. Pas étonnant que t'aies plus le temps de nous voir. Comment t'aime ça, Montréal ?

— À part le trafic, c'est pas pire. C'est trippant. Y a de l'action.

Avec un sourire entendu, Dan soulève la manche de son manteau de cuir, révélant une swastika noire sous les poils drus de son avant-bras.

— De l'action dans ce genre-là ? À Montréal, ça doit marcher fort, non ?

— Je sais pas. J'ai pas mal décroché de ça.

— *Come on*, WeedKiller, t'as mal choisi ton moment pour débarquer. (Il prend une longue gorgée de bière, puis il se penche en avant, l'œil brillant.) Écoute ben ce que je te dis. Maintenant, avec l'Internet, c'est plus pantoute pareil comme avant. Ça marche notre affaire. On a des sites sur le web, on est toujours en contact, c'est rendu super facile de faire passer l'information. Sais-tu

ce que c'est que du *chat*? On discute en direct sur
l'Internet…

—Oui, oui, je connais ça.

—Je dois passer deux heures par jour à jaser
avec des Américains pis des Français. Si tu savais
comment ils sont bien organisés en France, tu capo-
terais. Faut dire que, eux autres, des Nègres pis des
Arabes, ils en ont pas mal plus qu'icitte. Des villes
comme Marseille – ça, c'est les Français qui m'ont
expliqué ça, parce que moi je savais pas que c'était
aussi grave – ben une ville comme Marseille, c'est
quasiment rendu une ville arabe. Faut même plus
que tu penses à te promener dans cette ville-là la
nuit si t'es une femme blanche.

Le gros Dan continue de discourir avec la ferveur
du prosélyte et l'enthousiasme du soûlon. Lui se
contente de boire sa bière en ne faisant, de temps
en temps, qu'un bref commentaire approbateur. Il
voudrait dire qu'il ne veut plus se faire appeler
WeedKiller, que ça ne l'intéresse plus vraiment
toutes ces conneries suprématistes, qu'il n'a fré-
quenté le mouvement que par goût de la provocation,
parce que ça lui donnait l'occasion de se soûler de
musique et de danse sauvages, et surtout parce que
ça faisait chier sa mère. Tout ça lui semble maintenant un peu futile, ridicule même. Il voudrait expliquer au gros Dan qu'il consacre maintenant son
énergie et ses moments libres à un « hobby » pas
mal plus lucratif que celui qui consiste à se déguiser
en tueur pour faire peur au monde.

Mais il préfère se taire. Ce n'est pas le genre de
confidences qu'il est prudent de faire à Dan. Le
gros est du style à aller tout bavasser dès que son
taux d'alcoolémie dépasse son QI. La preuve que
Dan est con, c'est qu'il s'est dépêché de parler du

mouvement à un ancien camarade avec qui il n'a pas eu le moindre contact depuis plus d'un an.

Le gros aurait pu être en train de parler à un *stool* de la police, à un infiltrateur de la GRC.

Un rock épais comme de la mélasse coule des haut-parleurs aux coins écornés. Le bar est toujours aussi désert. Dan soulève le pichet vide.

— On remet ça ?

— Non merci. Je dois rentrer.

— *Come on*, juste une dernière !

Mais il est déjà debout. Il donne une claque amicale sur l'épaule ronde.

— Ç'a été plaisant de te revoir, Dan. Prends ça cool. Faut que j'y aille, maintenant.

Le gros Dan tend le bras vers le plafond et gueule.

— *Heil*, WeedKiller !

Il sourit faiblement, puis se dépêche de quitter le bar. Dehors, il contemple sa Mustang, les courbes lustrées de sa carrosserie qui reflètent les lampadaires de la 4e Rue, surpris de l'ampleur de son exaspération à la suite du salut hitlérien du gros Dan. *Crisse de con...* Il se met au volant, démarre et traverse Shawinigan. C'est à peine s'il porte attention au chemin, qu'il connaît par cœur. L'étrange pensée qu'il a eue tout à l'heure l'obsède. Quelle idée d'imaginer qu'il aurait pu être un infiltrateur de la police ! Pourquoi pas un détective privé ? En fait, c'est la première pensée qui lui a effleuré l'esprit tantôt, fugitive comme un papillon de nuit. Un détective privé... Le gros Dan aurait pu être en train de parler à un détective privé qui enquêtait sur les mouvements suprématistes... Seul au volant de la Mustang, il éclate d'un rire incrédule... Ben voyons ! Qu'est-ce que c'était que cette paranoïa de cul ? Il devait vraiment être plus fatigué qu'il ne le pensait.

Par association d'idées, les souvenirs d'un rêve récent émergent à la surface de sa conscience. Un rêve bien effiloché, en miettes. Ça se déroulait en France, ou enfin quelque part en Europe, à en juger par les ruelles étroites, les bâtiments de pierre aux toits couverts de grosses tuiles de terre cuite. Lui-même était un officier de l'armée allemande, un nazi. Il conduisait un blindé semi-chenillé comme on en voit dans les films de la Deuxième Guerre mondiale. À ses côtés, sur la banquette et sur les strapontins arrière du véhicule, étaient assis ses collègues de l'hôpital, tous vêtus de l'uniforme nazi. Plutôt rigolo à y repenser, mais dans le rêve, c'était sérieux. De la même façon, il ne s'étonnait pas de la présence de quelques infirmières parmi eux, vêtues de leurs uniformes pastels de l'hôpital.

La plupart des détails du rêve se sont estompés. Tout ce dont il se souvient, c'est que leurs services de renseignements les avaient prévenus qu'un agent tenterait d'infiltrer leurs rangs. Oui, voilà d'où lui est venue cette idée d'agent secret, d'infiltrateur, de détective privé. Juste un rêve, un rêve idiot… Ah oui, il se souvient aussi que les infirmières se faisaient appeler « Barbies »… Des barbies… Pas mal, celle-là… La gueule que lui ferait sa chérie s'il se mettait vraiment à l'appeler comme ça…

# CHAPITRE 9

Pour se familiariser avec son nouvel environnement et mieux connaître ses compagnons, Max accompagna Caligo et ses officiers lors d'une visite au centre de recherche de la base des Amis de la forêt.

« Nous avons fait beaucoup de progrès ces derniers temps », expliqua fièrement un Q2D4 vêtu d'une blouse de laborantin. « Nos trois dernières inventions sont arrivées au stade des tests. »

L'ingénieur en chef fit signe à ses visiteurs de s'approcher d'une table sur laquelle étaient déposés plusieurs boîtiers munis de voyants, connectés entre eux par un fouillis de fils électriques colorés. Q2D4 caressa de sa main gantée un des boîtiers de bakélite.

« Ce dispositif est un système expérimental de non-communication. Le fonctionnement ressemble assez à celui d'une radio. Ce boîtier muni d'un micro est l'émetteur. À l'autre bout de la table, vous avez un récepteur avec un haut-parleur. On peut aussi y brancher des écouteurs, pour plus de discrétion. Contrairement à la radio, conçue pour communiquer, cet appareil est conçu pour *ne pas* communiquer. »

« Foutu Q2 avec ses inventions à la noix ! Si c'est pour pas communiquer, pourquoi s'emmerder avec ton bataclan ? »

« Je t'en prie, Cochon, laisse-moi terminer. Je ne veux pas dire que ce bataclan – pour reprendre ton expression – ne transmet rien du tout. Transmettre un signal nul est trivial du point de vue électronique. Cet appareil, lui, transmet *autre chose* que le message originel. Voyez. En ajustant ce curseur, il est possible de sélectionner différents modes de non-communication. Je l'ai d'abord réglé sur la fonction la plus simple, le mode *Inversion*. Écoutez bien. »

Q2D4 se pencha contre le micro de l'émetteur et dit "blanc". À l'autre bout de la table, avec un léger retard pour laisser le temps aux circuits de faire la modification, le haut-parleur émit "noir". Q2D4 dit "beau". Le récepteur dit "laid". Le plus surprenant pour Caligo fut de constater avec quelle fidélité le récepteur reproduisait la voix de la personne émettrice. Q2D4 poursuivit sa démonstration. Il tourna le curseur sur le mode *Analogique*. Le message transmis ressemblait à l'original, sans être tout à fait pareil. "Colline" devint "monticule", "mon frère" devint "son cousin" et "205" fut abaissé à "203".

« Finalement, il y a un réglage purement aléatoire, la fonction *Random*. »

« Pourquoi tu le dis en anglais ? » demanda Demiflute.

« Ça fait plus scientifique. La fonction *Random* est sans doute la moins utile, mais c'est la plus amusante à employer. »

Le mot "amical" devint "choucroute" et "Il fait beau ce matin" se transforma en "Méfiez-vous des pingouins angoras". Tous les observateurs reconnurent que c'était effectivement assez amusant. Seul Cochon ne se départait pas de sa grimace sceptique.

« C'est bien beau, ton truc, mais à quoi ça va servir, en pratique ? »

« Je vois que Cochon a peu de patience pour la recherche fondamentale », répondit Q2D4, un peu vexé.

« J'suis un type concret. »

« Alors je crois que la prochaine invention t'intéressera un peu plus. »

Caligo, Max et leurs compagnons suivirent Q2D4 dans une autre pièce du laboratoire, où l'inventeur souleva un lourd fusil sous le nez de Cochon.

« Ouais ! Ça c'est plus dans mes cordes ! »

Le fusil était muni d'un canon très long et qui, curieusement, allait en se rétrécissant. Q2D4 exhiba une cartouche de fusil, elle aussi très longue, à la forme tout aussi curieuse que le fusil. La partie qui en constituait le projectile n'était pas une balle de plomb ou de cuivre gainé d'acier. Il s'agissait d'une cartouche plus petite, et la balle de celle-ci était constituée d'une cartouche encore plus petite.

« C'est une balle à triple action », expliqua Q2D4. « Chacune des balles profite de la vitesse déjà acquise par l'étage inférieur. Un peu le principe des fusées qui vont sur la Lune. »

Cochon gratta du bout de l'ongle la pointe de la cartouche, sceptique.

« Bof… Autrement dit, c'est juste cette petite balle de rien du tout qui sort du canon. On dirait une balle de 22. »

« Sa vitesse compensera sa petite taille. Venez, j'ai préparé une démonstration. »

Le fond de la pièce était drapé d'un haut rideau de toile blanche. Le rideau s'écarta. Vingt prisonniers nazis leur faisaient face, menottés et les yeux bandés, debout l'un devant l'autre en une impeccable file indienne. Q2D4 empoigna le fusil, l'arma avec la cartouche à triple action.

« Il s'agit en fait de notre premier essai. Nous verrons combien de corps cette balle peut traverser. Cela nous donnera une bonne idée de son pouvoir pénétrant. »

Q2D4 pointa le canon sur la poitrine du prisonnier en tête de la file, à quelques mètres devant lui. Il appuya sur la détente. Un éclair frappant au milieu du laboratoire n'aurait pas claqué avec autant de violence. Le recul du fusil souleva Q2D4, qui alla heurter le mur derrière lui. La balle traversa les vingt prisonniers nazis – liquéfiant littéralement les trois premiers de la file – et poursuivit sa course à travers le mur protecteur de béton, puis le mur de tôle du baraquement et alla se perdre dans la forêt. (Plus tard, les assistants de Q2D4 tentèrent de retrouver la balle, mais au bout d'un kilomètre de marche à suivre le tracé des feuilles perforées et des troncs éclatés, ils abandonnèrent la forêt aux moustiques et rentrèrent à la base.)

Caligo et ses compagnons, aussitôt revenus de leur surprise, se précipitèrent vers Q2D4, mais ce dernier était seulement un peu sonné. « J'ai dû me tromper dans mes calculs », admit-il de mauvaise grâce. Il épousseta sa chemise de laborantin et insista pour que la visite guidée se poursuive. Ses compagnons le suivirent donc dans une troisième partie du laboratoire, occupée par une grosse cuve de plastique transparent de trois mètres de haut. La cuve était emplie d'un liquide clair un peu jaunâtre.

« De l'acide nitrique », expliqua Q2D4. Au-dessus
de la cuve, une barbie menottée et bâillonnée était
suspendue à un câble. Q2D4 appuya sur le bouton
d'un boîtier de contrôle fixé au mur. Avec un bruit
sourd de moteur hydraulique, le câble se dévida.
La barbie descendit, gesticulant désespérément, ses
gémissements atténués par le bâillon. Une fois dans
l'acide, elle se débattit de plus belle, mais presque
aussitôt elle cessa de bouger. Le puissant acide fit
son œuvre : les cheveux et les vêtements de la barbie
furent les premiers à disparaître. La peau de la barbie,
maintenant nue, se souleva en cloques. La chair
apparut, aussitôt dissoute. La paroi abdominale se
rompit, les viscères se répandirent dans l'acide, aussitôt rongés et dispersés en segments. Le squelette
nettoyé de chair résista plus longtemps, mais il
finit par se déboîter. Il ne resta bientôt dans la cuve
que l'acide nitrique maintenant trouble, d'un jaune
presque brun.

« Pas mal », dit Cochon. « Mais tu trouves pas
que c'est une façon bien compliquée de se débarrasser d'un ennemi ? »

Q2D4 fit un geste impatient.

« Nous n'en sommes qu'à la première phase de
l'expérience. Maintenant, nous allons neutraliser
l'acide. »

Un boyau injecta une quantité de soude, pendant
qu'un agitateur industriel s'abaissait pour brasser
le mélange.

« Et maintenant, nous allons ajouter au mélange
un sel précipitant de ma confection. »

Sous l'action du sel précipitant, une masse rosée
coagula au sein du liquide que l'on agitait toujours.
La masse, d'abord larvaire et informe, grossit et
s'allongea. Caligo vit que le précipité avait forme

humaine, et même féminine. Le précipité s'agita et sembla prendre vie. Une épuisette grand format fut plongée dans le liquide et on remonta la barbie reconstituée. Elle était nue et glabre, mais bien vivante comme en témoignait le regard effarouché qu'elle fixait sur les spectateurs. Elle ouvrit la bouche. Un flot glaireux en sortit, suivi d'un grognement de frayeur.

Q2D4 reconnut que la reconstitution n'était pas exempte d'imperfections. Par exemple, le procédé effaçait la mémoire. Cette barbie se retrouvait avec l'esprit d'un bébé naissant, il lui faudrait refaire son éducation à partir de zéro. Il y avait donc encore de la place pour l'amélioration avant d'envisager une application pour les Amis de la forêt.

«Beau travail, Q2D4», le félicita Caligo à la fin de la visite. «Continue tes expériences. Nous avons tous besoin de tes inventions.»

Les Amis de la forêt quittèrent le laboratoire en discutant de ce qu'ils avaient vu. Cochon résuma l'opinion générale en remarquant que le fusil à triple effet constituait l'invention la plus prometteuse. Munie d'un trépied pour contenir le recul, elle pourrait servir à abattre les *Kampfroboter*.

Demiflute profita d'un moment où Caligo était à l'écart pour s'approcher de lui.

«Caligo, effe que ve peux te poser une queftion?»

«Mais bien sûr, Demiflute.»

«Tu trouves pas qu'il est un peu bizarre, Macf?»

«Je ne comprends pas ce que tu veux dire, Demiflute.»

«Ve veux pas que tu me comprennes mal… Moi, Macf, ve l'aime bien. Ve fuis bien contente de partaver le même baraquement, f'est pas fa le problème. Fauf que…»

Caligo hésita une seconde. Il s'attendait à ce que certains de ses compagnons finissent par deviner que Max n'était pas un Ami de la forêt comme les autres, mais il n'imaginait pas que ceux-ci s'en apercevraient si tôt.

« Écoute, Demiflute, Max n'est pas encore *complètement* avec nous. Tu comprends ce que je veux dire ? »

« Non. »

« Max est un envoyé spécial de l'Ambassadeur du Royaume d'Argent. Je ne peux pas t'en dire plus pour l'instant, d'accord ? »

« Ve comprends », dit Demiflute.

« Je te demande surtout de garder ces soupçons pour toi, d'accord ? Un jour nous vaincrons les nazis et les barbies, et à ce moment nous pourrons révéler à tout le monde ce que Max fait parmi nous. Ça te va ? »

« Fa va. Merfi, Caligo. »

Demiflute salua et se dépêcha de retourner au campement, abandonnant Caligo avec de sombres pensées qu'il valait mieux ne pas partager avec ses compagnons. Car il s'agissait de doutes qui commençaient à l'assaillir, de doutes au sujet de l'infaillibilité de l'Ambassadeur. Non pas que Caligo doutât de sa puissance, qui n'avait pas faibli depuis l'époque où il l'avait sauvé du funérarium. Qui n'avait pas faibli, certes, mais qui n'avait pas augmenté par ailleurs, alors que les représentants des forces du mal n'avaient jamais cessé de progresser et de s'organiser, surtout depuis que le *Sturmbannfürher* Schwartz, responsable du trafic des seringues, exerçait son influence maléfique.

Un de ses compagnons appela Caligo, ce qui mit un terme à ces réflexions qui ne menaient nulle part. Si l'Ambassadeur du Royaume d'Argent avait jugé bon de leur envoyer Max, c'était qu'il avait une bonne raison. En attendant, Caligo était toujours le chef des Amis de la forêt. Pour l'instant, il ne savait pas encore exactement de quelle manière il pourrait aider Max, mais il lui viendrait certainement des idées.

# CHAPITRE 10

Cette nuit-là, Michel s'était couché à dix heures comme c'était la règle, mais sans la moindre volonté de s'endormir. Il tourna et tourna dans son lit en soupirant d'impatience – par exprès – et finalement il écarta les draps. Il enfila ses pantoufles et sa robe de chambre. Il déambula quelques minutes d'un mur à l'autre, puis il entrouvrit la porte. Le couloir sombre s'amenuisait jusqu'à l'îlot de clarté du poste central, où on distinguait une silhouette féminine dans la pharmacie, immobile tel un mannequin dans une vitrine de magasin.

— Tu dors pas ?

La question, surgie de l'obscurité derrière Michel, ne le surprit pas. Il savait que Sylviane avait noté ses allées et venues.

— Non. Toi non plus ?

— J'ai jamais bien dormi. Je peux passer des semaines sans dormir.

Il chuchota, d'une voix très basse, comme s'il avait vraiment craint que sa voix fût audible jusqu'au poste central.

— Je suis comme ça, moi aussi. Penses-tu que si j'allais demander un somnifère au poste, ils m'en donneraient ?

— Je sais pas.

Au sein de la quasi-obscurité, Michel devina que Sylviane s'était adossée à la tête de lit, les jambes en position du lotus.

— Ils peuvent peut-être te donner un Ativan, reprit la jeune femme.

— J'ai besoin de quelque chose de plus fort. Crois-tu qu'ils ont de l'Halcyon ?

Un hochement de tête, presque invisible.

— Je connais pas ce médicament-là.

L'Halcyon était un somnifère puissant tombé en désuétude à cause de ses effets secondaires. Il avait été remplacé par des médicaments plus modernes – au point qu'on prévoyait son retrait du marché canadien. Les psychiatres du Centre hospitalier de Saint-Pacôme ne l'employaient plus et la pharmacie de l'hôpital n'en gardait pas. Par contre, il restait très populaire sur le marché noir. Il aurait été *très* intéressant pour Michel d'apprendre qu'un membre du personnel pouvait lui en procurer.

Michel haussa mentalement les épaules. Un coup d'épée dans l'eau. Ou, pour être plus exact, Sylviane ignorait l'existence de ce somnifère particulier. Il prit sa décision.

— Je vais aller leur demander.

Sylviane marmonna quelque chose qu'il ne comprit pas. Il marcha vers le poste, clignant un peu des yeux en fixant les rampes luminescentes qui inondaient l'îlot central d'une lueur blafarde. Martine, l'infirmière en chef, l'aperçut à travers la fenêtre de la pharmacie. Elle disparut entre deux étagères surchargées de bouteilles et réapparut par une porte réservée au personnel.

— Un problème ?

— Je ne peux pas dormir.

—Recouchez-vous et essayez de relaxer.

Michel plia l'échine, essayant de paraître le plus piteux possible.

—Je n'y arrive pas. Vous ne pouvez pas me donner quelque chose?

Au fond du couloir d'une des ailes arrière, un hurlement jaillit. Un beuglement d'effroi, inarticulé, presque bestial. En réponse à ce cri soudain, un rire dément jaillit d'une chambre plus proche.

—Bon, me semblait que c'était trop tranquille, soupira Martine.

Serge, le préposé aux bras tatoués, émergea à son tour du salon du personnel. Impassible, il salua brièvement sa supérieure, puis son regard glissa sur Michel: le patient hurleur était un cas plus pressant. Il s'engagea dans le couloir au bout duquel les hurlements se poursuivaient de plus belle.

Michel se tourna de nouveau vers l'infirmière en chef. Celle-ci ferma les yeux une longue seconde, puis les ouvrit de nouveau. Elle avait l'air complètement à bout.

—Rappelez-moi votre numéro de chambre.

—Cinq cent vingt-cinq.

—Je vais regarder dans votre dossier.

Elle tapa sur le clavier de son terminal. Ses gestes manquaient d'entrain, de précision.

—Vous avez l'air fatiguée, dit Michel.

L'infirmière émit un sourire acide, sans quitter le terminal du regard.

—C'est parce que je *suis* fatiguée, mon cher monsieur.

—Vous travaillez depuis ce matin, il me semble?

—J'ai dû remplacer une collègue malade. Ne vous en faites pas pour moi, c'est pas la première fois.

Nicole et Gilles s'approchèrent à leur tour du poste central, intrigués par les hurlements. La jeune infirmière hocha la tête d'un air entendu.

—On dirait que M. Bouchard est pas heureux ce soir…

Derrière Michel, les hurlements s'arrêtèrent brusquement. Il jeta un coup d'œil discret vers le couloir. Il n'entendait plus que le rire hystérique de Joanne, ponctué d'un occasionnel «Silence!» impatient venu d'une autre chambre. La silhouette musculeuse de Serge réapparut. D'une démarche nonchalante, le préposé revint au poste central.

—Il est encore ici, lui? fit-il avec à peine un regard dédaigneux vers Michel.

—Vous voulez quelque chose? demanda Nicole.

—Le monsieur n'arrive pas à dormir, expliqua Martine. Il veut un somnifère.

Serge fit un geste agacé.

—Retourne à ta chambre.

Michel, qui commençait de toute façon à trouver la situation un peu intimidante, ne se le fit pas dire deux fois. Sylviane l'attendait, toujours assise sur son lit. Michel lui ayant fait part de son insuccès, la jeune femme se lança dans une interminable anecdote dont il perdit rapidement le fil. Voyant que son compagnon de chambre se recouchait, Sylviane interrompit sa narration et lui souhaita bonne nuit. Michel l'entendit tourner dans son lit, déplacer son oreiller et replacer ses couvertures. Puis ce fut le silence dans la chambre.

Ayant effectué le programme qu'il s'était fixé pour la nuit, Michel essaya vraiment cette fois-ci de s'endormir. Mais cette petite expérience, quoique peu probante, l'avait excité. Impossible de fermer les yeux maintenant. Il songea aux explorations qu'il

entreprendrait le reste de la semaine. Ayant doré-
navant démontré qu'il dormait mal, il n'éveillerait
pas de soupçons inutiles lorsqu'un membre du personnel le surprendrait dans les couloirs en pleine
nuit. Ce qui ne changeait rien au fait que toute cette
attente, tout ce temps perdu, mettait sa patience à
rude épreuve. Michel entendit Sylviane se redresser,
ouvrir son tiroir et choisir une de ses collations. Le
crépitement ténu d'un emballage de plastique s'éleva
dans la chambre obscure. C'était donc vrai qu'elle
ne dormait jamais, celle-là ? Michel se demanda
vaguement comment elle pouvait être aussi maigri-
chonne, à se gaver comme elle le faisait.

Un bruit de pas dans le couloir… La porte de la
chambre s'ouvrit. Une silhouette facile à reconnaître
se découpa dans le cadre. Serge s'approcha du lit
de Michel. Ce dernier se dressa sur un coude, interloqué.

— Tu dors toujours pas ?

Michel hocha négativement la tête. Le préposé
lui tendit un petit gobelet de papier avec une bouteille d'eau.

— Prends ça. Ça va t'aider.

Sans un mot, Michel accepta le gobelet et la
bouteille. Dans la faible lumière venue du couloir,
Michel distingua deux capsules pâles au fond du
gobelet de papier. Du bout de l'index il fit tourner
une capsule afin de lire ce qu'il y avait d'écrit
dessus, mais la lumière était insuffisante.

— C'est une faveur spéciale, expliqua le préposé.
Parce que tu viens d'arriver. Va pas te vanter de ça
à tout le monde, t'as compris ?

— J'ai compris. Merci.

Michel avala les comprimés et but une gorgée
d'eau. Face au regard noir du préposé, il n'osa pas

garder les pilules dans sa bouche, se rappelant l'avertissement que lui avait donné le docteur Leduc à ce sujet.

—Moi non plus, j'arrive pas à dormir, dit Sylviane sur un ton vexé.

Serge soupira.

—Bon. Juste pour cette fois.

Il puisa dans sa poche quelque chose qu'il tendit à Sylviane – les mêmes médicaments que ceux qu'il avait fournis à Michel, sans doute, quoique l'obscurité interdît à ce dernier d'en être sûr. Sans autre commentaire, Serge sortit de la chambre. L'esprit survolté, Michel avait l'impression que son cœur allait sortir de sa poitrine. Il attendit d'être sûr que le préposé se fût éloigné pour se redresser et chuchoter :

—Sylviane ?

—Oui.

—Est-ce qu'il fait ça souvent ? Nous donner des pilules ?

—De temps en temps.

—Qu'est-ce qu'il nous a donné ?

—Des somnifères, répondit la jeune femme, comme étonnée qu'il n'ait pas compris.

—Je veux dire : quelle sorte de somnifères ?

—Je sais pas. Qu'est-ce que ça change ?

—Est-ce qu'il va nous les faire payer ?

—Non. Je pense pas.

L'excitation de Michel baissa de plusieurs crans. Il aurait voulu poser d'autres questions, mais il ne pouvait pas y aller trop fort ni trop vite. De toute façon, la visite du préposé avait été intéressante, très intéressante. Le fait est qu'il leur avait donné de son propre chef des médicaments auxquels ils n'avaient pas droit, en les enjoignant au silence.

Peut-être avait-il agi par bienveillance. Michel grogna pour lui-même. Le musculeux employé n'exsudait pas particulièrement la bonté ni la compassion. Il n'avait toutefois rien demandé en échange des somnifères. L'expérience et le bon sens avaient appris à Michel que trafic de drogues et générosité allaient rarement de pair. À moins, bien sûr, que Serge ne leur payât la traite que pour les accoutumer, une stratégie qui avait fait ses preuves dans l'univers trouble de la toxicomanie. Un fournisseur n'était jamais aussi généreux et distrait qu'il pouvait le paraître. Il notait tout, et n'oubliait rien. Plus tard, quand tout le monde avait «dégelé», il se rappelait à leur bon souvenir. *Salut,* man *! La fête est finie,* man... *T'as pas oublié que tu nous devais de l'argent, j'espère ? Parce que nous autres, on t'a pas oublié...*

Michel se retourna sur son lit. Une soudaine langueur venait d'envahir ses membres. Demain, il poserait quelques questions plus précises à sa compagne de chambre. Pour tout de suite, il eut l'impression qu'à tout le moins il passerait une bonne nuit...

Le désert des songes est parsemé d'oasis de lucidité. Lorsque Michel s'aperçut qu'il était redevenu un policier, il songea qu'il n'avait pas rêvé à cela depuis longtemps. Mais, immédiatement, sa conscience s'enlisa dans les sables du rêve. L'atmosphère fut d'abord bancale, anguleuse. Michel explorait une ruelle obscure où on avait signalé la présence de chiens dangereux. Ses partenaires de patrouille, qui jusqu'à ce moment l'accompagnaient, avaient soudain disparu. Michel transpirait d'angoisse. Il ne voyait pourtant aucun chien, n'entendait ni aboiement ni grondement. Il sentait toutefois leur présence,

leur essence de pure animalité suintant des murs
noirs et lépreux qui délimitaient le cul-de-sac. Une
forme bondit, fuligineuse. Tout autour de Michel,
des coups de feu éclatèrent, chacun aussi bref et
douloureux qu'un éblouissement sonore. Michel
aurait voulu supplier ses confrères de cesser le tir.
Leur crier qu'ils allaient blesser quelqu'un. Mais il
était incapable de bouger. Une chape de désespoir
lui fit ployer les épaules lorsqu'il aperçut le chien
allongé entre les poubelles et les amoncellements
d'ordures, un bâtard efflanqué, au poil dru trempé
de sang. Le chien leva un museau pantelant vers
Michel. Son abdomen, lacéré de balles, fumait dans
l'éclairage cru des phares des voitures de patrouille…

Michel ouvrit les yeux. Il était de retour sur son
lit d'hôpital. Au milieu de la chambre, Sylviane était
debout, sa silhouette menue flottant dans son pyjama
trop grand. Elle lui fit signe de la suivre. Michel
mit un certain temps à comprendre ce qu'elle
voulait, puis obéit à l'invitation et sortit de son lit.
Sylviane ouvrit la porte de la chambre et longea le
couloir au carrelage gris pâle contre gris foncé,
exempt de couleur dans la pénombre. Il la suivit,
silencieux. Ils passèrent devant le poste, désert,
continuèrent jusqu'à la porte menant à l'ascenseur.
Sylviane tourna la poignée avec un regard entendu
vers Michel.

« Ils la débarrent la nuit, quand ils pensent qu'on
est tous endormis. »

De l'autre côté, l'ascenseur attendait, portes
béantes, prêt à les avaler. Mais Sylviane se dirigea
vers une vieille porte de bois percée d'une fenêtre
en verre dépoli. Elle tourna la poignée, qui n'était
pas verrouillée non plus. Michel suivit la jeune
femme dans l'aile désaffectée du cinquième étage.

C'est à peine si on entendait le bruissement feutré de leurs pieds s'enfonçant dans l'épaisse couche de poussière couvrant le plancher. Tout était gris sous la maigre lumière jaillissant des rares plafonniers encore en état de marche. La jeune femme tendit la main vers une chambre. Par la porte entrouverte, Michel aperçut, sur un des lits, un cadavre momifié toujours prisonnier de lanières de cuir racorni. Un soluté depuis longtemps asséché était piqué dans un avant-bras dont la peau se décollait par lambeaux, révélant des os presque noirs dans la pénombre. D'autres cadavres gisaient dans l'aile abandonnée, allongés pour l'éternité sur des lits repoussants de crasse, ou recroquevillés dans des fauteuils roulants rouillés. Sylviane expliqua que, lorsque l'administration avait fermé l'aile, le personnel avait abandonné ici les fous irrécupérables, faute de place et de moyens.

À l'extrémité de l'immeuble, une porte menait à une cage d'escalier. Sylviane et Michel descendirent plusieurs étages, chacun de leur pas résonnant comme un martèlement de gong sur les marches d'acier rouillé. De l'eau suintait des murs crevassés. Des phalènes voletaient en tous sens, affolées. Le vol erratique d'un des papillons se termina sur le visage de Michel, où il resta agrippé. Ce dernier arracha l'insecte avec un geste spasmodique. Il ne pouvait imaginer contact plus répugnant que ce frôlement d'aile sur sa joue, ses lèvres, ses paupières. Il examina le papillon au creux de sa main. Le motif sur les ailes chiffonnées ressemblait à de l'écriture. Michel essaya de déchiffrer ce qui était inscrit, mais le papillon s'envola soudain…

« Tu viens ? » appela Sylviane.

Michel poursuivit sa descente. L'escalier se rétrécit au point qu'il dut ramper entre les marches et le plafond. Plus bas, l'escalier s'interrompit entre deux étages.

Au-dessus du gouffre insondable de la cage d'escalier, Sylviane et son compagnon enjambèrent la rampe et continuèrent dans un escalier de secours branlant. Heureusement, ils atteignirent sans encombre le bas des escaliers, mais se rendirent compte qu'ils avaient descendu un étage de trop. Michel aperçut au-dessus d'eux la porte menant à la sortie du rez-de-chaussée. Aucun escalier n'y menait. C'était une porte orpheline, surplombant le vide.

« Je ne suis jamais descendue si bas », dit Sylviane en contemplant d'un air inquiet le couloir bas dont les parois étaient couvertes de tuyaux et qui s'enfonçait dans l'inconnu. Une puissante aura d'ancienneté imprégnait le passage ; les lourds tuyaux humides et rouillés semblaient appartenir à un autre siècle. Michel et Sylviane s'y engagèrent tout de même. Ils marchèrent longtemps. Ils contournèrent un jet de vapeur brûlant qui fusait d'une conduite fissurée. Le couloir s'élargit, maintenant soutenu par des arches de pierre. Ils traversaient une vaste cave aux murs sombres, au plafond soutenu par des solives de bois noir à la surface si patinée qu'elle en acquérait un lustre huileux. Une lumière jaune, diffuse, permettait tout juste de prendre la mesure des lieux. Michel reconnut ce qu'il n'avait jusque-là perçu que sous la forme d'énigmatiques reflets dans la pénombre. Une des parois de la cave était tapissée de cylindres transparents posés à la verticale. Michel dépassa la rangée de piliers qui lui masquaient la vue. La cave se prolongeait sur une distance considérable. Des centaines de mètres, au moins. Les cylindres couvraient le mur aussi loin que portait le regard.

Michel et Sylviane continuèrent leur exploration. Ils avaient beau avancer et avancer, la double rangée des piliers et des cylindres transparents semblait se prolonger jusqu'à l'infini. La plupart des tubes étaient vides, leur paroi ternie par une poussière immémoriale. Il arrivait toutefois qu'un cylindre soit fissuré, voire carrément éventré. D'autres étaient encore partiellement remplis de liquide, un brouet brunâtre et infect dans lequel flottaient parfois les restes putréfiés d'une créature impossible à identifier.

Des tréfonds de la cave, une voix masculine jaillit soudain :

« Monsieur Ferron ! »

Michel eut l'impression qu'une main invisible le soulevait pour le ramener à la surface.

— Allez ! Réveillez-vous, vous n'aurez pas le temps de déjeuner.

Michel ouvrit un œil lourd. Il contempla sans comprendre Rico qui le secouait doucement. Il resta un long moment immobile, incapable de penser, puis la marée des souvenirs afflua en vagues paresseuses. Il était au Centre hospitalier Saint-Pacôme. C'était le matin. Il avait rêvé.

Michel s'ébroua. La substance du rêve s'effritait à mesure qu'il reprenait ses esprits ; il n'en gardait qu'une impression de profonde étrangeté. Il se secoua de nouveau. Il n'était jamais sonné comme ça le matin. Bon Dieu ! quelle dose de somnifères lui avait donc donnée le préposé pour qu'il éprouve autant de difficulté à se réveiller ? Le temps de se rendre à la salle de bain, Michel reprit contact avec la réalité. Devant le lavabo, il s'aspergea le visage d'eau froide. Même l'arrière-goût de claustrophobie du rêve commençait à s'estomper. Dans le miroir, un individu farouche lui rendit son regard : yeux rouges, cheveux en bataille, menton mangé de barbe. Bon, ça va, il avait convaincu tout le monde qu'il était dépressif, il pouvait quand même se raser maintenant.

On lui avait laissé l'usage de son rasoir électrique. L'appareil eut fort à faire pour passer à travers sa barbe laissée en friche. Michel aurait aimé avoir un rasoir jetable pour terminer le travail, mais les lames de rasoir n'étaient pas des instruments très appréciés dans les hôpitaux psychiatriques. Il s'aspergea de nouveau les joues : ça irait comme ça.

Dans la salle à manger, il contempla le plateau posé avec raideur devant lui.

— C'est la livraison du *McDo*, s'exclama Richard avec son perpétuel sourire sarcastique. Un chausson avec ça ? Non ? *Thank you and call again.*

Michel se força à avaler l'omelette tiédasse et les rôties trempées de margarine. Pas de quoi donner de l'appétit aux véritables dépressifs, ne put-il s'empêcher de soupirer. À côté de lui, Sylviane aussi déjeunait. Silencieuse, ce matin. À en juger par son regard embrumé, elle aussi ressentait l'effet résiduel des somnifères pris la veille. Michel ne fit aucun effort pour extraire la jeune femme d'un état de morosité qui lui convenait très bien. D'ailleurs, tout le monde était particulièrement calme ce matin : même Jean-Robert mangeait en silence, perdu dans ses pensées.

Le préposé revint chercher les plateaux du déjeuner. Une bouffée de lassitude envahit les membres de Michel ; toutes les fibres de son corps aspiraient au sommeil. Seul son esprit était en éveil – plus qu'en éveil, surexcité. Il aurait voulu immédiatement rencontrer le docteur Leduc et Yves Saint-Pierre, le

directeur, pour leur révéler la conduite de Serge
Claveau. Il dut faire des efforts héroïques pour se
calmer. Braquer le projecteur sur le préposé de
l'équipe du soir n'était que la première étape d'un
long processus. Il devait étayer ses preuves, pour
ensuite tendre un piège au coupable afin qu'un de
ses supérieurs le prenne sur le fait – s'il s'avérait
que Serge était bel et bien le trafiquant de drogue
recherché. Car sa culpabilité était très loin d'être
établie, bien évidemment.

Michel transpira soudain d'impatience contenue.
Il ne pouvait croire qu'il lui faudrait attendre au
samedi pour pouvoir discuter avec Leduc et Saint-
Pierre. Et pourtant, il ne voyait pas comment faire
autrement. Il aurait certes pu demander à parler à
Irène Turcotte, la psychiatre de garde, et la supplier
de le mettre en contact avec le docteur Leduc, qui
aurait pu... qui aurait pu...

Qui aurait pu faire quoi ? Lui donner la permission de sortir ? Et détruire toute la mise en scène
qu'ils s'étaient donné tant de mal à élaborer ? Pas
très intelligent.

Michel se leva et marcha doucement vers sa
chambre en attendant la rencontre de groupe ins-
crite à son horaire. Il se rabroua intérieurement.
Son attitude était puérile. Était-ce l'ambiance de
l'aile psychiatrique qui lui chamboulait l'humeur ?
Ou bien étaient-ce ces damnés médicaments qui lui
détraquaient l'esprit ? D'habitude, il était beaucoup
plus patient que ça. On était jeudi matin, il ne lui
restait plus que deux jours à endurer avant sa
libération. Il avait connu pire. Deux ans plus tôt, il
avait infiltré un chantier de construction où sévis-
sait un voleur – un employé, à n'en pas douter, si
l'on considérait la manière dont le criminel opérait.

Il avait fallu à Michel jouer au menuisier pendant trois semaines, trois semaines de dur labeur à la pluie et au vent, pour enfin découvrir le coupable et s'arranger pour le prendre sur le fait. Il avait maigri de cinq kilos ; par contre, il avait gagné des biceps en béton et, surtout, beaucoup de respect pour les travailleurs de la construction.

Que représentaient deux jours à endurer le bavardage surréaliste de Jean-Robert, la jalousie de Sylviane, les thérapies de groupe et la bouffe dégueulasse ? Payé à l'heure en plus ? C'était le grand confort. Il en profiterait pour surveiller ce Serge d'un peu plus près. En attendant, s'il pouvait simplement récupérer une petite demi-heure de sommeil…

Aussitôt dans sa chambre, Michel s'immobilisa pendant une fraction de seconde. Quelqu'un avait déposé une feuille de papier sur son oreiller, une petite feuille de papier blanc ligné. Comme une page de carnet, pliée en deux. On devinait un message à l'intérieur. Il ne pouvait pas s'agir d'une nouvelle excentricité de Sylviane : elle avait quitté la chambre avant lui le matin.

Michel prit la petite feuille, la déplia et lut le message inscrit à l'encre bleue et composé de six mots disposés sur trois lignes :

> *Morpho cypris*
> *Iphiclides podalirius*
> *Zerynthia polyxena*

Chaque mot avait été tracé avec tant de régularité que Michel crut d'abord que le message avait été imprimé par ordinateur avec une police imitant l'écriture manuscrite. Mais non. En l'examinant de près, il se rendit compte que chaque mot avait bel et bien été écrit à la main, avec un soin maniaque. Michel resta un long moment interdit. Il n'avait pas la moindre idée de ce que pouvait signifier ce message. On aurait dit du latin… Des notions d'étymologie flottèrent dans son esprit engourdi par les effets résiduels du somnifère. *Morpho*, comme dans morphologie ; *poly,* comme dans polyvalent. Du latin. Ou du grec. Michel était certes incapable de lire ces deux langues mortes, mais il savait que les scientifiques s'en servaient pour identifier les plantes et les animaux.

Il relut les mots soigneusement calligraphiés. Ça lui rappelait indubitablement les noms de plantes dont étaient pleines les revues de jardinage que sa femme achetait par douzaine à chaque printemps. Là s'arrêtait sa science. Il n'avait aucune idée de quelles espèces il pouvait s'agir. De toute façon, qui avait bien pu déposer un message aussi obscur sur son oreiller ? S'agissait-il d'un jeu ? Une sorte de rallye mis en scène par le personnel du cinquième étage pour distraire leurs patients ? Il n'y avait aucun message sur l'oreiller de Sylviane. Michel alla regarder dans la chambre d'en face. Pas de feuille de papier sur les lits désertés.

Il plia la petite feuille et la glissa dans la poche de son pantalon. Il ne s'endormait plus du tout maintenant. Il attendit patiemment qu'on l'appelle pour la thérapie de groupe du matin.

# CHAPITRE 11

La pause. *Break* syndical. Il s'écrase dans un des fauteuils du salon du personnel et pique une paille dans un contenant de jus. C'est vendredi, enfin ! Crisse que ça va faire du bien de finir la semaine. Il sirote son jus tranquillement, profitant des cinq premières minutes de paix depuis son arrivée. C'est vrai que c'est tranquille, tout à coup. Il faut dire que certains patients sont partis passer la fin de semaine à la maison. Comme le nouveau, Ferron, celui qui partage la chambre de Sylviane… Qu'est-ce qu'il fait ici, lui, de toute façon ? C'est pas le genre de cas que l'on soigne en externe, maintenant ? « Dépression », explique le dossier. Comme mon cul, oui ! Lequel de cette bande de nuls de psychiatres a jugé nécessaire de l'hospitaliser ? Pas croyable : on a retourné à la maison des patients dix fois plus fous que lui.

Il hoche la tête. Ce Ferron doit avoir des *connexions*, c'est pas normal. *Anyway*… Qu'est-ce que ça peut bien lui foutre ? Il fait sa job, il fait ses petites affaires, et ça finit là, d'accord ? Il est fini le temps où il essayait de refaire le monde, d'accord ?

Le téléphone sonne. Personne autour. Il va répondre. C'est le gros Rougerie, un infirmier qui travaille au sixième.

— J'aimerais qu'on se parle à la fin du shift, dit Rougerie.

— C'est un peu compliqué. Je suis avec ma blonde.

— Mmm…

— Je suis en break. Veux-tu qu'on se rencontre tout de suite ?

— C'est encore mieux.

Il raccroche. Lorsqu'il sort du salon, il croise Nicole.

— Tout est tranquille. Je descends à la boutique acheter le journal.

— D'accord.

Avec sa clé, il déverrouille la porte du service. Une fois dans le hall, il ne prend pas l'ascenseur. Il sort une autre clé de son portefeuille, une vieille clé de bronze noirci, et ouvre la porte menant à l'ancienne partie. Un couloir sombre comme un tunnel de mine s'enfonce droit devant. Il ferme la porte derrière lui. L'air confiné est tiède et âcre. La fenêtre dépolie laisse passer juste assez de lumière pour qu'il distingue la porte ouverte de la chambre 568. Il fait quelques pas, pénètre dans la chambre obscure. Sa main cherche la lampe torche. La lumière jaune d'une lampe posée à même le plancher révèle une chambre désaffectée, meublée d'une petite table et d'un vieux fauteuil subtilisé dans une des salles d'attente. Les murs sont verts, la peinture écaillée. Il n'y a pas si longtemps, avant les rénovations et la fermeture d'une partie de l'hôpital, toutes les chambres de l'étage étaient de cette couleur bilieuse. Ce souvenir le fait sourire.

Les patients qui n'étaient pas déprimés à leur arrivée ne tardaient pas à le devenir.

Un ovale de lumière tremblotante glisse sur le plancher du couloir. C'est Rougerie. Le gros infirmier le salue en se dandinant d'un pied à l'autre, l'air d'une portion géante de barbe-à-papa dans son uniforme pastel ; il a besoin de morphine, de codéine, de bonne vieille coke.

—Pis du Rohypnol, ajoute Rougerie. Est-ce qu'il t'en reste ?

—En masse.

Un flash de paranoïa l'assaille tout à coup. Que sait-il vraiment de Rougerie ? Est-ce bien prudent de continuer à lui fournir son stock ? C'est peut-être un infiltrateur ? Un agent double de la police ?

*Woah…* On se calme… Qu'est-ce qui lui prend de se mettre à paranoïer à tout bout de champ ? Ce n'est que Rougerie, ce bon vieux Rougerie, qui attend de savoir combien tout ça va lui coûter.

—On règle pour huit cents. Je fais presque rien là-dessus, parce que c'est toi.

C'est une aubaine. Un sourire un peu incrédule fend le visage de l'infirmier, vision presque inquiétante sous l'éclairage qui provient du plancher.

—Si tu le dis, moi, je suis d'accord.

—En cash. Je cours après personne.

—On se comprend.

—Je te contacte quand j'ai ça.

Rougerie n'en dit pas plus. Il tourne les talons et disparaît vers l'escalier au bout de l'extrémité désaffectée de l'aile centrale. Lui retourne au poste, où il trouve Nicole en train de discuter politique syndicale avec Martine, l'infirmière en chef. Cette dernière n'a pas l'air de bonne humeur.

—Ça travaille fort, dit-il avec un sourire lourd d'ironie.

— Tu allais pas acheter le journal ? demande Nicole.

— Je… Il n'en restait plus…

Non seulement il se trouve bête de ne pas avoir pris le temps d'aller acheter le journal, mais il se rend compte que Nicole risque d'apercevoir des exemplaires du journal lorsqu'elle passera devant la boutique à la fin de la garde. Un mensonge stupide. Il aurait dû dire qu'il avait changé d'idée, tout simplement. Qu'il n'avait pas acheté le journal parce que les nouvelles étaient trop plates. C'est bien lui, ça. Stupide, stupide, stupide… Mais de quoi se mêle-t-elle, de toute façon ? Personne ne va lui dire s'il doit acheter ou non un crisse de journal !

*Anyway…*

Martine s'approche de lui avec un sourire de séduction qui ne lui va pas du tout. Il connaît ce sourire.

— Non, dit-il sur un ton goguenard.

— Tu sais même pas ce que je vais te demander.

— Oui, je le sais. Il te manque du monde pour la fin de semaine.

Martine semble à la fois déçue et intriguée.

— Ah ! Comment le sais-tu ?

— Je t'ai entendue parler au téléphone, tout à l'heure. Qu'est-ce qui se passe encore ?

— Chamberland vient d'appeler. L'équipe de nuit refuse de rentrer en fin de semaine.

— En quoi ça me concerne ?

Il comprend très bien où veut en venir l'infirmière en chef, mais ça l'amuse de la faire ramper un peu.

— Si tu le remplaces, tu me sauves une heure de couraillage et d'appels téléphoniques.

— En temps double ?

Le sourire disparaît encore plus vite qu'il n'était apparu.

— Tu sais que je peux pas t'offrir mieux que du temps et demi.

Il réfléchit deux secondes.

— OK.

Nicole dépose brutalement un dossier sur le comptoir du poste, ses joues roses de colère.

— T'aurais pu me demander mon avis !

Il pousse un long soupir impatienté.

— Nicole, j'ai dit que j'acceptais.

— J'ai pas envie de passer la fin de semaine toute seule, encore une fois.

Martine s'éloigne en caricaturant une démarche précautionneuse.

— Bon, bon… Je voulais pas causer une chicane de couple, moi…

Mais la dispute meurt dans l'œuf. Nicole s'est tue. Le visage penché sur ses dossiers, elle écarte d'un geste impatient une longue mèche de cheveux châtains qui tombent sur son nez tout rouge. Comme toujours, lorsqu'elle boude, elle fait comme s'il n'était pas là.

Il pousse un autre long soupir. Les premiers mois, il la trouvait mignonne à croquer lorsqu'elle lui faisait une colère. Plus maintenant. Il jugule une puissante envie de lui assener une claque : il a promis de ne plus la frapper. Comme s'il l'avait déjà *vraiment* frappée. Elle ne sait pas ce que c'est, en manger une bonne, la belle Nicole… Il lui faut faire un effort pour se rappeler à quel point il l'a désirée la première fois qu'il a reluqué sa généreuse poitrine moulée dans son petit uniforme. Tous les employés masculins – ceux qui n'étaient pas des tapettes, en tout cas – fantasmaient sur la belle Nicole. Mais, désolé les gars, c'est lui qui avait décroché le gros lot. Il faut dire qu'il avait bénéficié d'un avantage déloyal : comme lui, Nicole habitait Montréal et, qui plus est, ne possédait pas de voiture. Offrir à une fille le choix entre l'autobus, le contact avec le peuple, et une Mustang flambant neuve qui va la chercher à sa porte… C'est même pas un choix.

Une chose avait mené à l'autre. Les premières semaines avaient été le paradis. Les premières anicroches s'étaient produites lorsqu'elle avait emménagé chez lui. On reste toujours étonné de la vitesse à laquelle ça se décide, ces choses-là. Elle habitait avec sa sœur, elle était sans attaches, ne possédait rien de plus que ses vêtements. De toute façon, elle dormait déjà presque toujours chez lui. Le temps d'émerger de sa stupeur amoureuse, la belle avait fait son nid dans l'appartement. Ç'aurait pu aller, du moins pour un certain temps – il n'est vraiment pas le genre à s'accoter pour la vie. Mais Nicole n'avait pas pu s'empêcher de succomber au vice de toutes les femmes depuis la création : elle avait voulu le régenter, lui dire quoi faire de sa vie privée. Jusqu'à tenter de mettre son nez dans « son » commerce. Il lui avait fallu être ferme et clair à ce sujet. *Très* ferme. Et *très* clair. Elle ne se mêlerait pas de son commerce, d'accord ? Ça ne la regardait pas, d'accord ? Elle ne lui ferait *plus jamais* une remarque à ce sujet, *d'accord ?*

Il avait suffi de cette petite mise au point pour que la bonne entente règne de nouveau. Enfin, « bonne entente », c'était vite dit…

Nicole l'ignore toujours ; il la laisse bouder en paix. Qu'elle se taise donc ! Au moins, ça lui reposera les oreilles pendant le trajet du retour. Il se met à arpenter les couloirs, dernière tournée de l'étage avant la fin du shift. Une chose est certaine, les patients ont intérêt à se tenir tranquilles ce soir…

# CHAPITRE 12

Les nazis et les barbies redoublèrent d'ardeur dans leur guerre contre les Amis de la forêt. Caligo et ses compagnons n'en furent pas surpris, car ils savaient très bien que leurs ennemis ne pouvaient subir la destruction de leur chargement de seringues sans réagir ; sans oublier les pertes au sein de leurs troupes et les dégâts à leurs véhicules. Les nazis édifièrent des postes de contrôle sur toutes les routes menant à la forêt. Sous d'impressionnants chapiteaux de drapeaux arborant la croix gammée rouge sang, tous les véhicules circulant sur les routes furent passés à la fouille. Des *Kampfroboter* patrouillèrent dans la campagne. Des éclaireurs rapportèrent à Caligo que ces inquiétantes mécaniques circulaient aussi facilement dans les champs que sur la chaussée. Ils pouvaient même traverser un cours d'eau de plus de trois mètres de profondeur sans le moindre inconvénient. Les Amis de la forêt constatèrent que, même s'ils avaient détruit deux robots de guerre lors de la poursuite d'Autoverte, les nazis ne semblaient pas manquer de ces appareils.

En pratique, heureusement, le regain d'activité des forces de l'Alliance ne perturba pas trop la routine de Caligo et de ses compagnons. Le seul véritable inconvénient de ce blocus fut l'impossibilité de s'approvisionner en carburant pour le Blohm & Voss Bv-141. Q2D4 fut mandaté pour trouver une solution de remplacement. L'ingénieur imagina rapidement un moyen de fabriquer un gaz combustible en faisant fermenter de la bouse de vache récupérée dans un champ avoisinant la forêt. Il poursuivit ses recherches et augmenta le rendement en combustible en faisant fermenter les vaches elles-mêmes. Finalement, dans un raccourci audacieux, typique de son génie pour tout ce qui concernait les problèmes techniques, Q2D4 fit monter deux vaches préalablement fermentées dans la carlingue. Elles furent harnachées devant le dispositif de récupération et de condensation des gaz, lui-même connecté au réservoir du Bv-141 avec un bout de tuyau d'arrosage qui servait auparavant à entretenir la pelouse autour de la piste d'atterrissage. Il suffisait maintenant d'enfourcher du foin dans l'avion pour le fournir en carburant. Une odeur un peu désagréable se dégageait certes de tout ce bétail et de cet appareillage, mais ce n'était qu'un moindre mal. Les pilotes et les occupants des tourelles de tir du bombardier n'avaient qu'à entrouvrir les hublots de l'avion en vol pour faire entrer un peu d'air frais.

Caligo et Max accompagnaient souvent les pilotes pendant leurs vols de reconnaissance et, de temps en temps, lors d'une opération de bombardement. Ils firent ainsi exploser quelques postes de contrôle, mais en retirèrent bien peu de satisfaction. Les nazis reconstruisaient aussitôt de nouvelles baraques et, de toute façon, l'objectif des Amis de la forêt n'était pas de détruire d'insignifiantes barricades de tôle ondulée et de sacs de sable, mais bien de renverser l'emprise de l'Alliance sur le pays.

Mais leurs ennemis tempéraient maintenant leur audace d'une prudence renouvelée. Malgré les vols de reconnaissance, malgré leurs espions envoyés au péril de leur vie en territoire ennemi, Caligo et ses amis ne réussissaient plus à être avertis à temps ni de l'endroit ni du moment où les transferts de seringues avaient lieu.

Les Amis de la forêt changèrent de tactique. Au cours d'un raid surprise, ils capturèrent deux barbies et les ramenèrent au quartier général pour interrogatoire. Suivant les instructions de Bonhomme-au-fouet – le spécialiste du renseignement –, les deux barbies furent conduites jusqu'aux falaises bordant la mer. Bonhomme-au-fouet fit signe aux prisonnières menottées de descendre d'Autoverte et de se tenir près d'un échafaud qui s'élançait au-dessus des vertigineuses parois. Sur un ton dur, Bonhomme-au-fouet leur ordonna de révéler tout ce qu'elles savaient au sujet du trafic de seringues. Qui supervisait les transferts ? Quand se déroulerait la prochaine livraison ? Quel serait l'itinéraire du prochain convoi ?

Les deux barbies, bien que terrifiées, secouèrent la tête.

« Nous ne savons rien », expliqua la plus âgée.

Du revers de la main, Bonhomme-au-fouet la gifla avec une telle violence qu'elle en perdit son bonnet blanc. Il piétina sauvagement le bonnet tombé à ses pieds.

« Il est impossible que vous ne sachiez rien ! Vous collaborez au trafic, toutes autant que vous êtes ! »

La plus jeune des prisonnières se mit à pleurer.

« Nous ne savons rien, il faut nous croire ! C'est le *Sturmbannführher* Schwartz qui organise tout. Lorsqu'il y a un convoi, nous ne sommes prévenues qu'au dernier moment. »

Bonhomme-au-fouet, dans un silence implacable, souleva l'extrémité d'une longue corde enroulée au pied de l'échafaud, extrémité nouée en un nœud coulant, et glissa la boucle autour du cou de la plus jeune des barbies.

« Je ne sais rien ! Laissez-moi, je vous en supplie ! Je vous jure que je ne sais rien ! »

« Si c'est vraiment le cas, alors nous n'avons plus besoin de toi… »

Sur ces mots, Bonhomme-au-fouet poussa vigoureusement la jeune barbie, qui bascula dans le vide. Un cri perçant lacéra le ciel et diminua aussitôt d'intensité. Le rouleau de corde se déroula à toute vitesse. Caligo se pencha au-dessus du bord de la falaise. Sur un fond de mer démontée, frôlant la vertigineuse paroi couleur de craie, la barbie tombait, minuscule poupée blanche et gesticulante.

La corde avait été mesurée pour stopper la chute à moins de trois mètres de la mer. Plus vite que l'œil ne pouvait les suivre, les dernières spires de la corde disparurent. Avec un claquement sourd, la corde se tendit. Les planches de l'échafaud émirent un craquement bref. Trois cents mètres plus bas, une silhouette blanche fouetta l'air et disparut aussitôt dans l'écume blanche des vagues brisées. La tête arrachée de la barbie, presque invisible vue du surplomb, fut projetée dans la direction opposée et frappa la paroi rocheuse avant de tomber à son tour dans la mer.

En dépit du sort subi par sa compagne, l'autre prisonnière refusait toujours de parler, même lorsqu'on remonta le nœud coulant et qu'on le lui glissa autour du cou. Avec un grognement d'impatience, Bonhomme-au-fouet ordonna qu'on la ramène au quartier général. Là, elle fut allongée sur une cui-

sinière électrique et solidement attachée. Bonhomme-
au-fouet fit chauffer les éléments, tout d'abord à
faible intensité. La barbie se débattit entre ses liens.

« Parle, et nous te libérerons », expliqua Bonhomme-au-fouet, les lèvres plissées en une grimace
dure à travers sa barbe blanche.

«Je ne sais rien!»

Bonhomme-au-fouet monta la température des
éléments de plusieurs crans. Une odeur de tissu
roussi monta dans l'air.

«Arrêtez! Arrêtez!»

«Cesse de crier et dis ce que tu sais!»

Mais elle ne faisait que se tordre et jurer qu'elle
ne savait rien. Bonhomme-au-fouet tourna les boutons de commande des éléments jusqu'à « max ».
Les ronds incandescents enflammèrent l'uniforme
pastel de la barbie, qui se transforma en brasier
hurlant et gesticulant.

Finalement, elle cessa de gigoter. Bonhomme-
au-fouet ferma les quatre éléments de la cuisinière
en prenant garde de ne pas brûler la fourrure blanche
qui bordait ses gants rouges. Q2D4 s'approcha et,
d'un jet d'extincteur, éteignit l'incendie.

Caligo vint rejoindre Bonhomme-au-fouet qui
contemplait le cadavre carbonisé, visiblement abattu.

« Je suis désolé. J'ai failli à ma tâche. Aucune
des deux prisonnières n'a voulu parler. »

«Allons, ce n'est pas ta faute», le consola Caligo.
« Sans doute ne savaient-elles rien, finalement. »

«Autrement dit, Schwartz ne fait même pas confiance à ses propres troupes », s'insurgea Cochon.
« Voilà qui ne m'étonne pas de la part de cette
raclure de chiottes, de ce boudin suppurant. »

« Cochon a raison », soupira Demiflute. « On
f'est donnés tout fe mal pour rien. »

« Allons ! Pas de découragement ! » s'exclama joyeusement Caligo. « Quel exemple allez-vous donner à notre recrue ? Nous ne pouvons gagner à tout coup. En attendant, vous avez tous fait du bon travail et je suis fier de vous. »

Bonhomme-au-fouet hocha doucement la tête, un peu rasséréné. Puis il fit signe à Q2D4, Cochon et Max.

« Bon, allez, les gars. Aidez-moi un peu à nettoyer ce gâchis. L'heure du souper approche et j'ai promis au cuistot de lui rendre sa cuisinière aussi propre que lorsqu'il me l'a prêtée. »

# CHAPITRE 13

Vers l'ouest, vers Montréal invisible par-delà l'horizon, le disque rouge du soleil flottait sur un lit de ciel pollué. Il était presque vingt et une heures lorsque Michel Ferron quitta l'autoroute 30 pour rentrer à la maison. Récupérer sa voiture à la gare d'autobus de Repentigny avait pris plus de temps que prévu. Il se promit la semaine suivante de se rendre à Shawinigan en voiture. En quoi le fait d'être déprimé l'aurait-il empêché de conduire ? Ça lui éviterait de se taper encore un aller-retour en autocar, moyen de transport qu'il détestait à s'en confesser.

C'était le premier vendredi vraiment beau et chaud de l'année : les rues banlieusardes de Brossard s'étaient peuplées un peu. Michel aperçut sa maison, un petit *bungalow* à façade de pierre blanche, anonyme. Il ressemblait tellement aux *bungalows* voisins qu'il était arrivé à Michel de stationner sa voiture dans la mauvaise entrée. Plutôt gênant pour quelqu'un qui se vantait de ne jamais oublier un immeuble, un visage, un itinéraire.

Cette fois-ci au moins, il se rangea dans la bonne entrée, à côté de la Nissan de Nathalie. Il resta quelque temps debout près de la voiture, immobile, savourant l'odeur qui montait des barbecues, de l'asphalte chaud et celle, plus subtile, de l'eau chlorée des piscines. Après être resté emprisonné pendant cinq jours au Centre hospitalier Saint-Pacôme, il considéra le prosaïque paysage banlieusard comme s'il avait l'irréalité de ces rêves dans lesquels on revisite les lieux de notre enfance.

Michel ouvrit la porte d'entrée. Elle n'était pas verrouillée.

— Allô !

Personne ne lui répondit, mais il reconnut le bruit du séchoir à cheveux qui parvenait de la salle de bain. Il alla frapper à la porte. La voix de Nathalie traversa le bourdonnement du séchoir.

— Michel, c'est toi ?

— Tu aurais l'air fine si c'était pas le cas !

Le bruit du séchoir s'arrêta. La porte de la salle de bain s'ouvrit et Michel se fit enlacer par un petit bout de femme vêtue d'un peignoir, aux cheveux tièdes et ébouriffés.

— Enfin, tu es revenu ! Je commençais à m'inquiéter…

— Désolé, Bébé. Ça m'a pris plus de temps que je pensais.

Ils s'embrassèrent, puis Nathalie se remit à se sécher les cheveux.

— As-tu mangé ?

— Non.

— Pauvre Michel ! Je t'ai attendu jusqu'à sept heures. Finalement, j'ai fait un steak à Mathieu et j'ai mangé moi aussi.

— Tu as bien fait.

— Un steak pour toi aussi ?

— N'importe quoi, sauf de la nourriture d'hôpital !

Nathalie sourit devant son expression dégoûtée. Elle était infirmière, il n'avait pas besoin de lui faire un dessin sur ce qu'il avait enduré à cause des cuisiniers de l'hôpital psychiatrique.

Allongé sur une chaise longue dans la cour arrière, une bière à la main, Michel attendit comme un roi fainéant le steak que Nathalie faisait griller sur le barbecue au gaz. Le soleil s'était couché, mais l'atmosphère vibrait encore de la chaleur du jour. Dans le ciel mauve, Michel distingua une étoile précoce. Non, ça ne pouvait pas être une étoile, il faisait encore trop clair. Plutôt une planète. Un peu haut dans le ciel pour Vénus. Sans doute Jupiter. Ou Mars ? Michel laissa échapper un lent et silencieux soupir : sa passion pour l'astronomie datait de son adolescence, autrement dit du Moyen Âge. Ses parents n'étaient pas riches et il lui avait fallu travailler tout un été pour s'acheter un télescope bon marché avec un trépied merdique. Il en possédait maintenant un tout neuf, de télescope, avec une lentille cent fois plus précise, posée sur un solide trépied à tête fluide. Un achat inutile. Il ne s'en servait presque jamais. De toute façon, ce n'était plus pour observer les étoiles, mais pour espionner ses contemporains. Cette constatation soudaine le déprima.

— Où est Mathieu ? demanda-t-il.

Nathalie haussa les épaules.

— Avec ses amis, tu sais bien.

Michel opina doucement du chef. Oui. À treize ans, la vie sociale de son fils était devenue infiniment plus accaparante que deux parents vieux et ennuyeux.

Le repas fut servi. Nathalie s'assit contre Michel, un verre de vin rouge à la main. Michel trinqua avec sa bouteille de bière, puis attaqua son souper tardif. Un gros steak, carbonisé à l'extérieur, saignant à l'intérieur. Du blé d'Inde, de la bière. Une épaisse tranche de pain de ménage grillée sur le barbecue... Michel avait oublié que manger pouvait être un plaisir transcendant le simple soulagement de l'appétit.

— Et puis ? demanda Nathalie. Comment as-tu aimé ça, chez les fous ?

— Je ne peux pas t'en parler, tu le sais.

Nathalie fit la grimace.

— T'as pas de leçon à me donner côté secret professionnel. Je voulais simplement savoir si ça avait bien été.

— J'y retourne lundi, si ça répond à ta question.

— Penses-tu que ça va durer longtemps ?

— Aucune idée... (Michel s'aperçut qu'il avait été un peu brusque. Il continua sur un ton plus conciliant.) Ça va pas fort, mon affaire. J'ai un suspect. Le problème va être de le prendre sur le fait. Ça devrait pas prendre plus d'une semaine encore, peut-être deux.

Nathalie se resservit du vin, puis demanda :

— Et toi ? Vas-tu pouvoir endurer ?

— Mais oui, pourquoi pas ?

— Michel. J'ai travaillé dans un hôpital psychiatrique, je sais ce que c'est.

Le claquement brutal de la porte d'entrée fit vibrer la maison, accompagné d'éclats de voix et de pas lourds.

— Mathieu ? appela Michel.

Un jeune adolescent dégingandé en jean et t-shirt surdimensionné, aux cheveux rebelles vaguement retenus par des écouteurs jaune vif, passa le torse par la porte-fenêtre. Il sourit à Michel, fit un bref salut et disparut aussitôt.

— Hé ! Mathieu ? Reviens ici deux minutes !

Mathieu réapparut, les sourcils froncés.

— Qu'essé qu'y a ?

— Qu'essé qu'y a ? répéta Michel. Premièrement, j'aimerais que tu enlèves tes écouteurs pendant qu'on se parle.

— C'est correct, papa. J'écoute pas de musique. Je t'entends.

— Mathieu, enlève-les. C'est impoli.

Levant ostensiblement les yeux au ciel, l'ado retira les écouteurs. De l'intérieur de la maison, un de ses copains demanda s'il venait oui ou non. Mathieu lança sur un ton impatient :

— Minute ! Mon père me parle !

Il reporta de nouveau son attention sur ses parents, les bras croisés, toute son attitude exprimant l'impatience à peine contenue.

Michel sourit, ironique.

— Ça doit être important ce que ton copain te dit pour que tu puisses même pas saluer ton père que t'as pas vu depuis une semaine.

Mathieu écarquilla les yeux en une expression outragée.

— C'est pas juste, papa ! Je t'ai attendu avec maman jusqu'à sept heures pour souper.

— Il a raison, Michel.

— Ça va, ça va, obtempéra ce dernier. Je voulais juste me rappeler que j'avais un fils.

— Hein ?

— Rien, rien. Je suis fatigué. Va, pauvre Mathieu. Je te libère. Va rejoindre tes amis.

Hochant la tête d'incrédulité face à cette nouvelle manifestation de l'irréductible étrangeté des adultes en général et de ses parents en particulier, Mathieu fit un vague salut et fila rejoindre ses amis.

Michel aida Nathalie à nettoyer et ranger le barbecue et lava la vaisselle en sa compagnie, heureux
de se livrer à une activité ménagère aussi prosaïque.
Contrairement à la plupart des gens, Michel ne
détestait pas laver la vaisselle. Il y avait quelque
chose de sensuel, de profondément satisfaisant à
plonger les mains dans l'eau tiède et mousseuse, à
rendre à la vaisselle sa pureté première, à l'essuyer
et à la ranger, à remporter pour une infime portion
d'éternité une victoire contre le chaos, contre le
vortex hurlant de l'entropie dans lequel l'univers,
inexorablement, disparaîtrait… Michel se secoua.
Il avait des idées bizarres, ce soir. Il était fatigué…
Oui, jusqu'à l'os. Dans son bureau assombri, il
ouvrit son ordinateur pour accéder à son courrier
électronique. Les titres d'une cinquantaine de messages défilèrent sur le fond bleu gris. Rien de pressé.
Il prit ensuite un bain, savourant le simple plaisir
de pouvoir s'éterniser autant de temps qu'il le voulait, sans infirmière pour lui dire que son déjeuner
attendait, sans Anthony pour l'attendre de l'autre
côté de la porte.

Dans la chambre, Nathalie lisait une revue, vêtue
d'une chemise de nuit, adossée contre une pile
d'oreillers. Michel s'était persuadé qu'il était trop
fatigué pour faire l'amour, mais le simple fait de
constater d'une main indiscrète qu'elle ne portait
rien sous la chemise balaya toute velléité d'absti-
nence.

—Ferme la lumière, murmura Nathalie avec un
sourire entendu.

Michel obéit. La communion se fit en douceur et
en silence : ils entendaient leur fils et ses amis dans le
sous-sol, et le babillage tonitruant de la télévision.

Après l'amour, Nathalie voulait toujours discuter.
Michel s'installa confortablement et se prépara à

reporter encore son sommeil d'une heure au moins. S'il s'impatientait parfois à la perspective d'un monologue post-coïtal de sa femme, cette fois-ci il se sentait d'une tolérance angélique, trop heureux d'être de retour dans son lit, de se glisser dans le pyjama duveteux de la normalité.

Nathalie lui parla tout d'abord de Mathieu, de l'inquiétude que certaines de ses fréquentations lui donnaient. Petit à petit, il avait changé de cercle d'amis. Auparavant, il fréquentait les garçons et filles de son âge qui habitaient le voisinage. Maintenant il voyait surtout des amis de l'école, dont certains étaient assez insolents.

— Ils ont treize ans, dit Michel sur un ton rassurant. Ils se tiennent en gang, ils jouent aux tough. C'est normal.

— J'en ai vu un qui fumait. À treize ans !

— Pauvre Nathalie. À quel âge penses-tu que les fumeurs commencent à fumer ?

— Justement.

— C'est pas parce qu'un de ses amis fume que Mathieu va se mettre à fumer lui aussi. Je ne l'ai jamais vu avec une cigarette.

— Évidemment. T'es jamais ici.

Michel fronça les sourcils.

— Bon. C'est nouveau ça.

— Que tu sois absent une nuit ou deux, je ne dis pas. Mais là, tu pars toute la semaine. Des fois, j'ai l'impression que je suis seule à élever Mathieu.

— Nathalie, tu exagères.

— Ça ne t'est jamais venu à l'idée que je pouvais trouver ça plate de rester seule pendant toute une semaine ?

— Pauvre minou. Va falloir que tu te trouves un amant.

—Je suis sérieuse.

—T'es sérieuse, t'es sérieuse… Tu me dis ça comme si j'étais le seul à avoir un horaire de fou.

—Je suis infirmière, Michel. J'ai pas le contrôle de mon horaire. Tu le sais que j'ai pas le choix, je ne peux pas refuser une offre, sinon je me fais mettre en bas de la liste de rappel…

—Et moi, tu penses que j'ai le choix ? Détective privé, c'est pas un travail de neuf à cinq.

Nathalie resta silencieuse un moment. Michel commençait à croire que la conversation était terminée lorsqu'il sentit sa femme se tourner vers lui.

—Ben justement, Michel. Souvent je me suis demandé pourquoi tu avais quitté la police. Tu serais un officier depuis longtemps, maintenant, hein ?

Michel ne répondit rien.

—Tu aurais pu postuler à un emploi de bureau. À ton âge, tu aurais un poste de responsabilité.

—À mon âge… répéta Michel, sarcastique.

Nathalie l'enlaça.

—Tu comprends ce que je veux dire. Toi, au moins, tu aurais des heures régulières. Ce serait plus facile de s'organiser, non ? Tu ne m'as jamais expliqué pourquoi tu es parti. Je voudrais comprendre, mais tu ne m'en parles jamais.

—Il y a rien à comprendre. J'aimais pas ça, c'est tout.

—Je suis sûre que c'est pas si simple. Je suis sûre qu'il s'est passé quelque chose.

—C'est le passé, Nathalie. Toi, tu aimes ça ressasser tout ce qui s'est produit dans ta vie. Pas moi.

—Tu gardes tout ça en dedans ?

—Je ne garde rien en dedans, Nathalie. Je n'y pense pas, sauf quand tu viens m'asticoter avec tes questions. C'est le passé, on ne peut rien y changer. Qu'est-ce que ça donnerait d'en parler? Qu'est-ce que ça donnerait d'encombrer ton esprit avec des problèmes auxquels tu ne peux absolument rien changer?

—Parce que parler de nos problèmes, ça nous soulage.

Michel rit, d'un rire dur et ironique.

—J'ai l'impression d'être encore à Saint-Pacôme. J'ai fait rien que ça, parler et parler. Moi, je trouve qu'on parle trop. On devrait se taire.

Nathalie soupira lourdement dans la pièce assombrie.

—T'es vraiment un homme…

—En as-tu jamais douté?

Un autre soupir, un peu plus attendri.

—Non…

—Est-ce que je peux dormir maintenant?

Michel sentit une main douce lui caresser le visage et des lèvres tièdes lui effleurèrent la joue.

—Oui, mon Michel… Je te fous la paix… Tu peux dormir, maintenant…

Michel resta allongé de longues minutes. Il essaya vaguement de deviner quelle émission de télévision Mathieu et ses amis écoutaient. Il renonça, tourna sur lui-même, se débattit avec son oreiller, finit par trouver sa nudité inconfortable et enfila un pyjama. Le sommeil fuyait toujours. Michel s'insurgea contre cet état de fait: il était de retour dans son lit, il était crevé, il aurait dû tomber comme une masse…

C'était à cause de Nathalie, bien sûr. C'était bien son style, ça, de lui poser dix mille questions, de lui troubler l'esprit, de ramener tout cela à la surface… Ne pouvait-elle pas se contenter de savoir qu'il n'avait pas aimé le travail de policier ? Qu'est-ce que ça lui donnerait de savoir ce qui s'était *vraiment* passé ? Ne pouvait-elle pas comprendre que *lui* voulait oublier ?

◆

Tout avait pourtant bien commencé. Très tôt, dès la fin de sa formation, l'excellence de son dossier et la facilité avec laquelle il réussissait à s'entendre avec ses collègues et le public lui avaient permis de réaliser un rêve de jeunesse, un transfert à l'Escouade de la criminalité de Montréal. C'était ce genre de travail qui l'avait incité à devenir policier. Il n'était pas entré dans ce métier pour piéger les automobilistes et remplir des quotas de contraventions. Il voulait « combattre le crime ». Arrêter les assassins, mener la vie dure aux gangs de motards, enlever de la rue les salauds qui vendaient de la drogue dans les écoles.

Ses supérieurs à la criminelle n'avaient pas tardé à profiter de l'enthousiasme et de l'esprit vif de la recrue. On avait exploité le fait qu'il était jeune, plus petit que la moyenne de ses collègues et totalement inconnu du milieu interlope montréalais. Mal rasé, en jean, ses cheveux tombant en larges boucles sur son manteau de cuir, il avait beaucoup plus l'air d'un figurant du film *Hair* que d'un policier de l'Escouade de la criminalité. Michel Ferron avait embrassé sa nouvelle carrière d'informateur avec le prosélytisme naïf de la jeunesse. Errer dans le *redlight* de la métropole, parmi les *bums* et les putes, observer les transactions des revendeurs dans l'air humide des petites heures du matin, tout cela s'était révélé immensément différent, dange-

reux, excitant. Il avait l'impression d'être au front
dans la guerre contre le crime. Il n'avait jamais eu
à ce point le sentiment d'être un vrai policier que
lorsqu'il se rapportait à ses supérieurs – de façon
clandestine bien sûr, puisque même la majorité de
ses collègues ignoraient qu'il était l'un des leurs. Il
avait pu constater de quelle manière tangible et
directe ses informations avaient des conséquences
sur l'arrestation des receleurs, sur les rafles dans les
bordels, sur les descentes dans les bars douteux. Il
avait été en première ligne. L'importance de son
travail avait été cruciale. Il en était venu à se consi-
dérer comme un rouage essentiel de la machine.

Mais avec le passage du temps, l'excitation avait
fait place à une certaine routine, la routine avait
engendré de l'insatisfaction, le tout dégénérant en
un sentiment diffus d'aliénation et d'irréalité. Ce
n'est que beaucoup plus tard, bien des années après
avoir quitté la police, que Michel avait compris que
ce sentiment était en quelque sorte une maladie
professionnelle pour quiconque œuvrait dans l'espionnage et dans l'infiltration. L'efficacité d'un
infiltrateur dépend directement de sa capacité à ne
pas se faire remarquer, ce qui suppose l'intégration
dans le monde observé, la maîtrise de sa culture,
de ses codes et de ses valeurs. Plus le temps passe,
plus le double jeu de l'infiltrateur est réel et con-
vaincant, plus il se sent irréel. La perception que
Michel avait de sa propre personne s'était effritée
sous le lent travail de sape de l'environnement. Tant
qu'il avait étudié et travaillé comme policier en uniforme, il avait été conforté dans sa vision du monde
par l'interaction continue avec ses collègues, ses supérieurs, toute la structure hiérarchique de la police.
Il avait été constamment validé par une culture

invisible, invisible comme toute chose que l'on tient pour acquise. Ce qui n'était jamais dit explicitement, ni même pensé, mais procédait de la culture propre à toute force de l'ordre, à toute corporation profes- sionnelle, c'était qu'en sa qualité de policier Michel était d'une espèce différente, d'un ordre différent du grand public. Différent, donc supérieur – qu'il puisse être inférieur étant carrément trop absurde pour être imaginé. Ce qui n'avait pas besoin d'être exprimé, parce que ça relevait de l'évidence, c'était que, dans la hiérarchie humaine, les policiers étaient supérieurs aux gens ordinaires, eux-mêmes supé- rieurs à la racaille des drogués, des pédophiles, des motards, des rastas, des putains, des clochards. Les crottés, les guidounes, les pouilleux.

La vie dans la rue avait transformé la perspective de Michel. Il avait découvert qu'autour de personnes certainement misérables, répugnantes ou dange- reuses, gravitaient aussi des gens qui manifestaient souvent des marques de charité, d'altruisme et d'entraide. À sa grande surprise, il s'était rendu compte que l'amitié qu'il était tenu de simuler envers certains suspects se métamorphosait parfois en estime authentique. Un grand nombre de ces gens étaient du « monde ordinaire » se mouvant, hélas ! au sein de forces sociales très différentes de la bonne famille petite-bourgeoise de Valleyfield dans laquelle il avait été élevé.

Il s'était lié particulièrement avec Bertrand, un revendeur à la petite semaine qui habitait au-dessus d'une clinique de tatouage de la rue Ontario. C'était un grand efflanqué nonchalant et jovial, « accoté » avec Monique, une grande fausse blonde plus âgée que lui. Ils hébergeaient et protégeaient Nancy-Ann et Sylvie, deux jeunes prostituées au lourd accent acadien, plutôt sympathiques, mais dont la candeur et l'inculture sidéraient à tout moment Michel.

Les premiers temps, ce dernier avait regardé de haut cette pitoyable famille reconstituée. Mais, petit à petit, il avait trouvé touchant le sérieux avec lequel Bertrand jouait son rôle de protecteur, avec tout de même un sourire en coin pour montrer qu'il était conscient de l'aspect un peu comique de la situation. Car ce rôle n'était qu'une façade. C'était en fait sa copine qui s'occupait de tout et qui surveillait de près les deux plus jeunes. « Quand tu travailles dans' rue », avait expliqué Monique, « ça prend un gars dans le portrait pour que les autres pimp te sacrent la paix. »

Michel ne s'intéressait pas à Bertrand pour son rôle de souteneur, mais pour ses relations dans le trafic de drogue. Il venait fréquemment lui acheter quelques grammes de haschich et, comme Bertrand était d'un naturel bavard et liant, Michel ne se faisait pas prier pour rester et discuter un peu. Bertrand avait un jour invité Michel à goûter la marchandise, question de voir si c'était du bon stock. Impossible de refuser. Une fois tous les deux détendus, ils avaient discouru sur mille et un sujets, Bertrand fournissant le gros de la conversation, car il semblait ne jamais être à cours d'opinions, quel que soit le sujet. Il lisait beaucoup – l'appartement croulait sous les livres et les bandes dessinées qu'il achetait à bon marché dans les bouquineries, une proliféra-tion hors de contrôle en dépit de la menace répétée de Monique affirmant qu'elle profiterait d'une absence de Bertrand pour « crisser tout ça aux vidanges ». La menace était d'autant moins sérieuse que Bertrand était incroyablement casanier – ce n'est qu'après plusieurs visites que Michel s'était rendu compte à quel point celui-ci était agoraphobe. Il avait carrément peur de sortir. C'est à peine s'il descendait au dépanneur du coin s'acheter des cigarettes, toutes les autres courses étant effectuées par Monique ou une des filles.

Michel revivait ces soirées d'été dans l'appartement de la rue Ontario, entendait de nouveau la rumeur ininterrompue de la circulation du centre-ville, les coups de klaxons impatients, le staccato des marteaux-piqueurs. Il respirait de nouveau l'air chaud et humide de l'appartement, âcre de la poussière des livres et des relents d'ordure des restaurants. Au fur et à mesure que le monde du souvenir se matérialisait autour de lui, Michel se rappelait le rire haut perché de Nancy-Ann de qui il s'était plus qu'amouraché, il sentait de nouveau son corps tiède contre le sien, ses petits seins qu'elle laissait volontiers caresser dès qu'elle avait bu, pendant que Bertrand l'étourdissait de spéculations philosophiques, politiques et artistiques en fumant un joint. Ses souvenirs, obstinés comme un chien qui a senti la femelle, revenaient toujours à cette soirée, cette soirée où plus que jamais ses devoirs de policier lui étaient apparus lointains et abstraits.

Il était à peine vingt heures, les façades des immeubles du centre-ville de Montréal vibraient d'une couleur surnaturelle dans la lumière du soleil mourant. Michel toqua à la porte de l'appartement, selon un code dont ils avaient convenu depuis longtemps. Bertrand vint ouvrir, fébrile, les yeux rougis. Il semblait complètement désemparé. Michel essaya de savoir ce qui se passait, mais l'autre ne réussissait qu'à répéter « C'est la marde, on est dans la marde… ».

« Arrête de répéter ça et explique-moi ce qui se passe. »

« Monique vient de me téléphoner. Elle est au poste de police. Elle s'est fait arrêter. Les deux filles avec. »

« Comment ça, arrêtée ? »

« Faut que je te fasse un dessin ? Une descente, une opération surprise, je sais pas. Nancy-Ann et Sylvie se sont fait ramasser. Monique était pas loin. Elle s'en est mêlée – tu sais comment elle est – et maintenant elles ont été arrêtées toutes les trois. Je te le dis, c'est la marde… »

Ivre de nervosité, Bertrand reclassait futilement les livres débordant de ses bibliothèques qui n'en pouvaient plus.

« Est-ce qu'elle a dit de combien était sa caution ? » s'impatienta Michel.

« Cinq cents piasses ! Chacune ! »

« T'as pas ça ? » demanda Michel, qui avait déjà vu d'importantes sommes d'argent passer entre les mains du revendeur.

« Es-tu fou ? Je garde jamais d'argent ici, tu le sais bien. La banque est fermée. » Il se mit à gémir, ses bras maigres soulevés comme ceux d'un épouvantail. « Heille, je peux pas attendre demain. Je veux pas que les filles passent la nuit en dedans ! »

« Calme-toi. Tu dois connaître des gens qui peuvent te prêter ça. »

De ses deux mains, Bertrand empoigna ses longs cheveux qu'il tira vers l'arrière, puis gratta sa joue mal rasée. Il reprit, sur un ton plus posé :

« T'as raison. Si je remets l'argent demain, ça devrait pas faire de problème. Attends-moi une seconde. Je vais faire un appel. »

Bertrand dénicha le téléphone, débarrassa les traîneries qui encombraient la chaise la plus proche et s'assit sur le bout des fesses. Michel, debout à côté, l'écouta relater piteusement la tournure des événements. À en juger par la tête de son copain, l'interlocuteur à l'autre bout ne semblait pas trop chaud, mais finalement Bertrand se confondit en remerciements, promettant à plusieurs reprises que la somme serait remise très rapidement.

Il déposa le combiné, un peu rasséréné. Il expliqua à Michel que le seul problème était la distance.

« C'est à Lachine. T'as une auto, toi, hein ? Tu sais que je conduis pas, hein ? »

« Pas de problème. Je vais t'amener. »

« Wow, bonhomme… T'es correct, merci… »

Michel et Bertrand sortirent. Sous le ciel mauve, les premiers néons brillaient, rouge, vert, jaune. Ils marchèrent dans la rue Ontario jusqu'à la voiture de Michel. Bertrand rasait les murs et son regard quittait à peine les vitrines sales des boutiques. Il se dépêcha de se réfugier dans la voiture de Michel et s'adossa dans le fauteuil du passager. Il essuya d'une main tremblante son front en sueur, ses yeux roulant de gauche à droite comme un animal en cage.

« Tu es sûr que tu n'en mets pas un peu trop ? »

« J'haïs sortir », expliqua Bertrand sur un ton misérable. « Tu peux pas comprendre… »

Michel prit place à son tour. Il vérifia rapidement si un objet dans l'auto ne risquait pas de révéler son véritable travail, mais il n'y traînait que des papiers graisseux, reliefs d'un repas pris sur le pouce. Il démarra la voiture.

« J'aimerais passer avant au poste de police », dit Bertrand.

« Ce serait pas mieux d'aller chercher ton argent ? »

« Je voudrais parler à Monique. Je veux leur expliquer que je m'occupe d'elles. »

« On va perdre un temps fou », prévint Michel qui connaissait la lenteur de ce genre de procédure.

« Je… Je veux parler à Monique. Elle doit être morte de peur. »

Michel songea que c'était lui qui projetait son angoisse sur sa copine, mais il céda face à l'insistance de son compagnon. Il engagea la voiture dans la faible circulation et roula jusqu'au poste de la rue Prince-Arthur. Michel n'y avait jamais mis les pieds, mais rien ne ressemblait autant à un poste de police qu'un autre poste de police. Ce fut lui qui discuta avec le préposé à l'accueil, séparé de la populace par une épaisse vitre de sécurité. Après avoir écouté leur requête, le policier leur fit signe de s'asseoir et d'attendre.

Michel et Bertrand obtempérèrent. Au bout d'un délai que Michel trouva étonnamment court – il était douloureusement conscient qu'ils ne payaient de mine ni un ni l'autre, surtout Bertrand avec son visage crayeux, en sueur, les yeux fous –, le préposé les convoqua de nouveau. Il expliqua que les trois femmes interpellées ne se trouvaient plus à ce poste, qu'elles avaient été transférées.

« Quoi ? Qu'est-ce qui se passe ? » s'étrangla Bertrand. « Où est-ce qu'elles sont rendues ? »

« À la prison des femmes. »

« Pourquoi ? » demanda Bertrand dont le timbre de voix se nuançait d'hystérie. « Pourquoi est-ce que vous les avez transférées ? »

« On n'est pas installés pour recevoir des femmes ici », expliqua le préposé sur un ton blasé.

«Comment je vais faire pour payer leur caution, maintenant?»

Michel réussit à calmer son compagnon en lui assurant qu'il savait comment se rendre à la prison où avaient été transférées les filles, mais il lui rappela qu'il fallait d'abord aller chercher l'argent nécessaire, n'est-ce pas? Bertrand, qui s'efforçait héroïquement de ne pas éclater en sanglots, accepta de quitter le poste sans faire d'esclandre. Ils retournèrent à la voiture, sous les néons désormais maîtres de la nuit.

Michel tourna dans la rue Guy en direction de l'autoroute Ville-Marie. La radio de la voiture était défectueuse; c'est dans un silence tendu que se fit le voyage au-dessus de la ville illuminée, à travers les boucles de l'échangeur Turcot, dans la vallée longeant le canal Lachine jusqu'à l'embranchement menant au pont Mercier. Michel quitta l'autoroute à la sortie suivante. Bertrand s'inquiéta en mesurant du regard les bâtiments titanesques qui les entouraient, un panorama d'usines cyclopéennes aux façades aveugles dans lequel la voiture s'enfonçait, laissant derrière elle les lumières de l'autoroute et, avait-on l'impression, le monde habité.

«T'es sûr qu'on n'est pas perdus?»

«Ce sont les usines de la Dominion Bridge. Inquiète-toi pas. Lachine est de l'autre côté.»

Effectivement, au grand soulagement du passager, la voiture abandonna derrière elle les usines et la chaussée défoncée pour émerger dans un quartier de banlieue populaire. C'était presque désert; seuls quelques adolescents fumaient nonchalamment autour de tables de bois en face d'un bar laitier. Michel connaissait mal Lachine, il dut s'arrêter et consulter sa carte routière pour repérer l'adresse où on prêterait l'argent.

Après quelques détours, ils finirent par trouver une maison cossue perdue au milieu d'un vaste jardin un peu en retrait de la rive du fleuve. Michel stoppa la voiture le long du trottoir. Bertrand inspira lourdement.

«Attends ici. Ça devrait pas être long.»

Bertrand sortit. Michel suivit sa silhouette dégingandée avancer jusqu'à l'entrée. La porte de la maison s'ouvrit sans même qu'il eût à frapper. Michel attendit dans la voiture silencieuse, le parfum de la nuit encore chaude se déversant sans retenue par sa fenêtre grande ouverte. À chaque inspiration, à chaque battement de cœur, il discernait avec de plus en plus d'acuité toutes les ramifications de la situation dans laquelle il se trouvait. Sans l'avoir désiré, simplement pour venir en aide aux filles, il avait mené en toute ingénuité Bertrand chez un de ses fournisseurs!

Les réflexes professionnels un peu ankylosés de Michel s'activèrent. Il allait bien sûr révéler cette adresse à ses supérieurs, mais il ressentait tout de même un sentiment de culpabilité aigu à l'idée de dénoncer ces gens qui leur prêteraient l'argent nécessaire pour libérer Monique et les deux jeunes. Il ressentit soudain une bouffée de colère et d'exaspération. On ne pouvait pas leur foutre la paix, aux prostituées? Quoi de plus bêtement facile que d'arrêter de pauvres filles qui ne font de mal à personne! Beaucoup plus facile que d'arrêter les clients, n'est-ce pas? Beaucoup plus facile que d'aller se frotter aux vrais criminels, n'est-ce pas?

Michel coupa court à ses réflexions outragées. Bertrand revenait. Il ouvrit la portière et s'assit en sifflant de soulagement. Il tapota doucement la poche de son jean, avec un regard entendu.

Michel démarra. Il braqua les roues de la voiture et recula avec prudence : une voiture noire était stationnée dans son angle mort, presque impossible à distinguer. Peut-être une voiture appartenant aux « amis » de Bertrand. Ç'aurait été gênant de l'érafler. La rue n'était pas assez large pour faire demi-tour. Michel manœuvrait pour se dégager de cette position incommode quand il aperçut, quelques centaines de mètres plus loin, au détour de l'avenue, la lumière tourbillonnante des gyrophares. Il songea tout de suite : « Ce n'est rien. Cette voiture n'a rien à voir avec nous. » D'autant plus qu'on n'entendait aucune sirène… Mais d'autres gyrophares apparurent et se rangèrent près des premiers, éclairant l'avenue et les façades des *bungalows* d'une lumière épileptique. Michel écarquilla les yeux : une demi-douzaine de voitures de police barraient complètement le passage dans la direction qu'il voulait emprunter.

« C'est… C'est une descente ! » gémit Bertrand. « Dégage ! *Recule !* »

« On n'a pas le temps ! »

« On peut pas rester ici ! *Dégage !* »

Michel était complètement désarçonné. D'où sortaient donc ces policiers ? Par quelle malchance incroyable lui et Bertrand se trouvaient-ils mêlés à une opération majeure ? Mais comment réfléchir avec les cris hystériques de son passager ? Obligé de respecter son rôle, Michel braqua à mort et fit demi-tour en montant sur le trottoir. La carrosserie heurta durement la bordure, puis la voiture retomba sur la chaussée, fuyant les voitures de patrouille qui s'approchaient inexorablement. Dans la nuit jusque-là silencieuse, s'éleva le hurlement suraigu des sirènes. Michel aperçut dans le rétroviseur les appels de phares d'une voiture de patrouille lancée à leur poursuite. Michel appuya sur l'accélérateur, mais il lui fallut presque aussitôt freiner, car la rue se terminait au boulevard longeant le fleuve. Ignorant le «Stop», Michel négocia le virage aussi vite qu'il l'osait. Un cri de pneus malmenés couvrit l'appel des sirènes.

Bertrand jura : droit devant, d'autres voitures de patrouilles fermaient le boulevard. Il tendit une main tremblante sous le nez de Michel.

«Tourne ici ! Ici !»

Michel vit à son tour l'entrée. Par réflexe – réfléchir aurait pris trop de temps – il freina et tourna, dérapant dans l'étroite ruelle qui séparait les cours arrière des *bungalows* du quartier. La voiture se redressa. Michel appuya à fond sur l'accélérateur. La voiture fila, la suspension mise à rude épreuve sur la chaussée inégale.

Michel jeta un bref coup d'œil dans le rétroviseur. L'image tressautante s'illumina d'un gyrophare éblouissant. Une voiture de patrouille s'engageait dans la ruelle à leur poursuite.

«*Attention !*» cria Bertrand.

Droit devant, une femme promenait son chien, son visage blême d'effroi dans la lumière crue des phares. Michel frôla de si près la promeneuse que seule l'absence de choc le persuada qu'il avait évité aussi bien la femme que l'animal. *Merde, merde, merde !*

«Ça va ! Tu l'as évitée ! Tu l'as évitée !»

« On peut pas continuer comme ça ! » hurla Michel, fou d'angoisse à l'idée de ce qui avait failli se passer.

«Il faut les semer ! On est capables !»

«C'est ridicule ! On va se tuer !»

La voiture jaillit de la ruelle et déboucha dans une des rues de Lachine. Michel braqua à gauche, appuya à fond. Bertrand tendit la main vers le premier croisement, à quelques centaines de mètres devant eux.

« Si tu entres avant que la police débouche de la ruelle, il saura pas de quel côté t'es allé ! »

Bertrand avait peut-être raison. Ça pouvait marcher. Hélas ! une autre voiture de patrouille circulait déjà sur l'avenue. Michel hésita, puis, au lieu de tourner, fonça tout droit, ignorant le Stop – de toute façon, il était certain qu'ils avaient été repérés.

La nouvelle voiture de patrouille se lança aussitôt à leur poursuite, sirènes hurlantes.

« Il faut arrêter. C'est trop fou… »

« Jamais, t'as compris ? *Jamais !* »

« On leur échappera pas, Bertrand ! Peux-tu comprendre ça ? »

« Essaie encore une ruelle. Regarde ! »

Michel tourna, presque à l'aveuglette… La voiture avança de deux cents mètres à peine lorsqu'une clôture grillagée et un cabanon se matérialisèrent dans la lumière tressautante des phares. Michel freina à mort. La voiture dérapa sur l'asphalte rapiécé pour s'arrêter de biais, appuyant doucement, presque avec délicatesse, sur le maillage métallique de la clôture.

Cul-de-sac.

Michel empoigna le levier de vitesse pour reculer. Trop tard, la voiture de patrouille s'engageait dans la ruelle. Il laissa sa main retomber, engourdi. Son regard fixa le visage de Bertrand, cadavérique dans la lumière lointaine des phares, ses longues mèches de cheveux comme des lacérations sur sa peau luisante de sueur. Son regard vitreux avait la fixité de celui d'un dément. Michel ne se rappelait pas avoir vu une expression aussi terrible, même chez des *junkies* en état de crise.

« C'est fini », dit doucement Michel. « On va se rendre et ça va bien se passer. »

« Non. »

Ce ne fut pas cette réponse, brève et neutre, presque indifférente, qui coupa le souffle à Michel. Ce furent les reflets de l'automatique que Bertrand tenait à la main. D'où est-ce que ça sortait ? songea Michel, estomaqué. Comment avait-il fait pour ne pas se rendre compte que son compagnon avait une arme sur lui ?

Les réponses à ces questions attendraient. Il devait concentrer toute son attention sur l'instant présent, sur l'arme luisante dans le poing blême, sur son compagnon immobile, figé comme une statue dans la lumière projetée par la voiture de patrouille – *des* voitures de patrouille puisqu'une seconde venait de s'arrêter derrière la première.

« Qu'est-ce que tu penses faire avec ça ? » demanda Michel, presque sur le ton de la conversation.

« Ça va dépendre. »

« Moi, sais-tu, ça me fait peur ces bebelles-là… »

« C'est fait pour. »

« Je pense que tu serais mieux de me donner ça, non ? »

Un tic agita le visage de Bertrand. Son regard ne quittait pas les deux voitures de police et les policiers qui se déployaient prudemment, l'arme au poing.

« Je vais pas en prison. »

« Tu sais, je pense que maintenant l'important, c'est de garder son calme. »

« Je peux pas aller en prison, comprends-tu ? *Je peux pas…* »

« Je comprends. »

« J'ai juré que si jamais je me faisais arrêter… Si jamais… »

« Je préférerais que tu poses ton arme à terre, Bertrand. Je vais te dire : tu commences vraiment à me faire peur. »

Bertrand ne dit rien. Michel reprit :

« Qu'est-ce que tu veux faire avec ça, de toute façon ? Tirer sur la police ? Ça va *vraiment* nous mettre dans la marde, tu penses pas ? »

La voix amplifiée d'un policier leur ordonna de sortir de la voiture, les mains levées.

« Je suis *déjà* dans la marde ! » sanglota Bertrand.

La suite des événements se déroula comme au ralenti, laissant le temps à Michel d'enregistrer les moindres détails de l'action. Sans prévenir, Bertrand ouvrit la portière et se redressa dehors. Il cria « Foutez-moi la paix ! », un cri de peur et de désespoir ponctué par la décharge assourdissante de son automatique. Un policier hurla, d'autres crièrent. Bertrand tira de nouveau et la ruelle explosa sous les détonations. Michel s'était déjà jeté au plancher, ressentant jusqu'à la moelle l'impact des balles dans la carrosserie de sa voiture.

La fusillade cessa aussi rapidement qu'elle avait commencé. Michel resta prostré sur le plancher, agrippant d'une poigne désespérée la housse qui couvrait les sièges. Il réussit à inspirer assez d'air pour crier qu'on cesse de tirer, qu'il n'était pas armé. Il attendit encore un peu, puis rampa maladroitement hors de la voiture. Il resta face contre terre, espérant par-dessus tout ne pas écoper d'une balle tirée par un policier nerveux. Il comprenait à quel point ceux-ci devaient être surexcités et furieux de savoir qu'un de leurs collègues avait été touché.

Michel tourna le visage vers l'entrée de la ruelle. Il cligna des yeux, ébloui par la lumière des phares, décontenancé d'apercevoir de lourds camions au lieu des voitures de patrouille qui s'y trouvaient quelques secondes auparavant. Un groupe d'hommes approchait, leurs bottes martelant l'asphalte, leurs carabines pointées droit devant. L'étonnement de Michel redoubla : il ne s'agissait plus de policiers de la Communauté urbaine de Montréal, mais de… de soldats ! Des soldats en uniforme, leurs casques ressemblant à s'y méprendre aux casques des Allemands à l'époque de la Deuxième Guerre mondiale. Un officier casquetté suivait, un peu en retrait.

Un des soldats se détacha du groupe et s'approcha de Michel, l'arme pointée. Ce dernier leva la tête, les mains bien en vue. Dans son visage à contre-jour, presque invisible, le regard du soldat s'agrandit. Il se tourna légèrement vers l'officier qui le suivait.

« *Kommandant ! Der da lebt !* »

L'officier fit un geste. C'est à peine si on pouvait distinguer une grimace un peu dédaigneuse sur ses lèvres.

« *Vorsicht, vielleicht ist er ja bewaffnet…* »

Le soldat agita son fusil sous le nez de Michel et ordonna :

« *Kommen Sie ! Die Hände hoch, aber langsam !* »

« Que… Que se passe-t-il ? » répondit Michel en essayant de se redresser.

Le soldat cria, un flot de buée et de postillons jaillissant dans la lumière jaune des phares :

« *Ich hab' dir gesagt, du sollst dich nicht bewegen !* »

« *Er vershteht kein deutsch* », dit un autre soldat sur un ton vaguement interrogateur.

L'officier nazi, sans se départir d'un mince sourire goguenard, fit signe à Michel de se lever. Ce dernier obéit, les mains tremblantes, la poitrine écrasée par un sentiment de désorientation absolue. À en juger par la croix gammée qui ornait la manche de l'officier, il s'agissait bel et bien d'un groupe de soldats allemands. Ça n'avait aucun sens. Plus rien n'avait de sens. Autour de lui, tout avait changé. La ruelle clôturée s'était métamorphosée en une étroite venelle pavée de pierres arrondies par l'usure. Tout autour se dressaient des immeubles à façades de stuc percées de fenêtres aux volets clos, comme Michel en avait vu par milliers lorsqu'il avait visité la France. La voiture criblée de balles derrière laquelle il s'était jeté au sol s'était transformée en une antique camionnette Citroën dont la tôle noire luisait sous la lumière rasante des phares. Quant au cadavre qui gisait à terre dans l'ombre et dont on devinait la présence par les volutes de condensation qui s'élevaient du sang répandu, Michel ne se sentit pas la force de vérifier s'il s'agissait toujours de Bertrand. De toute façon, il n'osait bouger sous le regard des soldats qui lui faisaient face. Le jeune soldat nerveux abaissa le canon de son arme. L'officier continuait de l'étudier avec le même regard hautain.

« *Du bist einer der Freunde der Wälder, stimmt's ?* » demanda-t-il sur un ton doucereux. « *Du verstehst kein inziges, verdammtes Wort, das ich dir sage, nicht wahr ?* »

« Je ne comprends pas l'allemand », dit Michel misérablement.

« Ah ha, oui, c'est ce que je dis », dit l'officier avec un lourd accent germanique. « Je disais que vous ne comprenez pas un foutu mot de ce que je vous ai dit. Aussi, je vous demandais si vous étiez un Amis de la forêt, oui ? »

«Je… Je ne comprends pas de quoi vous parlez. Où sommes-nous? Qu'est-ce qui se passe?»

«Vous savez très bien où nous sommes et vous savez très bien de quoi je parle.»

«Non! Non, je ne comprends pas… Laissez-moi! Laissez-moi retourner chez moi!»

L'angoisse étreignait Michel. Il étouffait comme un poisson hors de l'eau, aplati contre ses semblables au fond d'une nasse. Ceci n'était pas la réalité, ceci n'était qu'un rêve absurde, un cauchemar horrible, et il en avait assez, il avait peur, il voulait se réveiller… Le monde autour de Michel se brouilla, comme une image projetée sur un voile de gaze à travers lequel il distinguait sa chambre au Centre hospitaliser Saint-Pacôme. Il vit son lit déserté. Il aperçut Sylviane assise sur l'autre lit, vêtue de son survêtement de sport rouge, grignotant ses friandises. Submergé par un sentiment de désespoir panique, Michel griffa le voile qui le retenait dans le rêve. En vain. La membrane résistait à ses tentatives. Il cria pour attirer l'attention de Sylviane. Cette dernière posa sa boîte d'arachides et tourna le visage dans sa direction, comme si elle percevait sa présence mais n'arrivait pas à distinguer qui l'appelait ainsi… Michel hurla encore, désespéré…

◆

Michel se réveilla en sueur, dans les bras de Nathalie.

—Oh, mon Dieu, mon Dieu…

Tout contre lui, révélé par la douce lumière rosée de la lampe de chevet, le visage de Nathalie était tendu par l'inquiétude.

—Michel, ça va? T'es réveillé?

—Oui, oui…

Il se laissa retomber sur son oreiller, soulagé comme il ne l'avait jamais été de se retrouver dans son *vrai* lit.

—Oh, Nathalie… Je rêvais. C'était affreux.

—Je te crois ! Tu criais comme un damné. Ça n'a pas de bon sang de me faire peur comme ça.

On frappa à la porte. C'était Mathieu qui s'informait de ce qui se passait.

—Tu peux ouvrir, dit Nathalie.

La porte entrebâillée laissa passer le visage inquiet de leur fils.

—Papa ?

Michel éclata d'un rire hésitant.

—Pauvre Mathieu, désolé de t'avoir réveillé. J'ai fait un cauchemar…

—Wow… Tu criais fort.

—Je m'excuse.

—C'pas grave… C'est juste que… wow… Je me demandais ce qui se passait.

—Tout va bien maintenant. Tu peux aller te recoucher.

Mathieu referma la porte en hochant la tête, l'air incrédule. Nathalie replaça son oreiller et s'allongea de nouveau avec un soupir de soulagement.

—À quoi tu pouvais bien rêver pour crier comme ça ?

—C'était…

La phrase de Michel resta en suspens. Comment exprimer la terreur qu'il avait ressentie lorsqu'il avait cru qu'il était prisonnier du rêve ? Lorsqu'il avait compris qu'il tentait de s'éveiller *ailleurs* que dans la réalité ? Aurait-il vraiment pu s'éveiller auprès de Sylviane, au cinquième étage du Centre hospitalier Saint-Pacôme ? Dans une espèce de monde parallèle, comme dans les émissions de science-fiction à la télévision ? Un monde où il n'aurait pas pu revenir à la maison pour la fin de semaine, voire un monde où il aurait été un *véritable* patient psychiatrique…

Michel se secoua: le rêve l'avait étourdi, il n'arrivait plus à penser logiquement.

— Oublie ça, finit-il par murmurer. C'étaient des stupidités.

Nathalie tendit la main et éteignit la lampe de chevet. Une voix douce s'éleva dans la nuit.

— Vas-tu réussir à te rendormir?

— J'espère… Si tu promets de me protéger…

— Je te le promets, dit Nathalie avec un sourire dans la voix.

Sous les couvertures, une main vint serrer celle de Michel. Il serra à son tour. Dans le silence revenu, il attendit le retour du sommeil, en souhaitant ardemment que les rêves fussent terminés pour cette nuit-là…

# CHAPITRE 14

C'est la nuit de samedi à dimanche. Il vient à peine de commencer sa garde que déjà il flaire la tension qui règne à l'étage. Il aurait préféré une petite garde relax, mais il y a des nuits comme ça. Il est en train de faire sa ronde lorsqu'une infirmière remplaçante – une petite nouvelle, Alexandra, plutôt *cute* – vient vers lui, un peu déconfite.

— Le monsieur de la chambre 538 veut pas fermer sa télévision.

*C'est pas vrai !* Il suit Alexandra. Ça va être encore toute une histoire. Le vieux tabarnaque a beau être paralysé et maigre comme un jour de carême, quand il a quelque chose dans la tête, il ne l'a pas dans les pieds. Normalement, il devrait se trouver dans une résidence pour personnes âgées, mais il est si agressif que personne n'en veut.

Il approche de la chambre. Il perçoit maintenant le son de la télévision. Il pousse la porte et entre, suivi d'Alexandra. Sur l'écran de l'idole électronique bavarde l'animateur de *Lifestyles of the Rich and Famous*. Le patient les regarde comme des intrus, son regard perpétuellement furibond.

— Monsieur Bouchard, c'est l'heure de dormir. Fermez la télévision.

— *Gan...*

Ça veut dire non. Alexandra va éteindre la télévision. L'image réapparaît aussitôt. Le vieux Bouchard brandit sa télécommande, s'en donne de petits coups fébriles sur le bas-ventre. Un grognement inarticulé filtre entre ses dents usées jusqu'à la gencive. *Gan... Gan... Gan...* C'est peut-être un rire.

—Donne-moi ça...

Il tente de lui retirer la télécommande. Le vieux refuse de lâcher prise. Sur l'écran, les chaînes défilent, les images s'entrechoquent.

—Vas-tu te calmer, maudit fatiguant?

— *Gaaan!*

Le vieux lui assène un coup de télécommande en plein sous le nez. Une explosion de douleur l'étourdit. Les larmes lui montent aux yeux. D'un geste furibond, il arrache la télécommande de la griffe poilue du vieux et lui en assène à son tour un coup en plein front. Sous le choc, le boîtier de plastique éclate. Les piles caracolent aux quatre coins de la chambre. Le vieux se met à beugler et à se débattre. Ils ne sont pas trop de deux pour le tenir. L'infirmière en chef passait justement pas loin. Il la supplie de faire quelque chose pour calmer le vieux, que ce n'est vraiment plus possible. Pour une fois, l'infirmière en chef se range de leur côté sans se faire prier. Elle revient aussitôt avec une dose massive de calmants. Pas évident de piquer un bras qui se tord comme une couleuvre dans l'eau bouillante. Ils écrasent le vieux Bouchard de tout leur poids, réussissent à immobiliser le membre sec comme un fagot.

L'injection est faite. Ils relâchent un peu leur prise. Le vieux cherche son air, la bouche ouverte

et convulsée, les yeux hagards, la tête redressée par
à-coups. Crisse, qu'est-ce qui lui prend maintenant ? Le vieux darde un poignet tordu au bout
d'un bras dérisoirement tendu. Il râle, les lèvres
bleuies. Il perd conscience.

L'infirmière en chef ordonne de commencer le
« code » pendant qu'elle court appeler une ambulance.
Infiniment dégoûtés, les deux employés obéissent
à l'ordre de leur supérieure et commencent sans
tarder les manœuvres de réanimation. Le bon sens
voudrait qu'ils le laissent crever, ce monstrueux vieillard réduit à l'état de bête féroce, mais les réflexes
professionnels prennent le dessus. Lorsque la machine humaine s'arrête, on tente le tout pour le tout
pour la repartir, même lorsque c'est absurde. C'est
leur job.

Le médecin de garde du premier étage arrive finalement avec le chariot à code, accompagné d'une
technicienne en inhalothérapie. Un médecin, ce petit
morveux-là ? C'est tout juste si le poil commence à
lui ombrer le menton. Un étudiant à l'internat, plutôt.
Il est nerveux, ça se voit. Mais bon, il a l'air de
savoir ce qu'il fait.

La technicienne glisse un tube entre les dents
usées du patient et commence à le ventiler. Le jeune
médecin empoigne les électrodes du défibrillateur
et ordonne à tout le monde de s'écarter. Il applique
les électrodes sur la poitrine osseuse et nue. La
machine injecte un spasme brutal de vie artificielle
dans le corps étendu. Le cœur ne bat toujours pas.
Un autre essai. Le vieux muscle se remet à pomper,
les poumons ratatinés se gonflent sous la pression
du ventilateur.

Mais le vieux ne reprend pas conscience. Il reste
amorphe, ressuscité sans le savoir. L'infirmière en

chef annonce que l'ambulance est arrivée. Le jeune médecin décide de transférer le patient aux soins intensifs à Trois-Rivières. Une pile roule sous son talon et il manque de se casser la gueule ! Le jeune médecin est en tabarnaque…

On abandonne le vieux à l'équipe d'ambulanciers. Tout ce remue-ménage a fait capoter la moitié des patients de l'étage. Jean-Robert court partout en glapissant des insanités. Le personnel en a plein les bras, ils ne fournissent pas. L'infirmière en chef «paye la tournée».

Il ne peut s'empêcher de sourire, approbateur : cette infirmière en chef là a des couilles au cul. On distribue les nananes. La plupart des patients ne protestent pas. Tu parles, plus on leur donne de pilules, plus ils sont contents. Mais quelques-uns font la forte tête. Les plus lucides et les plus revendicateurs. Comme Sylviane, qui refuse la pilule, affirme qu'elle n'en a pas besoin, qu'elle est calme. Il lui fait clairement comprendre qu'il n'a pas de temps à perdre avec elle. Sylviane veut négocier, veut parler à l'infirmière en chef. Lui doit rouler des épaules et se faire un peu menaçant. Elle préfère peut-être une injection ? Pourquoi le fait-elle chier cette nuit ? N'a-t-il pas toujours été correct avec elle ? Ne s'est-il pas toujours donné du mal pour lui dénicher ce qu'elle désirait ?

Ça marche. Elle reconnaît, boudeuse, qu'il a toujours été gentil avec elle. Elle finit par accepter le calmant.

Il sort de la chambre, de mauvaise humeur. Il sursaute à s'en arracher la peau : une silhouette spectrale se dresse au milieu du couloir, immobile dans la pénombre. Il soupire aussitôt. Ce n'est que Kevin.

— Qu'est-ce que tu fais ici, toi ? Va te coucher !

Le jeune autiste refuse de bouger, son regard fixé dans sa direction avec une intensité à laquelle il n'est pas habitué. Vaguement mal à l'aise, il lui fait signe de rebrousser chemin.

— Kevin, je sais que tu me comprends. Obéis, ou je t'attache.

La lueur de colère qui brille dans le regard de Kevin semble s'atténuer. Il tourne d'un bloc et retourne jusqu'à sa chambre, d'un pas lent et régulier comme le balancier d'une horloge.

Il reprend sa tournée de pilules. Quel maudit chiard, cette nuit ! Quel *shift* de marde ! Pourquoi a-t-il accepté de faire des heures supplémentaires, aussi ? Il aurait dû écouter Nicole, rester tranquille à l'appartement.

Mais coudonc… Ça se calme un peu, on dirait. Les pilules commencent à faire effet. Il rejoint Alexandra et l'infirmière en chef au poste central. Ils discutent un peu de la situation. Alexandra a le visage blême. Elle en est à ses premières expériences en milieu psychiatrique. Ses deux collègues, pour leur part, ne sont pas mécontents d'être débarrassé de l'horrible vieux de la chambre 538.

L'infirmière en chef leur montre ce qu'elle a inscrit dans le dossier. Alexandra semble un peu mal à l'aise, mais lui approuve d'un signe de tête. Moins on en écrit, mieux c'est. Un hôpital psychiatrique, c'est comme un champ de bataille en temps de guerre : personne ne devrait juger les agissements des autres s'il n'a pas vécu lui-même la réalité du combat.

# CHAPITRE 15

Un matin, Caligo discutait avec Q2D4 dans le laboratoire lorsque leur attention fut soudain attirée par une commotion à l'extérieur. Demiflute entra en courant dans le laboratoire, surexcitée.

« Venez tout de fuite ! »

Caligo et Q2D4 la suivirent à l'extérieur. Un attroupement s'était formé au bout de la piste d'atterrissage. Autoverte était revenue d'une expédition de plusieurs jours en territoire ennemi avec à son bord Cochon, Télécommande et Bonhomme-au-fouet. Caligo se mit à courir, ignorant les protestations aiguës de Demiflute qui voulait qu'on l'attende. Les compagnons attroupés s'écartèrent devant leur chef, lui permettant de constater qu'Autoverte, la carrosserie percée par l'impact de nombreuses balles, n'était occupée que par Cochon et Bonhomme-au-fouet.

« Que s'est-il passé ? Êtes-vous blessés ? Où est Télécommande ? »

« À quelle question veux-tu qu'on réponde en premier ? » demanda Bonhomme-au-fouet sur un ton bourru.

Caligo réprima un sourire : si son vieil ami était encore capable de grogner, il n'était donc pas si mal en point. Cochon, pour sa part, n'avait nul besoin de se faire prier pour raconter leurs aventures.

« Ouais alors, comme je disais, nous sommes allés espionner un peu, question de connaître les nouveaux itinéraires pour le trafic des seringues. Nous nous sommes cachés sur une hauteur pour observer une base nazie. Nous avons entendu des coups de feu, des cris. Télécommande s'était écarté pour trouver un meilleur point de vue, si bien qu'il était tombé sur une patrouille. Nous sommes tout de suite venus à sa rescousse. Ç'a été une sacrée bagarre, mais ils n'étaient pas de taille contre nous, surtout pas avec Bonhomme-au-fouet de notre côté! Qu'est-ce qu'il leur a flanqué comme dégelée! Vous avez manqué quelque chose, les copains! À un moment donné, un de ces salauds de nazi m'a attrapé par-derrière, comme ça, alors moi, je lui ai donné un coup, comme ça… »

« Au fait… » grogna Bonhomme-au-fouet.

« Ouais, eh bien on leur a foutu une raclée mémorable, tout ça pour rien, j'ai bien peur… »

« Tu veux dire que Télécommande… »

« Les nazis l'ont rossé au point qu'il en a perdu ses piles. Nous nous sommes dépêchés de les lui remettre mais trop tard. Il vit, mais il est maintenant complètement détraqué. Je l'ai laissé à l'hôpital civil. Nous ne pouvons plus rien pour lui. »

Tous les Amis de la forêt observèrent une minute de silence. Télécommande n'avait jamais été leur compagnon le plus joyeux, ni le plus sympathique, toutefois il était un des leurs et sa perte les attristait tous.

Caligo libéra Cochon et Bonhomme-au-fouet, leur enjoignant d'aller prendre une bonne douche et de se reposer.

« Quant à toi, Autoverte, Q2D4 va encore s'occuper de ta carrosserie. »

Autoverte klaxonna son approbation. Caligo s'adressa ensuite à l'assemblée attentive.

« La perte de Télécommande nous attriste tous, mais je vous supplie de ne pas vous laisser décourager. L'Ambassadeur du Royaume d'Argent m'a annoncé qu'il allait bientôt revenir dans son palais de la forêt, comme il le fait régulièrement. »

« Et Macf, lui ? Quand est-fe qu'il va revenir ? » demanda Demiflute sur un ton plaintif.

« Demiflute… » dit Caligo d'un ton de reproche. « Je t'ai déjà expliqué qu'il reviendrait lui aussi, mais que je ne savais pas quand. »

Demiflute eut une moue boudeuse.

« V'espère qu'il va revenir… Ve m'ennuie toute feule dans ma cabine. »

« Ne sois pas égoïste, Demiflute. Ce n'est pas pour te faire plaisir que Max est parmi nous. C'est un envoyé spécial de l'Ambassadeur, ne l'oublie pas. Il est ici pour nous aider à combattre l'Alliance. »

« En attendant, perfonne ne f'occupe vamais de moi… » murmura Demiflute en s'éloignant.

Comme il n'y avait plus rien à faire là, les Amis de la forêt se dispersèrent. Caligo resta seul sur la piste poussiéreuse, perdu dans ses pensées. Un sentiment diffus s'était emparé de lui, l'impression que quelque chose se préparait. Il n'arrivait pas à décider s'il s'agissait d'un sentiment positif ou négatif. Il était clair que Max n'était pas un Ami de la forêt comme les autres, que l'Ambassadeur du Royaume d'Argent avait quelque chose derrière la tête lorsqu'il avait rappelé dans son royaume leur nouveau compagnon. Or, Caligo avait de la difficulté à ne pas éprouver un peu d'inquiétude. Pourquoi l'Ambassadeur le gardait-il dans le noir ?

Caligo se morigéna. À quoi bon s'inquiéter ainsi ? Pourquoi se méfier maintenant de l'Ambassadeur du Royaume d'Argent ? N'était-ce pas lui qui l'avait libéré de son purgatoire dans la prison cylindrique où, si ce n'avait été de lui, il serait encore en train de croupir ? S'il ne faisait pas confiance à l'Ambassadeur, à qui pourrait-il bien faire confiance ?

# CHAPITRE 16

Cafetière à la main, un garçon en uniforme traversa la luxueuse salle jusqu'à la table où attendait Michel Ferron. Le restaurant était presque vide à cette heure matinale – Michel l'avait choisi parce qu'il savait que l'établissement n'offrait pas de brunch dominical. Les lieux promettaient d'être plus tranquilles pour discuter. Le garçon lui demanda s'il désirait commander.

— J'attends de la compagnie.

Le garçon offrit du café à son client. Ce dernier accepta, puis sirota son café en attendant patiemment le directeur Yves Saint-Pierre et le docteur Viateur Leduc. Il était arrivé bien avant l'heure – il n'avait pas prévu que la circulation sur le pont Jacques-Cartier serait aussi clairsemée un dimanche matin. Le regard perdu dans les massifs de fleurs en pot, Michel laissa ses pensées dériver, un peu morose. Il se reprochait de ne pas avoir consacré la journée du samedi à faire un peu de recherche sur Serge Claveau – mais il avait été enrôlé par Nathalie pour faire des courses, conduire Mathieu chez un ami, tondre le gazon, arroser les fleurs et effectuer les mille autres corvées qu'impliquait l'entretien d'un *bungalow* de banlieue.

La morosité de Michel avait toutefois une autre cause. Il n'arrivait pas à s'enlever de la tête le cauchemar de la nuit de vendredi. Les premiers mouvements du rêve n'avaient rien eu d'étrange, si ce n'était la clarté avec laquelle les images du passé avaient été projetées, ces images qu'il aurait préféré ne pas voir resurgir. Son passé de policier ne représentait plus rien, n'avait vraiment rien à voir avec l'existence tranquille qu'il menait avec Nathalie et Mathieu dans leur anonyme maisonnette de banlieue. Michel sourit pour lui-même, un rictus douloureux. Et Nathalie qui l'asticotait pour qu'il lui parle de tout ça… Voulait-elle *vraiment* savoir qu'il n'avait jamais éprouvé pour elle le désir qu'il avait ressenti pour Nancy-Ann, cette petite putain ignorante et écervelée, déjà alcoolique à dix-huit ans ? Bon Dieu, c'est bien tout ce dont il se souvenait vraiment, le désir, la brûlure. C'est à peine s'il se rappelait son visage. Qu'étaient-elles devenues, Nancy-Ann et les deux autres compagnes de Bertrand ? Dans quel appartement miteux de l'est de Montréal finissaient-elles leurs jours, par quels maquereaux se faisaient-elles battre, bouffies par l'alcool ou assommées par les calmants ? Étaient-elles seulement encore en vie ?

Michel essaya de penser à quelque chose de moins déprimant. Pourquoi s'en faisait-il ? Qu'est-ce qui lui prenait ce matin ? Mais le directeur et le médecin n'arrivaient toujours pas et ses pensées le ramenèrent vers le cauchemar… Jusqu'à la poursuite dans les rues de Lachine, le rêve s'était avéré une reconstitution plutôt fidèle de la réalité. Mais avec l'apparition des soldats, le souvenir avait dégénéré en délire onirique. Un délire, certes, mais étonnamment vif et mémorable. Les ordres gutturaux des soldats résonnaient encore dans ses oreilles. Dans le rêve, le charabia qu'employaient les soldats lui avait semblé être de l'allemand – mais comment aurait-il pu entendre en rêve une langue qu'il ne connaissait absolument pas ? C'était absurde, évidemment. Une finale absurde pour un cauchemar néanmoins angoissant : une sueur froide lui coulait dans le dos juste à l'évoquer.

Enfin ! Yves Saint-Pierre et le docteur Viateur Leduc entrèrent dans le restaurant. Du fond de la salle, Michel leur fit signe. Les deux hommes s'approchèrent, lui serrèrent la main et s'assirent. Le directeur de l'hôpital était toujours vêtu de son complet sombre alors que le psychiatre portait un jean et une chemise aux couleurs criardes, tenue vestimentaire qui détonait un peu dans le cadre du restaurant. Leduc prit un mouchoir de papier dans son sac à main pour éponger son front rouge mouillé de sueur.

— Affreux, cette chaleur !

— Et l'été qui n'est même pas encore commencé.

Michel n'avait dit cela que pour alimenter la conversation, mais sa remarque plongea Leduc dans la perplexité.

— Comment ça ? Ce n'est pas l'été ? (Il gratta son front dégarni.) Oui, vous avez raison, on est seulement le 20 juin. L'été, c'est demain, n'est-ce pas ? Ah, là, là... Je travaille trop... Je perds la notion du temps...

Le garçon vint offrir du café et en profita pour prendre les commandes. Dès qu'il se fut un peu éloigné, Yves Saint-Pierre se racla la gorge, le visage empreint d'une sévérité empressée. Il n'était pas homme à perdre son temps en bavardage – ce qui faisait parfaitement l'affaire de Michel.

— Comment avez-vous trouvé votre séjour, monsieur Ferron ?

— Intéressant, répondit Michel avec un sourire froid. Je mérite mon salaire, si vous me permettez cette remarque.

— Je comprends bien. Alors ? Est-ce que ça en valait la peine ? Avez-vous découvert quelqu'un ?

Michel choisit ses mots avec soin.

— Une semaine, c'est court. Je n'ai pas de preuves, rien de formel.

— Mais vous avez des suspects, proposa le directeur.

— Un seul pour l'instant, un préposé du nom de Serge Claveau.

Leduc et Saint-Pierre se lancèrent un regard entendu, puis le directeur reporta son attention sur Michel, un sourire froid aux lèvres.

— Serge Claveau ? C'est intéressant.

— Vous le soupçonniez ?

— Disons que ce n'est pas la première fois que nous nous posons des questions à son sujet. Que s'est-il passé exactement ?

Michel raconta comment l'infirmier leur avait donné, à lui et à Sylviane, un somnifère. Le directeur écouta l'anecdote avec une attention fébrile, mais lorsque Michel avoua qu'il n'avait pas pu découvrir de quelle sorte de médicaments il s'agissait, le directeur parut déçu.

— Dommage…

— Ç'aurait pu être n'importe quoi, ajouta Leduc, lui aussi déçu. C'était peut-être juste de l'Ativan. Il ne vous a rien fait payer, vous avez dit ?

— Non.

Le directeur se renfrogna.

— C'est tout ?

—Je reconnais que ça ne fait pas lourd, dit Michel, un peu sur la défensive. En attendant, le fait est que Claveau m'a donné un médicament sans autorisation.

—Oui, oui, vous avez raison, dit Leduc. En théorie... En théorie, le personnel ne doit rien donner aux patients sans notre permission. En pratique, ils ne nous dérangent pas pour la moindre peccadille. (Le psychiatre émit son petit rire aigrelet.) Ils ont le droit de donner un calmant léger de temps en temps.

—D'accord, mais ma camarade de chambre m'a expliqué que ce n'était pas la première fois qu'il lui en donnait.

Leduc fit la grimace.

—Le témoignage de Sylviane ne vaut pas grand-chose. Elle dit n'importe quoi.

—D'autres patients m'ont confirmé la chose, rétorqua Michel en faisant des efforts pour garder un ton égal. Claveau leur a donné des médicaments sans prescription.

—Il n'est sans doute pas le seul employé à l'avoir fait, dit Leduc.

—Vous devez bien comprendre que je n'ai pas pu me livrer à un interrogatoire en règle auprès de tous les patients de l'étage. J'ai essayé d'observer le plus possible Claveau par la suite, mais ce n'est pas facile.

La conversation fut interrompue par le garçon qui apportait les plats.

—Enfin, cette semaine, les choses vont se passer différemment, reprit Yves Saint-Pierre. Viateur redevient le psychiatre de garde du module. Vous pourrez vous parler tous les jours.

—Et c'est vraiment une chance que je retourne à cet étage, dit Leduc, parce que ma collègue Irène Turcotte m'a déjà exprimé sa surprise au sujet de votre présence. Je me demande si je n'ai pas fait une erreur en vous déménageant dans une chambre privée. Ça risque d'éveiller encore plus les soupçons.

Michel manifesta son étonnement :

—Depuis quand est-ce que je change de chambre ?

—Une chambre s'est libérée pendant le weekend, expliqua Leduc, un peu embarrassé. J'ai demandé à l'infirmière en chef de vous la réserver.

Michel retint une grimace d'exaspération : il aurait voulu expliquer au docteur Leduc que c'était lui qui menait l'enquête, qu'il aurait voulu être consulté avant toute action de ce genre.

—J'aurais préféré éviter toute manœuvre qui me ferait remarquer.

—Il a raison, Viateur, ajouta le directeur sur un ton de reproche. Tu aurais dû nous en parler avant.

—Je faisais ça pour vous aider. Je me suis dit que ce serait plus confortable.

—Ce n'est pas grave, Viateur, ajouta le directeur sur un ton qu'il s'efforçait visiblement de rendre conciliant. La prochaine fois, j'aimerais simplement que tu nous préviennes.

—J'ai compris, j'ai compris… dit Leduc sur un ton boudeur. Je ne prendrai plus aucune décision, si c'est pour faire autant d'histoires. D'ailleurs, je ne sais même pas pourquoi je me suis mêlé de cette enquête. Je ne suis pas payé pour être ici, moi. Je ne suis pas payé pour jouer aux espions.

—L'incident est clos, dit Michel. J'apprécie l'intention, docteur, et c'est un fait que je vais préférer une chambre privée.

—Quand même...

—Je propose de poursuivre la surveillance au moins une deuxième semaine. Si la situation n'a pas évolué d'ici là, il faudra envisager des alternatives.

—Oui, parce qu'après moi ce sera le docteur Benjahjah qui prendra la garde, dit Leduc avec une grimace. Je le connais, il va vous retourner à la maison aussi sec.

—Même si vous êtes le chef de l'équipe?

—Oh là, là! Ça ne me donne pas une grosse autorité. Le problème, c'est que je ne me vois *vraiment pas* en train de justifier devant lui la présence d'un dépressif au cinquième...

—C'est bon, coupa Saint-Pierre. Encore une semaine. À ce moment-là – il poussa un imperceptible soupir d'agacement – il sera temps d'envisager, comme vous dites, des alternatives.

Un ange passa. Les trois hommes mangèrent leurs œufs qui refroidissaient, réfléchissant chacun de leur côté. Michel, pour sa part, se demanda sérieusement ce qui avait bien pu inciter Saint-Pierre à choisir Leduc comme collaborateur. Sa collègue, Irène Turcotte, lui avait semblé beaucoup plus calme et terre à terre. Cela dit, il ne s'étonnait pas outre mesure de l'impatience de ses clients. Leur réaction était classique: à l'exception des compagnies d'assurances, la plupart des clients de Michel s'impatientaient lorsque des résultats tangibles se faisaient attendre. Trop souvent, ce genre d'enquête privée n'aboutissait nulle part à cause du découragement du payeur.

—Ah! J'étais en train d'oublier...

Michel sortit de sa poche le message inscrit à l'encre bleue qu'il avait trouvé sur son oreiller. Il le tendit à Leduc en lui expliquant les circonstances de sa découverte.

—Avez-vous une idée de ce que ça signifie?

—«Morpho cypris, Iphiclides podalirius, Zerynthia polyxena...», murmura le psychiatre en relevant ses lunettes. On dirait des noms scientifiques...

—C'est ce que j'ai conclu aussi. Vous ne savez pas à quoi ça correspond?

—Non, ça ne me dit rien du tout.

Leduc tendit le message à Saint-Pierre. Le directeur hocha négativement la tête.

—Je voulais faire une recherche sur Internet, dit Michel, mais je n'ai pas encore eu le temps. Il faut dire que je l'avais presque oublié.

Les yeux de hibou de Leduc clignèrent de perplexité.

—C'est très curieux... Pourquoi est-ce qu'il vous a donné ça?

—«Il»? Vous parlez comme si vous aviez identifié l'auteur.

Leduc gloussa.

—Il n'y a pas d'écriture plus facile à reconnaître au monde. Ce message a été rédigé par Kevin Massé-Germain. Vous voyez de qui je parle?

—Oui, dit Michel d'une voix blanche. Oui, je vois qui c'est... Le jeune autiste qui lit les livres à l'envers...

◆

Sur l'écran de l'ordinateur, les contours de la fenêtre s'estompèrent. Le texte s'embrouilla, revint au foyer, s'atténua de nouveau dans le fond gris pâle. Michel s'adossa au dossier de sa chaise, les yeux fermés. Il avait l'impression que, de l'intérieur de son crâne, un doigt appuyait sur ses globes oculaires. Il respira profondément, se massa les tempes et le cou. Temps d'arrêt. S'il laissait la migraine s'installer, il était foutu. Chaque fois qu'il se disposait à passer une longue période devant son ordinateur, Michel était rappelé à la cruelle réalité : sa presbytie empirait. Il lui faudrait bientôt avaler sa honte et prendre un rendez-vous chez un optométriste pour se faire prescrire des lunettes.

Au moins, il n'avait pas perdu son temps, comme c'était si souvent le cas lorsqu'il cherchait sur Internet. Michel ouvrit de nouveau les yeux. Avec une lenteur exaspérante – comme lui, son ordinateur commençait à accuser son âge… –, un joli papillon bleu à motifs blanc et noir se matérialisait à l'écran.

*Morpho cypris*, de la Colombie.

Il s'agissait de papillons. *Iphiclides podalirius*, un papillon de France, arborait pour sa part une robe brune et dorée. Michel ne trouva pas de photographie ou d'illustration représentant *Zerynthia polyxena* – il se contenta d'apprendre qu'il s'agissait d'un autre papillon européen. De là à comprendre pourquoi le jeune autiste lui avait adressé ce message… Une fois revenu de sa surprise, le docteur Leduc lui avait conseillé de ne pas se casser trop la tête. Les autistes vivaient dans un monde à eux. Même ceux qui parlaient développaient des bizarreries hermétiques. On pouvait presque dire qu'ils se servaient du langage pour *ne pas* communiquer.

Michel plia le message écrit à l'encre bleue. Rien de tout cela n'avait à voir avec son enquête, et il avait perdu bien assez de temps comme ça.

Il sortit prendre l'air. Nathalie, à genoux dans les plates-bandes, arrachait les mauvaises herbes entre les rosiers. Elle lui sourit, soulevant d'un gant terreux ses lunettes de soleil égratignées.

—T'es pas tanné d'être en dedans?

Il s'approcha.

—Oui, justement. Profites-en si tu veux un coup de main.

—Si tu arroses les fleurs, je ne t'empêcherai pas.

—Tu sais que je ne peux rien te refuser.

Elle fit la grimace.

—Quand tu es là…

—Patiente encore une semaine. Je pense que ça n'ira pas plus loin. Ces messieurs branlent dans le manche, si tu vois ce que je veux dire.

La grimace de Nathalie se mua en un sourire goguenard.

—De toute façon, d'ici là, je vais peut-être avoir une surprise pour toi.

Michel sourit. Vendredi tomberait un 25 juin, le jour de son anniversaire. Il ne fallait pas faire un grand effort de déduction pour deviner que Nathalie avait organisé un événement spécial pour son retour à la maison. Il ne put s'empêcher de tâter le terrain:

—C'est pour ma fête?

Elle fit comme si elle n'avait rien entendu, concentrée sur l'arrachage des herbes poussant entre ses rosiers.

—Qu'est-ce que tu m'as acheté? insista Michel. Une perceuse neuve?

—Comme si tu méritais un cadeau!

—Parfait. Ne dis rien, je m'en fous.

—Hé, hé, je suis sûre que tu ne t'en foutras pas…

Michel haussa les épaules, renonçant volontiers à percer le mystère. Fidèle à sa promesse, il alla emplir les arrosoirs au robinet extérieur. Dans la cour arrière, Mathieu et une fille de son âge jouaient une partie de ping-pong endiablée. Michel resta une seconde désarçonné – la mignonne ne portait qu'un short court et un haut de bikini. Il emplit les arrosoirs et retourna vers Nathalie.

—C'est qui la championne de ping-pong ?

—Ah ! Tu as vu Audrey.

—Avec ce qu'elle porte, je l'ai même très bien vue. Elle sort d'où, cette demoiselle ?

—C'est une amie de Mathieu. Elle habite pas loin d'ici.

—Je vois. C'était ça, la surprise ?

Nathalie éclata de rire.

—Audrey vient souvent voir Mathieu. C'est pas du tout une surprise.

Michel se laissa tomber dans l'herbe, faisant mine d'être totalement découragé.

—Manquait plus que ça. Mathieu qui s'intéresse aux filles.

—Pauvre Michel, il s'en passe des choses pendant que tu es parti, tu sais. Allez, lève-toi et arrose, maintenant. Il faut tout terminer aujourd'hui. Je dois faire du remplacement toute la semaine à Laval.

Michel se leva et obéit aux ordres. Il arrosa les fleurs sous le ciel bleu, le soleil immobile et les éclats de rire provenant de la cour arrière. C'était donc vrai que l'été commençait demain. Valait mieux profiter du grand air pendant qu'il le pouvait.

# CHAPITRE 17

*Crisse de débile. Tu voulais me narguer, hein, hein ? T'es-tu content, là ?...*

Il reprend son souffle en essuyant la salive qui coule le long de son menton. Ses tempes lui donnent l'impression qu'elles vont éclater sous la pression du sang. Bon Dieu, il n'est vraiment plus en forme. Il a mal à la poitrine et aux poings. Il ouvre et referme les mains. Ça fait mal, mais rien de cassé. Faut quand même y aller mollo. Ce serait con de se fracturer la main. Peu probable. Il sait comment frapper.

Son souffle se fait moins profond. Le flux du sang se tempère. Ça fait mal aux poings, mais crisse que ça fait du bien !

— Je pense que ça suffit, là. Je le lâche.

— Vas-y. J'espère pour lui qu'il a compris.

L'autre relâche la clé de bras par laquelle il retenait sa victime. Anthony se laisse tomber sur le lit, où il se recroqueville, protégeant de ses mains son visage ensanglanté. Le sang a giclé partout : sur son pyjama, sur l'oreiller, sur les draps chiffonnés. À chaque expiration, une bruine sanglante émerge d'entre les mains crispées.

— Tu devrais quand même faire attention. Ça peut nous mettre dans le trouble.

Il se moque de son collègue :

— T'as peur pour ta job ?

L'autre hausse les épaules et quitte la chambre. Bon, il joue au dédaigneux ! On aura tout vu ! Il devrait prendre exemple sur Anthony. Le colosse ne se plaint jamais. Une sacrée tête de lard, mais quand il a compris qui est le patron, on a la paix. Le seul problème, c'est qu'il ne comprend pas vite.

Bon, c'est bien beau, mais va falloir nettoyer tout ça. L'équipe de nuit est complétée par Annette. La petite grosse lui doit encore de l'argent, elle serait bien mal placée pour lui refuser ce petit service.

Il retourne au poste.

— Salut.

Annette sursaute, un éclair de peur au fond de ses yeux noirs. Elle avait profité du fait qu'elle était seule pour monter un peu le volume de la radio. Elle ne l'avait pas entendu approcher. Elle le salue à son tour, comme toujours un peu craintive lorsqu'il s'approche d'elle. Il lui demande de venir l'aider, lui dit qu'Anthony s'est blessé en tombant. Une fois dans la chambre, elle se met à caqueter comme une poule affolée.

— Ah non ! Ah non ! Que j'haïs ça quand vous faites ça !

— Je lui ai calmé les nerfs. Ça va lui faire du bien. Occupe-toi de lui.

Elle se met à sangloter.

— Pourquoi tu le maganes ? Pourquoi tu me mêles à tes affaires ?

— La prochaine fois, paye-moi ce que tu me dois, pis je vais pas te mêler à mes affaires. C'est-tu clair ?

—Je vais te payer. Je vais te payer lundi. Je te le promets.

—Annette, il est passé minuit, explique-t-il avec un sourire sardonique. On *est* lundi.

—Je veux dire demain... Mardi...

—C'est ni lundi ni mardi que tu devais me payer. C'était la semaine passée.

—Je sais... Je sais... Mais j'ai des problèmes, faut que tu comprennes...

—On a tous des problèmes ! Mon problème à moi, c'est que tu m'as pas payé. Ça fait qu'en attendant, torche !

Elle hoche la tête affirmativement, essuyant les larmes qui coulent le long de ses joues rebondies.

—Je vais... Je vais m'en occuper...

—Je vais surveiller le poste à ta place. Pis arrête donc de brailler.

—Qu'est-ce que ça vous donne de le maganer ?

Il n'écoute plus, il a déjà quitté la chambre. Le couloir à peine illuminé est silencieux. Pas de cris, pas de plaintes, pas de braillage. Il s'assoit derrière le comptoir du poste. Il s'adosse au mur et appuie la tête contre la baie vitrée. Il perçoit, à travers son crâne, le bourdonnement assourdi des tubes luminescents de la pharmacie, qui se marie avec la ventilation de l'ordinateur.

*Mmmmmmm...*

La vitre trempée est dure contre son occiput. Une luminosité aquatique se déverse sur le poste, repoussant les couloirs dans la nuit. La nuit des profondeurs. Des abysses. Lui seul flotte dans la lumière. Il voudrait parfois n'être qu'un poisson dans un aquarium, un poisson con dans un bol rond, rien à faire, rien à penser de la journée, sauf manger les granules qu'on lui jette à la surface. Le reste du temps, se laisser flotter, se laisser emporter par le flot qui coule du filtre, le filtre qui bourdonne…

*Mmmmmmm…*

Pourquoi la vie n'est-elle pas plus simple ? Il ne demande pas grand-chose. La paix. Juste ça, la sainte paix. Comme si c'était si facile…

Il s'est encore fait traiter comme un imbécile. Tout ça parce qu'il a dépanné le gros Rougerie. Ben quoi, ça leur avait fait une vente facile, non ? Mais non, ils ne sont pas contents. Ils ne connaissent pas Rougerie, ça les énerve de savoir qu'il a un concurrent dans l'hôpital, et bla bla bla… Il a eu beau essayer de leur faire comprendre qu'il ne pourrait pas facilement vendre du stock aux autres étages, ils ne comprennent rien.

Il commence à en avoir plein son casque de se faire traiter comme un pion, comme un toton, comme un con. Il se souvient du temps où il était honnête, où il faisait son petit travail dans son petit coin. Le temps où il s'imaginait qu'il suffisait d'être propre, et poli, et ponctuel, et de bien faire son travail, pour monter en grade. Le temps où il s'imaginait que quelqu'un, quelque part, le *remercierait* ! Le remercierait d'avoir été poli, et ponctuel, et honnête. Ha ! Ha ! Il se revoit alors et il se trouve ridicule et pitoyable. Depuis, il a compris. Il a le crâne épais et les idées neuves mettent du temps à y pénétrer, mais il a fini par comprendre qu'on n'a qu'une vie à vivre et que personne ne va vous remercier à votre mort d'avoir été un bon gars. C'est maintenant que ça se passe, et c'est au plus fort la poche. Tu lèches le derrière tant qu'il te faut lécher le derrière, mais tu gardes le poignard à portée de la main pour le jour où tu peux frapper. C'est comme ça que ça marche, bonhomme. C'est comme ça que ça marche avec le gouvernement, c'est comme ça que ça marche avec la loi, c'est comme ça que ça marche avec les femmes. Lèche ou frappe…

Une voix cinglante résonne encore à son oreille : « T'as pas de téléphone cellulaire ? Achète-toi-z-en un, ça presse. » Il revoit le sourire méprisant de Marc lorsque sa Mustang était en panne. Il sourit à son tour, d'un sourire sans joie, le genre de sourire qu'il arborait quand il frappait Anthony. Il va s'en acheter un, de crisse de téléphone cellulaire. Il va encore lécher un peu. Encore un peu… Mais le jour approche, bonhomme, le jour approche où ce sont les autres qui vont lui lécher le cul. Pis on aura intérêt à pas être dans son chemin ce jour-là, parce que ça va être laid. Ça va être laid en crisse…

Du fond de l'aile Nord, à peine audible à travers le bourdonnement ambiant, une mélodie aigrelette et un peu hésitante surgit de la pénombre. Il se redresse avec un soupir d'exaspération. Il consulte sa montre : presque deux heures du matin. C'est pas vrai ! Elle veut réveiller tout l'étage ?

Il se lève et marche lourdement jusqu'à la chambre 525, d'où jaillit la musique. Il pousse la porte. Dans la faible lumière jaune d'une veilleuse, assise sur le bord de son lit, Sylviane joue de la flûte à bec. Elle continue de jouer malgré la porte ouverte et la présence de l'infirmier.

— Sylviane, arrête ça.

Elle pose sa flûte sur son survêtement rouge. Elle toise l'infirmier.

— Je m'endors pas.

— C'est pas une raison pour réveiller tout le monde. Lis un livre.

— Je suis tannée de lire.

— Fais ce que tu veux, mais joue pas de la flûte.

— Je veux quelque chose pour dormir.

Il s'approche lentement. La porte se ferme derrière lui. Le regard bleu de Sylviane ne cille pas lorsqu'il prend la flûte sur ses genoux. Il ne connaît rien aux instruments de musique, mais il a l'impression que quelque chose cloche.

— Il t'en manque un bout ?

— Il manque le pavillon. Je me le suis fait voler.

— Tu es sûre que tu l'as pas perdu ?

— Je me le suis fait voler, répète-t-elle avec son petit ton obstiné.

Il examine la flûte, sceptique.

— Tu arrives à jouer quand même ?

— Je peux pas jouer les notes graves, c'est tout. Heille, je veux quelque chose pour dormir.

— Quand tu m'auras payé ce que tu me dois.

— Demande-moi plus d'argent. J'en ai plus.

— Qu'est-ce que je gagnerais à t'aider, hein ?

Elle glisse la main entre ses cuisses et remonte doucement. Il jure entre ses dents : son sexe a tressailli comme sous l'effet d'une décharge électrique. Il hésite tout d'abord, puis il se dit que Nicole n'est pas là. De ses mains encore un peu engourdies, il défait son pantalon de combinaison pendant que Sylviane le caresse sous la chemise. Il l'aide à se dépêtrer de son survêtement rouge, lui déchire presque sa culotte. Elle est maigre comme une fillette, pas du tout son genre, grotesque pour tout dire, mais l'entrecuisse touffu, noir dans la faible lumière provenant de la veilleuse, exacerbe son désir.

Il la baise debout, contre le lit, ses hanches ceinturées par deux jambes maigres et pâles. Elle bouge à peine et n'émet que quelques gémissements. Complètement passive, ce qu'il trouve détestable.

Peu importe, il vient presque tout de suite tellement le fait de tabasser Anthony l'a excité. Il se retire, les jambes tremblantes, soufflant comme un marathonien. Il relève son pantalon pendant que Sylviane glisse ses jambes nues sous ses draps. Ses yeux trop clairs ne le quittent pas pendant qu'il remet un peu d'ordre dans sa tenue. Faudrait tout de même pas qu'Annette devine ce qui s'est passé. Il se contrefout de l'opinion de l'infirmière, mais il ne faudrait pas qu'elle se mette dans la tête de le faire chanter. Ce serait un petit jeu dangereux. Pour elle, s'entend…

Sylviane murmure son prénom, de sa petite voix toujours si sérieuse.

— Oui, Sylviane?

— Tu dis rien.

— Tu veux ta pilule maintenant?

— Non. Ça va aller. Une autre fois.

Il rit, un lourd rire satisfait. La pilule, c'était qu'un prétexte. C'est *ça* qu'elle voulait. Elle ne dit rien. Son regard ne se détourne pas.

— Arrête de me regarder comme ça! Cligne des yeux de temps en temps, on dirait que t'es morte.

Il débranche la petite veilleuse de la prise de courant. C'est à peine s'il distingue le lit contre le mur plus clair. La voix ténue de Sylviane s'élève de nouveau.

— Veux-tu savoir quelque chose?

— Quoi, Sylviane?

— C'est vrai ce qu'on dit? Michel Ferron, le monsieur qui partage ma chambre, c'est lui qui va avoir droit à la chambre privée?

— C'est possible, oui.

— Ça fait des semaines que je demande une chambre privée, pis vous le faites passer avant moi.

La voix est étrangement neutre. D'autant plus surprenant que Sylviane est bien connue pour ses jérémiades. Il soupire lentement.

—Ça fait cent fois que je t'explique que c'est pas moi qui octroie les chambres, Sylviane. Plains-toi à Marie-Michèle. C'est elle, la responsable de ton module.

—Ça sert à rien. Elle me déteste. C'est une les-bienne.

—C'est ça, Sylviane. Dors, maintenant.

—Tu sais quoi, au sujet de Michel Ferron?

—Non.

—C'est pas un vrai malade.

Il ne peut s'empêcher de rire.

—Ben c'est sûr! Il vient ici pour son fun.

—Je suis sérieuse. C'est pas un vrai malade, je le sais.

—Et comment ça se fait que tu sais ça?

—Je peux pas t'en dire plus.

—Parfait. Dis plus rien, pis dors.

Il ouvre la porte, jette tout de même un coup d'œil prudent dans le couloir. Personne. Il retourne au poste. Annette vient le retrouver lorsqu'elle a fini de panser Anthony. Elle reste un moment en face du poste, indécise, puis annonce qu'elle va prendre un café.

—Fais donc ça.

Elle ouvre la bouche comme si elle allait ajouter quelque chose, puis se ravise et se traîne les pieds vers le salon du personnel. Il reste seul dans l'oasis de lumière. Cette histoire de faux patient le tarabuste. Il sait bien que c'est ridicule de porter le moindre crédit aux fantasmes de Sylviane mais, d'un autre côté, lui aussi est un peu surpris de la présence de Ferron. Monsieur serait déprimé… S'il fallait interner tous les déprimés, il faudrait transformer la moitié du Québec en hôpital psychiatrique.

Il se penche sur le clavier du terminal. Il fait apparaître le dossier du patient, le consulte distraitement. On n'y trouve pas grand-chose. Un diagnostic, une prescription – décidément faible comme dose d'antidépresseur pour un patient qui reçoit un traitement à l'interne. Il fait partie du module bleu. Un ricanement. Le module de Mâdâme Turcotte, du docteur Benjahjah – pas un rigolo, celui-là – et de ce bon vieux Leduc, toujours mêlé dans ses pinceaux… Ah, tiens, une autre bizarrerie : Ferron habite Brossard. C'est pas un peu loin, Shawinigan, pour un patient qui habite en banlieue de Montréal ?

Sylviane n'est peut-être pas si folle, après tout. C'est vrai que ça sonne un peu faux cette histoire… Bien sûr, Sylviane fantasme dur lorsqu'elle dit que Ferron est un *faux* patient. Il doit être, en fait, un parent ou un ami personnel d'un des psys de l'équipe. Voilà pourquoi il est venu consulter un spécialiste si loin de chez lui. Voilà pourquoi on le traite aux petits oignons et pourquoi on lui réserve une chambre privée, même si sa condition ne l'exige absolument pas… Des *connexions*, des *connexions*, des *connexions*… C'est comme ça que ça marche, bonhomme. C'est comme ça que ça a toujours marché, et c'est toujours comme ça que ça marchera…

Il fait disparaître le dossier de Michel Ferron et s'adosse de nouveau contre la vitre de la pharmacie, ses yeux mi-clos. L'affrontement avec Anthony, la p'tite vite avec Sylviane, tout ça lui a laissé une agréable sensation aux mains et au bas-ventre. Il se sent… bien. En paix avec le monde et avec lui-même. Ce n'est pas toujours désagréable, les gardes de nuit, vers les petites heures du matin, lorsque l'étage est silencieux. Quand Nicole ne travaille pas en même temps que lui. Les seuls moments calmes de sa vie, lui semble-t-il parfois.

*Mmmmmm… Mmmmmm…* La vitre est dure et tiède contre son crâne. Il flotte dans une matrice de lumière glauque. Il perçoit un mouvement, au bout du couloir Nord. Ce n'est pas Annette, c'est lui-même qui émerge de la chambre 525, qui regarde autour et qui vient vers le poste central. De ses poings coule du sang et, du bas de son pantalon, suinte un liquide glaireux. Il se dit qu'à la fin de la garde il faudra prévenir l'entretien ménager pour nettoyer tout ça.

Toujours adossé au mur, engoncé dans une léthargie douce comme un duvet, il voit son double s'engager dans l'aile Sud-Est, avancer sans hâte, puis s'arrêter devant une des chambres. Il se lève alors de sa chaise et contourne sans se presser le comptoir. Il se dirige vers son double, toujours immobile face à la chambre de Kevin. Le double perd de sa substance matérielle, devient une silhouette spectrale qui disparaît tout à fait. Maintenant, c'est lui qui se tient devant la porte de Kevin. La chambre assombrie est parfaitement silencieuse. Le lit est inoccupé. Il entre, examine distraitement la rangée de livres sur la petite étagère, tous impeccablement classés par ordre de grandeur. Des livres de technique, de science, d'histoire…

Sous ses pieds, il perçoit une rumeur sourde, celle d'une puissante machinerie en marche. Il se penche sous le lit, surpris de découvrir au milieu du plancher une trappe dont il ignorait l'existence. Il déplace le lit, soulève la trappe. Une lumière orangée éclaire la chambre. Un escalier de métal s'enfonce dans une sorte d'usine.

Il descend une à une les marches métalliques, chaque pas résonnant comme une cloche fissurée. Sous d'éblouissantes ampoules au sodium grondent des machines monumentales connectées à d'énormes canalisations vertes ou grises. Il atteint le bas de l'escalier et pose le pied sur le plancher de béton craquelé. Il reconnaît l'intérieur de l'usine hydro-électrique de Shawinigan. Il ne savait pas que l'hôpital communiquait directement avec elle.

Il avance entre les hautes génératrices, caresse les canalisations de plus de deux mètres de diamètre. Sous sa main vibre l'épaisse tôle d'acier, solide rempart contre la pression de l'eau qui s'y engouffre. La canalisation est rouillée çà et là. L'eau suinte entre deux tôles courbes, à un endroit où quelques rivets ont cédé. Il regarde autour de lui, un peu plus critique envers ce qu'il contemple. Plusieurs ampoules sont brûlées. Sur le corps des machines, les opercules qui permettent de consulter les instruments de contrôle sont fissurés, opacifiés par une poussière grasse.

L'usine semble déserte, à l'exception d'un employé qui, plus loin, passe une vadrouille sur le plancher. L'employé travaille avec lenteur, courbé de fatigue. Il est vêtu d'un long survêtement brun, usé et taché. À cause du vacarme ambiant, il ne s'est pas aperçu qu'un visiteur approchait.

Il reconnaît l'employé, c'est le gros Dan, l'ancien compagnon qu'il a revu récemment. Les yeux de Dan s'écarquillent de surprise. Il se débarrasse de sa vadrouille avec de grands mouvements confus et, finalement, il tend le bras, la main dressée.

« *Heil, Sturmbannfürher Schwartz!* »

Le geste en retour lui semble parfaitement naturel :

« *Heil.* »

« Veuillez excuser ma tenue, *mein Sturmbann-fürher*. Je ne m'attendais pas à recevoir de la visite aussi importante. En quoi puis-je vous rendre service ? »

« Vous pourriez m'expliquer ce qui se passe ici. Êtes-vous seul ? Où est le personnel ? Où sont les techniciens ? Comment expliquez-vous tout ce délabrement ? »

Le visage du soldat transpire de nervosité.

« Il n'y a presque plus personne ici, *mein Sturm-bannfürher* ! C'est à cause des compressions budgétaires imposées par le *Reichstag*. Presque tous les cadres, les ingénieurs et les techniciens ont accepté leur prime de retraite et ils n'ont pas été remplacés. »

Face à l'inconscience des bureaucrates, un grand sentiment de colère et d'outrage gonfle la poitrine du *Sturmbannfürher* Schwartz.

« Et que se passera-t-il lorsqu'une de ces canalisations rouillées éclatera pour de bon ? »

Le soldat Dan bredouille des excuses. Il l'ignore avec hauteur et reprend son inspection. Il avance entre les canalisations suintantes, dont la peinture pend en lambeaux, révélant une âme de rouille. Il s'arrête face à une baie vitrée, un quadrillage de centaines de carreaux encrassés.

Dehors, c'est le crépuscule sur une vallée méditerranéenne, un paysage aride et pierreux piqueté de buissons qui semblent pousser un peu au hasard. Il regarde plus attentivement. Il sait que le maquis n'est pas désert. Des silhouettes furtives courent d'un buisson à l'autre, s'accroupissent derrière des murets de maçonnerie, profitant de la pénombre pour ne pas être vues.

« Les Amis de la forêt », lui souffle une voix à l'oreille, une voix qui pourrait être celle de Sylviane.

Il continue sa traversée de l'usine. Attachés aux poutres d'acier du plafond, de longs drapeaux pendent entre les lumières jaunes, des drapeaux blancs ornés de la swastika rouge peinte avec le sang des prisonniers capturés. Au bout de la salle, il y a une barbie assise à un bureau placé près d'une porte de bois verni. Elle lève les yeux de son écran d'ordinateur et lui dit qu'on n'attendait plus que lui. Il tourne la poignée de métal et pousse la large porte. Il se retrouve dans la salle du conseil de guerre, une vaste pièce au plancher en *terrazzo*, aux murs tapissés de drapeaux de l'Alliance nouvelle. Ses officiers sont assis en demi-cercle autour de son bureau, tous vêtus de leurs uniformes d'apparat et chaussés de leurs luisantes bottes noires.

« Ah, *Sturmbannfürher*, vous voilà enfin », s'exclame son aide de camp. « Nous commencions à nous inquiéter. »

« Sa Mustang est peut-être encore tombée en panne », suggère un des officiers avec un sourire en coin.

Il reconnaît l'officier qui vient de se permettre pareille plaisanterie, ce visage mou bouffi de suffisance. C'est Mark, un officier de liaison qui relève directement du Haut Commandement sur lequel il n'a malheureusement pas d'autorité.

Ignorant la remarque, il veut s'asseoir, mais se rend compte qu'on n'a prévu aucun fauteuil pour lui. Il reste debout et tente de garder son sang-froid sous les regards qui convergent dans sa direction. Il s'adresse à ses hommes sur un ton autoritaire :

« Vous avez tous un rapport à faire sur la situation actuelle. Je vous écoute. »

« La situation est critique », se plaint un des officiers. « Les Amis de la forêt continuent à faire des ravages dans nos rangs. »

« Comment pouvez-vous dire une chose pareille ? Ces bandits ne sauraient nous battre ! Personne ne peut nous battre ! Nous sommes l'Alliance nouvelle et éternelle. Nous sommes invincibles. »

« Sauf votre respect, *mein Sturmbannfürher*, pendant ce temps les Amis de la forêt s'approchent sans cesse de nos positions. Et on dit que l'Ambassadeur du Royaume d'Argent leur a envoyé des renforts. »

« Quel genre de renforts ? Pourquoi ne m'en a-t-on pas informé ? »

« Nous l'aurions fait si vous vous étiez acheté un téléphone cellulaire », fait remarquer Mark avec un sourire sournois. « Nous avons essayé de vous appeler, mais ça n'a pas répondu. »

La sensation de gêne et de fureur est telle qu'il en a la nausée. Heureusement, elle ne dure pas, balayée par une pensée nouvelle. Il se redresse fièrement au milieu de ses subalternes.

« J'ai l'honneur de vous apprendre que, de mon côté, j'ai réussi une percée importante. »

Les officiers se lancent des regards intrigués. Seul Mark fait la grimace : il est rarement impressionné par quoi que ce soit.

« Quel genre de percée ? »

« J'ai réussi, à la suite de longues tractations dont je vous épargnerai les fastidieux détails, à rallier un Ami de la forêt à notre cause ou, devrais-je dire, "une Amie". En effet, cette informatrice, dont il me faut taire le nom pour l'instant, m'a révélé que l'Ambassadeur du Royaume d'Argent avait dépêché un agent spécial chargé de leur venir en aide. »

« Vous a-t-elle révélé l'identité de cet agent spécial ? »

« Oui. Mais ce n'est pas tout. Je crois que, grâce à ses informations, nous pourrons localiser leur repère dans la forêt et capturer le chef des rebelles, le fameux Caligo. »

« Qui nous dit que cette informatrice est fiable ? » demande Mark, sceptique. « Qui peut se fier à la parole d'une femme ? »

« Mettez-vous ma compétence en doute ? »

« N'attendez pas de flatteries de ma part », répond Mark sur un ton doucereux. « Le Haut Commandement n'est pas satisfait de votre travail. Les ventes de seringues sont en déclin. La lutte contre les Amis de la forêt est menée avec mollesse et incompétence. »

« Ah, c'est comme ça ? » réplique-t-il, ivre de colère. « Eh bien, c'est ce que nous allons voir, *Herr* Mark ! »

Il salue en claquant des talons, puis traverse de nouveau la salle du conseil de guerre. Derrière lui, l'officier de liaison marmonne une plaisanterie. Les officiers éclatent de rire. Il veut allonger le pas, mais il sait que ça les fera rire encore plus. Comme à l'école, oui, ça lui rappelle soudain l'école, lorsque les grands riaient de lui, le traitaient de gros, de baloune, de plein de marde, cela lui rappelle le temps où il aurait voulu mourir pour que les moqueries s'arrêtent, le temps où chaque jour d'école était une épreuve d'humiliation et de souffrances, où il pensait que jamais, jamais, jamais on ne cesserait de rire de lui, qu'il serait toujours un gros, une baloune, un plein de marde…

Et ils rient tous derrière lui, et ils rient encore, à en perdre le souffle, à grandes respirations suraiguës… *Heille la baloune ! Heille, où c'est que tu vas, la baloune ? Heille le gros, on te parle…*

Et il fuit, refoulant des larmes de rage et de honte, parce que c'est vrai qu'il est gros, qu'il est une baloune, parce qu'il est faible et lâche, qu'il n'ose pas affronter ces jeunes loups aux crocs acérés qui le torturent à chaque récréation.

Mais un jour il se vengera… Sa poitrine se gonfle en évoquant le jour où tout le monde paiera. Jamais, dans l'histoire humaine, n'aura-t-on assisté à une vengeance aussi cruelle et aussi juste, à un feu destructeur aussi inextinguible. Et on le suppliera de pardonner, on se traînera à ses pieds pour implorer sa grâce, on lui offrira richesses et honneur, mais lui sera impitoyable, un dieu de fer et de glace, un ange exterminateur au glaive de feu…

Et il se réveille au poste central du cinquième étage, devant Annette qui le regarde avec un air d'effroi sur sa grosse face blême.

— Ça va? Ça va-tu?

Désorienté et affolé, c'est tout juste s'il réussit à se retenir de la frapper.

— Oui, oui… dit-il en reprenant son souffle. Ça va, pas de problème…

Annette recule de quelques pas sans le quitter du regard.

— Ça va? Tu es sûr?

— Crisse, laisse-moi respirer un peu, OK? J'étais en train de rêver…

— Je me demandais ce qui t'arrivait.

— Tu vois bien que j'ai rien!

Il se lève et fait quelques pas. Il reprend ses esprits, tout de même agacé par le rêve et surtout par la manière dont cette gourde lui est tombée dessus. Pour se donner une contenance, il va se servir un café lui aussi au salon du personnel. Il ne reste qu'un fond de sirop noir à l'odeur âcre. Avec la crème artificielle, le brouet ne mérite pas le nom de café, mais le liquide est chaud dans sa gorge et c'est ça qui compte.

Il s'assoit. Le salon est lugubre la nuit quand il n'y a personne. Il se relève. Il ne veut pas se l'avouer, mais le rêve l'a secoué. Encore des histoires de nazis. Qu'est-ce que ça veut dire ? Et des souvenirs d'enfance… Il rit, d'un rire jaune qui fait un peu mal au creux de l'estomac. Oui, il en avait fantasmé des vengeances contre les grands de la cour d'école. Mais c'est le passé, ça n'a plus d'importance ces choses-là…

Il retourne au poste. Annette est en train d'expliquer à leur camarade de nuit qu'elle pensait l'avoir surpris en pleine crise d'épilepsie. L'autre se dépêche de lui demander comment ça va.

— C'est Annette qui s'énarve. Je me suis endormi, c'est tout.

— Si tu veux t'allonger un peu, vas-y. C'est tranquille.

— Allez-vous me lâcher cinq minutes ?

Il retourne marcher, exaspéré par leur sollicitude. Ça fait trop longtemps qu'il travaille ici, il serait temps qu'il fasse un *move*, il serait temps de voir d'autres visages, d'autres paysages que celui des toits de Shawinigan à travers une fenêtre grillagée.

C'est vrai que le couloir est étonnamment silencieux. Pas de cris, pas de gémissements hystériques, pas de patient qui déambule, perdu, et qu'il faut ramener à son lit. Non. Un silence reposant, comme un parc après que le cirque a plié bagage. Ses pas l'amènent vers la chambre de Kevin. Une puissante sensation de déjà-vu l'enserre de sa poigne glacée. Il s'arrête devant la porte close. Va-t-il oser pousser la porte ? Va-t-il découvrir un lit vide, s'apercevoir qu'il est toujours dans le rêve, redescendre sous le lit, déambuler dans l'usine, se réveiller de nouveau, revenir à la chambre, redescendre… ?

Prisonnier d'une boucle sans fin…

Il pousse la porte. Kevin est couché dans son lit, les yeux grands ouverts. Cela lui arrive souvent, de rester immobile pendant des heures à fixer le plafond nu. Kevin se tourne vers lui.

Ah ! Il est rare que Kevin réagisse à son approche… En fait, c'est plus que rare, c'est carrément exceptionnel !

— Kevin ?

Le jeune patient ne répond pas. Il continue de fixer l'infirmier dans les yeux. Avec ses grands yeux aux longs cils, on dirait presque un visage de fille. Une fille qui serait plutôt jolie. Il écarte la pensée, à peine éclose, et ses répugnantes connotations. Entretemps, Kevin est retourné à son activité la plus normale, contempler le vide, ou si ce n'est pas le vide, un univers qu'il est le seul à percevoir.

Avant de partir, il jette un bref coup d'œil sous le lit. Juste comme ça. Il *sait* qu'il n'y trouvera pas de trappe. Le plancher est lisse et continu, évidemment. Il quitte la chambre, ferme la porte. Il s'en veut d'être venu vérifier si Kevin était bel et bien dans son lit, si sous le lit le plancher était percé d'une… Crisse, est-il en train de capoter ? Pourquoi rêve-t-il toujours à ces histoires de nazis ? Des souvenirs de son passage chez les néo-nazis ? *Come on*, il n'a jamais *vraiment* embarqué dans ces conneries. Il s'en fout des Noirs et des Arabes.

Il se passe quelque chose d'anormal, ici, au cinquième. Ce n'était pas comme ça, avant. L'ambiance, le *feeling* est différent. Il n'arrive pas à déterminer ce qui cloche, ni même pourquoi il a cette impression. Cette incapacité de sa part l'exaspère, mais il est sûr que *quelque chose* se passe ici.

Au poste, Annette est de nouveau seule. Elle lève les yeux du dossier qu'elle était en train de consulter.

— Pis? Ça va?

— Je t'ai dit que ça allait. Vas-tu me demander ça jusqu'à demain matin?

Les lèvres pincées, elle retourne à la lecture de l'écran. Le silence est maintenant total autour du poste, si ce n'est le bourdonnement des luminaires et des ordinateurs. Les patients sont tranquilles. Les responsables de la garde de nuit lisent chacun de leur côté, perdus dans leur monde et leurs pensées.

# CHAPITRE 18

Lorsqu'il en trouvait le temps, Caligo rendait visite au Cocon. Il s'assoyait dans le fauteuil central et, son regard embrassant la voûte constellée d'écrans de télévision, il laissait son esprit dériver. Située sous le laboratoire de Q2D4, la salle de surveillance était ultra-secrète et on y descendait par un escalier dont seul Caligo connaissait l'existence. Longtemps ce dernier avait cru que le Cocon avait été conçu et construit par l'Ambassadeur du Royaume d'Argent, mais il avait fini par comprendre que même ce dernier en ignorait la présence. Incapable d'imaginer à qui cette salle avait pu servir avant qu'il ne la découvre, il en était venu à croire qu'elle n'existait que pour son bénéfice, qu'il était le seul à pouvoir venir s'allonger dans le fauteuil et à se laisser bercer par le bruit blanc sortant de la centaine de haut-parleurs réglés à bas volume.

Sur les accoudoirs du confortable fauteuil, des contrôles permettaient à Caligo de transférer le son et l'image d'un des petits écrans de la voûte à un moniteur central de plus grande dimension. Désœuvré, Caligo fit successivement apparaître Q2D4 en train de souder des fils dans un appareil expérimental, Bonhomme-au-fouet et Cochon jouant aux cartes, Pieuvre en train de pelleter du foin dans le Blohm & Voss Bv-141. Caligo sélectionna un autre écran. Sur le moniteur principal apparut Demiflute. Elle marchait dans la forêt, seule. À tout instant, elle se retournait brusquement pour voir si quelqu'un la suivait, puis elle reprenait sa marche en direction de la base des Amis de la forêt.

Avec une sensation de vide au creux de la poitrine, Caligo se douta bien que Demiflute n'avait pas traversé la forêt en direction de la ville contrôlée par les nazis pour le plaisir de la promenade. Que devait-il faire avec elle maintenant?

Il sélectionna l'écran qui lui permettait à l'occasion de surveiller l'Ambassadeur du Royaume d'Argent lui-même. Hélas! comme c'était presque toujours le cas, l'écran n'offrait que des parasites : il fallait que l'Ambassadeur soit très près de leur quartier général pour que l'image soit bonne. Ou alors, parfois, si l'air était très pur et le temps très calme, une image fantomatique de l'Ambassadeur dans son château pouvait apparaître. Comme ce n'était pas le cas, Caligo sélectionna ensuite le nouvel écran qui le tenait au courant des allées et venues de Max. Là encore, des parasites. Il ne s'impatienta pas cette fois-ci. On lui avait promis que Max reviendrait. Le regard fixé sur le moniteur central envahi par la neige, indifférent aux crachotements et sifflements qui jaillissaient du haut-parleur, Caligo distingua finalement une forme humaine au sein du blizzard électronique. Petit à petit, les sifflements s'atténuèrent, l'image se précisa, révélant un soldat assis sur le strapontin d'un véhicule militaire.

Caligo se dépêcha de quitter le Cocon pour aller rejoindre ses compagnons. Un éclat de lumière, à l'autre bout de la clairière, attira son attention : un reflet de soleil sur un pare-brise. Une camionnette Citroën, brinquebalante et grise de poussière, émergeait de la forêt. La camionnette traversa la piste et s'arrêta à quelques mètres du bâtiment principal avec d'horribles grincements de vieille suspension. Le râle irrégulier du moteur se tut. La porte s'ouvrit et Max sortit, son bagage de troupe en bandoulière. Il salua Caligo, droit comme un piquet.

« Lieutenant Max de retour, Monsieur ! À vos ordres, Monsieur ! »

« Repos. Je suis heureux de t'avoir de nouveau parmi nous, Max. »

« Moi aussi, Monsieur. »

« Tsk, tsk… Faut-il que j'aille chercher Cochon pour qu'il te rafraîchisse la mémoire concernant le protocole en usage ici ? »

« Ah ! Oui, Caligo, oui, je me souviens maintenant. »

Caligo lui sourit. Les deux compagnons entrèrent dans la base. Ils devaient se remettre au travail le plus tôt possible. La lutte contre les nazis et les barbies était loin d'être terminée – en admettant qu'il soit possible un jour de les vaincre, mais Caligo détestait ce genre de pensées. Il devait faire confiance à Max et à ses compagnons, même à Demiflute ; et, par-dessus tout, il devait faire confiance à l'Ambassadeur du Royaume d'Argent. Car laisser le doute d'insinuer dans son esprit, n'était-ce pas renoncer d'avance à la victoire ? N'était-ce pas reconnaître que le *Sturmbannführer* Schwarz était le plus fort ? Qu'il valait mieux renoncer et concéder la victoire aux troupes infernales de l'Alliance et les laisser implanter pour les millénaires à venir leur Royaume de la souffrance, de la torture et du mal ?

# CHAPITRE 19

Le lundi matin, la première chose que Michel découvrit à son retour au cinquième étage du Centre hospitalier Saint-Pacôme, ce fut qu'il y faisait diablement chaud. Le vieil édifice n'était pas climatisé ; il régnait entre les vieux murs une chaleur de serre charriant des relents d'alcool à friction et de nourriture d'hôpital. Du côté des actifs, Michel constata qu'on lui avait effectivement alloué la chambre privée libérée par le vieux monsieur Bouchard. Il eut toutefois la nette impression que Rico le gratifiait d'un regard sceptique pendant qu'il disposait ses affaires dans la chambre. Il ne semblait pas approuver le fait que la chambre lui ait été attribuée.

—Faut que j'inspecte tout, dit Rico en s'emparant de sa valise.

—Je sais, répondit Michel en s'écartant piteusement.

Il se recroquevilla encore plus lorsque Rico découvrit la bouteille d'aspirines maladroitement dissimulée dans la manche d'un pyjama.

—Tu sais que tu peux pas garder de médicaments dans ta chambre, rappela le préposé avec le ton blasé de celui à qui on a fait le coup mille fois.

—Je… La bouteille a dû tomber de ma pharmacie. Je savais pas qu'elle était dans la valise. C'est pour quand j'ai mal à la tête…

Rico se débattit avec le bouchon de sécurité, puis réussit à ouvrir la bouteille d'aspirines. Il fit rouler quelques comprimés dans la paume de sa main, les contempla, puis les remit dans la bouteille qu'il referma d'un geste sec. Il se tourna vers Michel et le toisa avec hauteur, ses yeux noirs luisant d'un scintillement minéral. Ostensiblement, il fit glisser la bouteille dans la poche de son uniforme.

— Si je le dis au docteur Leduc, il sera pas content.

— La bouteille est tombée dans la valise, je te le jure, dit Michel sur un ton misérable.

— De toute façon, pourquoi faire du trouble ? Je vais garder ça avec moi. Si tu as mal à la tête, tu m'en parles. Ça va être moins compliqué comme ça, OK ?

— OK.

Rico poursuivit son inspection des valises et du sac de toilette, puis quitta la chambre avec à peine un regard vers son patient. Avec des gestes mesurés, Michel s'approcha de sa valise, rangea ses effets personnels, puis s'allongea sur le lit où il resta de longues minutes immobile, le regard fixant le plafond de tuiles acoustiques. Son esprit enfiévré revenait sans cesse à la découverte « surprise » de la bouteille d'aspirines par Rico, bouteille qu'il avait dissimulée dans la valise en sachant parfaitement que le préposé la découvrirait. Avec netteté, Michel revit le préposé soupeser dans sa paume les comprimés et les remettre dans la bouteille comme si de rien n'était.

Michel ressentait le choc régulier de son cœur contre ses côtes. Rico ne pouvait *pas* ne pas avoir compris qu'il ne s'agissait pas d'aspirines. Il avait certainement reconnu qu'il s'agissait de comprimés de codéine, un narcotique léger. Michel était revenu pour cette deuxième semaine de détention déterminé à suivre de près Serge Claveau. S'il s'était présenté avec une bouteille de narcotiques, c'était pour que le personnel note l'événement dans le dossier, pour qu'on sache qu'il consommait des drogues sans prescription. Il ne prévoyait pas que Rico lui subtiliserait ses narcotiques de cette façon, en lui proposant sans vergogne de lui en redonner au besoin. Avait-il fait fausse route en soupçonnant Serge ? Rico pouvait-il être le trafiquant qu'il recherchait ? L'employé parlait avec l'accent québécois, mais il était sûrement d'origine sud-américaine. *Comme par hasard...* En étudiant les dossiers des employés, Michel avait essayé de ne pas succomber à une xénophobie primaire. C'était pourtant un fait reconnu qu'une grande proportion de la drogue circulant sur le marché nord-américain provenait de l'Amérique latine... Mais Rico travaillait le jour : comment aurait-il pu vendre sa camelote pendant que l'étage grouillait de personnel ?

Une silhouette familière apparut dans le couloir. C'était Jean-Robert qui, en apercevant le nouvel occupant de la chambre 538, s'immobilisa avec une expression d'étonnement théâtral.

— Hééé ! Salut !

Sans attendre d'invitation, le jeune homme entra dans la chambre en coup de vent, la main tendue.

— T'es revenu, Michel ! *Yeah, all right !*

Michel accepta la poignée de main, incapable de se montrer tout à fait indifférent à l'accueil enthousiaste du jeune homme, aussi excessif que celui d'un chien retrouvant son maître.

—Bonjour, Jean-Robert.

—Ah, ben… C'est toi qui hérites de la chambre de M. Bouchard ? Pauvre vieux, il avait pas beaucoup de plaisir dans la vie, lui… Chambre 538… Facile à retenir : cinq plus trois égale huit. La suite de Farinelli. Pis t'es juste à côté de chez moi. Heille, on va avoir du fun. Ça va être cool…

Jean-Robert grimpa sur le lit où il se mit à sauter à pieds joints, riant et répétant : « *Yeah! Yeah*, ça va être super cool ! »

Michel, un moment désarçonné, réussit à modérer les transports de l'énergumène et à le convaincre d'arrêter de défaire les couvertures. Jean-Robert accepta finalement de s'asseoir, adossé contre la tête du lit. Il releva ses longs cheveux défaits avec ses doigts mangés d'eczéma.

—*Yeah!*

—Jean-Robert, moi aussi je suis content de te revoir, mais essaie de te calmer un peu, s'il te plaît.

—Ben, tu sais, pour être honnête avec toi, je pensais que tu reviendrais pas… Pis avec ce qui est arrivé à Tony, moi, je commençais à m'ennuyer… En tout cas… Heille, heille, jeudi c'est la Saint-Jean, tu savais ça ? C'est le 24. Le 24 juin, tu sais ?

—Oui. Je sais ça.

—On fait toujours un super party la veille de la Saint-Jean. Mercredi soir. Tout l'étage, tout le cinquième. (Toujours adossé à la tête du lit, il se mit à se trémousser et à entonner.) Un, deux, trois, quatre, cinq, six, sept… *Québec !* Un, deux, trois, quatre, cinq, six, sept… Badoum, badoum, badoum… *Québec !*

—Je suis sûr qu'on va s'amuser, mais en attendant, j'aimerais que tu me laisses ranger un peu ma chambre avant la thérapie de groupe, d'accord ?

— Ben oui, ben sûr, pas de problème, s'exclama Jean-Robert sans bouger du lit le moins du monde.

Cela n'alla pas sans mal, mais Michel réussit finalement à libérer la chambre de son turbulent visiteur. Il s'assit à son tour sur le lit à moitié défait et essaya de reprendre le fil de ses idées. En vain : la visite de Jean-Robert l'avait complètement distrait. Il consulta sa montre. De toute façon, dix heures approchaient. Il devait faire acte de présence à la séance de psychothérapie.

Michel se dirigea vers la salle multi. Sans être complètement acclimaté à l'ambiance de l'hôpital, il s'aperçut qu'il s'était suffisamment habitué aux couloirs blancs et au sol carrelé pour ne presque plus ressentir d'effet d'étrangeté. Aussi incongru que cela puisse paraître, il avait un peu l'impression de revenir chez lui.

Dans la salle multi, la plupart des patients du module bleu étaient déjà arrivés, installés sous le regard attentif de Lafrance, et du docteur Leduc. Les regards de Michel et du psychiatre se croisèrent. Ce dernier détourna les yeux, soudain pressé de consulter ses notes. Michel trouva une place libre et salua timidement à la ronde. On le salua en retour – Joanne avec un gloussement, M. Landreville en agitant son moignon.

Les retardataires se présentèrent enfin, dont Sylviane qui s'immobilisa une fraction de seconde lorsqu'elle aperçut Michel, avant d'aller s'asseoir avec raideur le plus loin possible. Michel trouva plutôt amusante cette bouderie inattendue. Lui en voulait-elle de l'avoir abandonnée ? Peu importe, il s'accommoderait parfaitement de cette situation. Il avait bien assez de Jean-Robert dans les jambes sans s'encombrer en plus de l'amitié décidément particulière de Sylviane. Mû par une pulsion un peu perverse, il voulut gratifier la jeune femme d'un large sourire amical. Il se rappela toutefois sa condition de dépressif et préféra s'écraser sur sa chaise en une attitude des plus amorphes.

Il ne manquait plus que Kevin, le jeune autiste, qui apparut à son tour, escorté par une infirmière que Michel ne connaissait pas. Il avait été prévenu qu'en cette semaine de la Saint-Jean, plusieurs membres du personnel infirmier prendraient des vacances et que l'horaire serait parfois modifié à la dernière minute. Des travailleurs occasionnels prendraient la relève, ce qui bien sûr compliquait la tâche de Michel.

L'infirmière mena Kevin jusqu'à une chaise. Le jeune homme s'assit en faisant preuve de son habituel détachement envers ses camarades et son environnement. Après avoir émis quelques toussotements, le docteur Viateur Leduc lança un regard entendu en direction de Lafrance. Ce dernier se frotta les mains, toujours souriant.

— Bon, je crois qu'on est prêts à commencer, qu'est-ce que vous en pensez ?

Le psychoéducateur devait en effet puiser des trésors d'enthousiasme pour vaincre l'apathie matinale de ses patients. « Ben voyons ? Qu'est-ce que c'est que cette bande d'endormis ? Ça paraît qu'on est lundi… » Michel observa que Leduc lui-même paraissait moins nerveux à mesure que son auditoire se réchauffait. Son regard luisait maintenant d'une lueur sagace en observant les réactions de son groupe. C'est d'une manière parfaitement naturelle qu'il s'adressa soudain à Michel, lui enjoignant de participer à la discussion, comme il le faisait avec tous les autres.

Après quelques minutes de conversation erratique, Sylviane leva une main revendicatrice. Lafrance lui donna la parole. Elle baissa le regard, résolument boudeuse.

—Moi, je veux savoir pourquoi la chambre privée a été donnée à une personne qui vient juste d'arriver.

Michel réprima un sourire. C'était donc ça! Lafrance, pour sa part, hocha la tête avec un air subtilement réprobateur.

—Sylviane, je te répète qu'on ne discute pas ici de questions d'hébergement. Ça doit être réglé avec le personnel hospitalier.

La jeune femme renifla avec mépris.

—Le personnel hospitalier! Ils se foutent de ce qu'on demande. Ils m'écoutent jamais.

—On fait notre possible pour t'accommoder, Sylviane. Mais il ne faut jamais oublier que tu n'es pas toute seule ici.

—J'avais demandé une chambre privée avant lui! (Elle lança un bref regard vers Michel.) Bien avant lui!

Joanne éclata d'un rire moqueur.

—Pauvre p'tite Caillette!

Le docteur Leduc lui fit signe de se taire. Il s'adressa à Sylviane sur un ton raisonnable.

—Tu as maintenant ta chambre à toi. Tu n'as pas à te plaindre.

—C'est pas une chambre privée. Le prochain bozo qui va rentrer va se retrouver avec moi. J'suis tannée de voir passer du monde dans ma chambre. C'est pas une gare d'autobus. Déjà que j'ai pas d'affaire à être ici, si vous faites passer tout le monde avant moi, c'est injuste...

—C'est une question que tu dois adresser à l'infirmière en chef, Sylviane, pas à nous.

La jeune femme toisa le psychiatre, ses yeux de poupée frémissant dans leur orbite.

—C'est pas vrai ! C'est *vous* qui avez demandé que la chambre soit réservée pour… pour lui, là, pour Michel… Je le sais que c'est vous !

Leduc parut décontenancé une fraction de seconde, mais il se ressaisit vite.

—Je t'en prie, Sylviane. On est ici pour essayer de s'exprimer, de confronter nos idées afin de solutionner les problèmes qui vous ont amenés ici. Pas pour se disputer au sujet des chambres.

—Ah, fermez-vous donc ! Vous êtes jamais ici. Vous savez pas ce qui se passe dans c'te maudit hôpital.

Jean-Robert et Joanne éclatèrent tous les deux de rire.

—Duc Ledoc, vous allez pas vous laisser parler comme ça ? persifla Jean-Robert en se trémoussant sur sa chaise.

—Vous êtes comme… comme… (Sylviane bégayait, son visage froissé par l'effort pour trouver les mots.) Comme un *ambassadeur*. Vous passez votre semaine dans votre luxueuse villa, à boire du champagne avec les princesses, pendant que c'est la guerre dans votre pays !

—Tu l'as dit, Sylviane ! Un ambassadeur ! Le docteur Leduc est un grand ambassadeur !

Lafrance leva la main.

—Un peu de calme, s'il vous plaît. Jean-Robert, on t'entend très bien, c'est pas nécessaire de crier.

—Oui ! Oui, c'est nécessaire de crier, sans ça personne nous écoute !

—Essayons de nous calmer, s'il vous plaît…

Le docteur Leduc ne termina pas sa phrase. Kevin s'était mis debout. *Bon, c'est reparti*, songea Michel.

Or, cette fois, le jeune autiste ne se dirigea pas vers la sortie. Il traversa lentement le cercle formé par tous les participants pour s'immobiliser en face du psychiatre, son grand corps légèrement voûté, comme un arbre au tronc trop mince. Kevin fixa Leduc dans les yeux et prononça d'une voix étrangement rauque et haut perchée – la voix d'une personne dont la gorge n'avait pas l'habitude de moduler des paroles – il prononça, avec l'élocution résolue et précise de celui pour qui chaque syllabe est un coup de burin sur un marbre, il prononça :

— Vous êtes l'Ambassadeur du Royaume d'Argent. Le Seigneur de lumière. Vous m'avez sauvé du Funérarium.

Une longue seconde, Leduc resta bouche bée. Il échangea un regard avec Lafrance, puis avec les autres patients. Personne ne parlait. Un lent frisson monta le long de l'échine de Michel, jusque dans sa nuque, puis dans le haut de sa tête, une bouffée de chaleur semblable à celles qu'il ressentait pendant un *trip* de haschich, une sensation qu'il avait cru à jamais oubliée. Michel voulut se secouer, mais son corps et son esprit restaient engourdis, englués comme une mouche dans du vernis. Autour de lui, l'espace s'était drapé d'un voile d'irréalité, comme si la séance de psychothérapie n'était qu'un rêve, encore un rêve, duquel Michel allait émerger, pour se retrouver de nouveau chez lui, couché dans sa chambre auprès de Nathalie, et sa femme s'effrayerait encore parce qu'il ne s'éveillait pas, qu'il ne s'éveillerait plus jamais, l'obligeant à élever Mathieu seul pour le reste de sa vie, pendant que lui resterait paralysé, que son corps maigrirait, que sa peau se parcheminerait et s'opacifierait comme celle d'une chrysalide. Nathalie ne pourrait garder ce mort-vivant à la maison, il lui faudrait le confier à un hôpital, où on ne pourrait le garder dans une chambre à cause des restrictions budgétaires, et on le descendrait dans une cave où, pendant des siècles, il se dessécherait sur une table de métal rouillée, pendant qu'à l'extérieur l'humanité disparaîtrait. La Terre connaîtrait la domination d'autres races, des extraterrestres grossièrement maquillés en humains, qui décideraient finalement de se débarrasser de ces cocons humains refusant de mourir. Alors Michel, l'esprit toujours conscient tel un cristal inaltérable dans sa prison de chair pétrifiée, verrait les mains visqueuses des extraterrestres, tenant dans leurs articulations impossibles des crochets de métal acérés, avides de crever sa peau brune mouchetée de moisissure, de transpercer sa chair momifiée dure comme du bitume…

La silhouette massive de Rico se profila dans le cadre de la porte. Michel émergea brusquement de l'étrange état dans lequel il avait sombré. Il eut l'impression que Leduc et Lafrance aussi avaient sursauté à l'arrivée de l'infirmier. Les yeux du psychiatre passaient de Kevin, maintenant muet et immobile devant lui, à l'infirmier, qui demeurait dans le cadre de la porte, vaguement perplexe.

—Oui Rico, je peux t'aider? demanda Leduc.

Le préposé haussa ses épaules rondes et croisa lentement les bras.

—J'ai entendu crier. Je venais voir s'il y avait un problème…

Le psychiatre hocha négativement la tête, essuyant d'un mouchoir de papier son front en sueur.

—Non, non… Tout va bien ici… J'ai seulement été un peu… un peu pris par surprise par ce que nous a dit Kevin.

L'expression perpétuellement blasée de Rico se mua en étonnement incrédule.

— Kevin a parlé ?

— Oui… (Leduc reporta son regard sur le jeune homme.) N'est-ce pas, Kevin ? Kevin ?

Kevin ne broncha pas, son visage redevenu un masque de cire vierge.

— Nous t'écoutons, Kevin. Continue… Je t'écoute…

— …

— Ici… (Leduc se racla la gorge, hésitant.) Ici l'Ambassadeur du Royaume d'Argent. Tu peux me parler, Kevin. Tu peux me faire confiance.

Le psychiatre eut beau insister, le jeune homme était retombé dans sa léthargie habituelle. Sans doute serait-il resté au milieu du cercle, les bras ballants, son visage empreint de la vacuité d'une statue antique si Lafrance ne l'avait pris par le bras pour le ramener à sa place.

La rencontre se poursuivit sous la vigile vaguement interloquée de Rico, mais il était clair que plus personne n'avait le cœur à ça, surtout pas Leduc lui-même, dont l'incident avait fissuré le détachement qu'il avait réussi à maintenir depuis le début de la rencontre. Il consultait sa montre, s'essuyait le visage – il faut dire que la pièce non climatisée était devenue étouffante. Finalement, la rencontre fut écourtée, et après avoir vaguement marmonné « à demain », Leduc disparut de la pièce sans tarder. Personne ne s'offusqua que la rencontre se termine plus tôt et les patients se dispersèrent rapidement, à l'exception de Kevin qui serait sans doute resté seul dans la salle si Rico n'était pas allé le chercher.

Michel sortit aussi. Comme pour passer le temps, il étudia le poste central. Le jour, il n'était pas évident de suivre les allées et venues de la trentaine de thérapeutes, infirmiers et employés de soutien des quatre modules. Denis Duquet, l'infirmier pas bavard, consultait un dossier avec Marie-Michèle, l'infirmière en chef de son module. Michel vit le regard bleu de Sylviane posé sur lui… regard qu'elle détourna avec une vivacité d'oiseau. Michel réprima un sourire condescendant – quel numéro celle-là ! – et reporta son attention sur le poste central.

—Qu'est-ce que tu fais ? Qu'est-ce que tu regardes ?

Il n'était pas facile d'avoir longtemps la paix avec Jean-Robert dans les parages.

—Rien.

—C'était bizarre, hein ? Kevin… Il dit jamais un mot. Jamais. Weird… On sentait les vibrations. Ce garçon-là est entouré de vibrations weirdos… Hé ! Où est-ce que tu vas ?

—Dans ma chambre. Je suis fatigué.

—Ça vaut pas la peine, c'est presque l'heure de manger.

—Je veux m'allonger cinq minutes.

Michel se rendit compte qu'il lui aurait fallu être plus explicite, car Jean-Robert le suivit de toute façon. Un peu avant d'arriver à sa nouvelle chambre, Michel aperçut par une porte entrouverte un poing osseux et le bras musclé qui reposait sur le drap beige.

Jean-Robert avait suivi le regard de Michel et se dépêcha de confirmer :

—Ben oui ! C'est Tony !

Avec l'absence totale d'inhibition qui lui était coutumière, Jean-Robert poussa la porte et pénétra dans la chambre. Oui, il s'agissait bien d'Anthony. On ne pouvait pas dire que ses lèvres bleuies, ses

joues éraflées et le large pansement qui couvrait
son œil droit lui amélioraient le portrait.

— Qu'est-ce qui s'est passé?

— C'est vrai ! T'étais pas ici en fin de semaine.
T'étais pas au courant.

— Que lui est-il arrivé?

— Ben, tu sais… J'ai pas été témoin, on s'est
fait donner des somnifères cette nuit-là parce que
le bordel était pris. Qu'est-ce que tu veux… C'est
pas la première fois qu'il se fait casser la gueule
par un employé. C'est arrivé dans la nuit de samedi
à dimanche. Mais, heille, c'est pas la première
fois…

Sous la carapace d'indifférence qu'il était forcé
de maintenir, Michel sentit monter une colère outragée. Il était capable de distinguer une blessure
reçue par accident dans une échauffourée d'une
autre encaissée lors d'un passage à tabac. Il aurait
parié qu'Anthony avait reçu plusieurs coups de
poing à bout portant pendant qu'un autre le retenait.
Des coups vicieux n'ayant rien à voir avec un usage
normal de la force pour retenir une personne en
crise.

Jean-Robert tapota la grosse main de son compagnon.

— Tony ? Heille, Tony macaroni, la machine à
spaghetti, tu m'entends-tu bonhomme?

— Laisse-le tranquille. Il dort.

— Pout, pout, pout ! Il dort pas, il est dopé
jusqu'aux oreilles…

— Raison de plus. Viens, on s'en va.

— Bon, ben, OK. De toute façon, c'est l'heure
du dîner.

Les deux hommes sortirent de la chambre, tombant sur Rico qui passait par là. Le gros préposé
enguirlanda Jean-Robert:

—C'est la dernière fois que je te le dis, Jean-Robert. Arrête de déranger les autres patients !

—Je le dérange pas.

—Si je te vois encore dans une autre chambre que la tienne, je t'attache à ton lit, as-tu compris ? (Il continua sur un ton beaucoup moins autoritaire.) C'est vrai pour toi aussi, Michel. Les rencontres, ça se fait au salon, d'accord ?

Michel hocha piteusement la tête et promit qu'il ferait attention à l'avenir. Rico renifla, un peu hautain.

—C'est bon pour cette fois.

Michel, le regard toujours baissé, suivit Jean-Robert en direction de la salle à manger.

Michel ingurgita ce que Richard lui avait apporté des cuisines. Au diable la qualité de ce qui lui était offert, il avait faim. Il était assis en compagnie de Jean-Robert et de M. Landreville, n'écoutant que d'une oreille leur conversation. M. Landreville – personne ne l'appelait par son prénom – semblait aujourd'hui d'une remarquable bonne humeur. Affable et posé, il répondit aux questions zigzagantes de Jean-Robert avec une courtoisie un peu compassée. Michel apprit que l'homme avait été menuisier, et que le triste état de ses mains était le résultat d'un accident de travail, un sujet sur lequel il ne voulut pas élaborer malgré les questions indiscrètes de Jean-Robert. Ce dernier, voyant l'intérêt que Michel portait à la conversation, lui demanda :

—Tu connais le phénomène du membre fantôme ?

—Le membre fantôme ?

—Oui. C'est capoté. Les gens qui se font amputer continuent de sentir le membre disparu. Je te le dis ! Ça s'appelle le phénomène du membre fantôme.

Jean-Robert dut prendre l'hésitation de Michel pour du scepticisme, car il se tourna aussitôt vers M. Landreville.

— C'est-tu vrai ou si c'est pas vrai ce que je dis là ?

— C'est exact, répondit M. Landreville en direction de Michel.

— Vous les sentez encore, vos doigts, hein ? Hein ?

— Un peu moins, maintenant. Au début, je ressentais des picotements et même parfois une envie furieuse de me gratter. Ça, c'était assez irritant, car comment voulez-vous que je puisse gratter un doigt qui n'était plus là ?

— Wow, je comprends. Y a juste un fantôme qui pourrait gratter un membre fantôme !

— Maintenant, c'est moins agaçant. Je ressens surtout une sorte d'engourdissement.

L'état des mains de M. Landreville ramena Michel à son enquête. Ce n'était pas seulement par comédie qu'il avait courbé l'échine devant Rico. Il avait contemplé les mains du préposé. Des mains courtes aux jointures dodues, à la peau lisse comme un cuir fin… Ce n'était certainement pas Rico qui avait frappé Anthony. En tout cas, pas à mains nues. De toute façon, Michel imaginait mal le placide infirmier dans le rôle d'un tortionnaire de patient, ni d'un trafiquant de drogue. Et puis, ça s'était passé la nuit. Ou le soir, Jean-Robert n'avait pas précisé. Certainement la nuit, décida Michel, alors que l'étage était presque abandonné par le personnel. Il hocha la tête, navré, incapable de croire que des événements pareils puissent se produire impunément.

Lorsque la dose de tranquillisant d'Anthony serait diminuée, il tenterait de lui faire révéler l'identité de l'employé qui l'avait tabassé ainsi. Un témoignage qui n'aurait aucune valeur dans une cour de justice, évidemment… Michel fit un effort pour se calmer, pour se souvenir que l'incident n'avait pas de lien avec son enquête. Ce qui ne diminua aucunement son dépit de constater que la loi du silence régnait au cinquième étage.

L'après-midi, Michel avait son premier rendez-vous officiel avec Leduc. Ce dernier était en retard. Soupirant d'impatience, Michel attendit devant le bureau. Il prenait tout son temps pour dîner ou quoi ? Finalement, Leduc apparut et fit signe à son patient d'entrer dans le bureau. Aussitôt la porte fermée, Michel demanda s'il était au courant qu'Anthony avait été battu.

Leduc sembla un peu vexé de se faire interpeller sur ce ton. Il exprima ouvertement son scepticisme.

— Selon le dossier, Anthony a eu une crise et s'est blessé en se cognant contre les meubles de sa chambre. Le personnel a sans doute essayé de le calmer.

— S'il vous plaît, docteur… Je sais reconnaître la marque d'un coup de poing en pleine face. Je dirais même qu'ils étaient deux : un pour le retenir, un pour le frapper.

— Eh bien… Quelquefois, il arrive que le personnel s'impatiente. (Il se dépêcha d'ajouter :) Je n'excuse pas le geste ! Non, non… Je veux simplement vous rappeler qu'avec les compressions budgétaires, il y a beaucoup moins de personnel, que la charge de patients devient très lourde à gérer.

— Quelles excuses allez-vous devoir inventer pour l'incompétence quand il n'y aura plus de restrictions budgétaires ? ne put s'empêcher de persifler Michel.

Leduc s'assit derrière son bureau, agacé.

— La situation dans le réseau de la santé est difficile pour tout le monde. Cette histoire de trafiquant de drogue est bien assez compliquée comme ça sans l'embrouiller avec le fait qu'un patient a été rudoyé.

Michel s'assit à son tour. Dans son for intérieur, il reconnut que Leduc avait un peu raison. Il s'en voulut d'avoir haussé le ton ; ce n'était pas son genre, d'habitude. Et Leduc était la *dernière* personne avec laquelle il devait se mettre en froid.

— Saviez-vous que les employés de nuit de la fin de semaine, comme moyen de pression, se sont tous déclarés malades ? reprit Leduc sur un ton un peu moralisateur. Que ce sont des employés qui avaient déjà fait leurs heures normales qui ont dû les remplacer à la dernière minute ?

— Non. Je ne savais pas. Pourquoi ne me l'avez-vous pas dit plus tôt ?

— Parce que moi-même je l'ai appris ce matin. Alors, je m'excuse de ne pas paraître plus collaborateur, mais à travers tout ça, je dois m'occuper *aussi* de mes vrais patients, vous comprenez ?

— Je comprends.

— Je dois vous dire que j'ai la tête ailleurs. Il s'est passé quelque chose de curieux pendant la séance de ce matin. De *très* curieux. Je ne sais pas si vous vous en êtes rendu compte, mais…

— L'intervention de Kevin ?

— Oui ! Comment avez-vous deviné ?

— J'ai bien vu que ça vous surprenait. Jean-Robert m'a dit que Kevin ne parlait jamais.

—Il *peut* parler, quoiqu'il accepte rarement de le faire. Cependant, ce qui m'a le plus… euh… surpris, c'est le nom sous lequel il m'a interpellé.

—Il vous a qualifié d'ambassadeur. Non, attendez, c'est Sylviane qui a d'abord utilisé le mot. Kevin l'a simplement répété, non?

Leduc se leva et se mit à marcher d'un mur à l'autre du bureau.

—Il m'a appelé, très précisément, «Ambassadeur du Royaume d'Argent».

—C'est ça. Vous avez raison.

—C'est la première fois que Kevin m'interpelle directement depuis que je suis son médecin. Au lieu de m'appeler «Docteur Leduc», il m'a appelé «Ambassadeur du Royaume d'Argent».

—Et puis?

Le psychiatre retourna s'asseoir derrière son bureau. Il ôta ses lunettes, scruta le degré de propreté des lentilles, il sortit de sa poche un tissu avec lequel il nettoya vigoureusement chaque verre. Il remit ensuite ses lunettes, qu'il ajusta sur son nez avec force grimaces. Michel observa le tout sans broncher. S'il n'avait pas été prévenu, il aurait cru qu'il avait affaire à un des patients de l'étage, un patient pour qui il aurait été approprié d'ajuster la médication… Leduc termina ses gesticulations en croisant les bras et en toisant son interlocuteur.

—Connaissez-vous le jeu *Donjons et Dragons*?

—Quoi?

—C'est un jeu de rôles. Chacun des participants joue le rôle d'un personnage qu'il a créé. Ce personnage est plongé dans toutes sortes d'aventures fantastiques. On se bat contre des monstres, on rencontre des magiciens, des nains, des fantômes. Il faut souvent lancer les dés pour décider qui remporte tel ou tel affrontement… C'est un peu difficile à expliquer aux personnes qui n'ont jamais joué.

—Je connais les principes, s'impatienta Michel. Mais je n'y ai jamais joué.

—Moi si. J'y ai beaucoup joué pendant mes études de médecine. Nous étions cinq ou six à nous réunir régulièrement, presque toutes les semaines. Vous savez, une fois qu'on a inventé un personnage qui nous plaît et qu'on évite de se faire tuer, il est possible de le conserver pendant des mois, sinon des années. Parmi tous mes personnages, celui que j'ai incarné le plus longtemps a été un *cleric* – une sorte de druide ou de magicien. Je m'appelais… enfin, *il* s'appelait Kesturian… Je sais, ça n'a aucun intérêt pour vous, sauf ceci : mon nom complet, mon *titre,* devrais-je dire, que j'utilisais rarement parce que c'était trop long à dire, était « Kesturian, Ambassadeur du Royaume d'Argent ».

Michel resta un moment silencieux, puis, constatant que l'autre attendait un commentaire de sa part, il lança :

—C'est bizarre.

Leduc émit un petit rire aigu.

—Le mot est faible. Je ne vois vraiment pas *qui* a pu apprendre à Kevin qu'un de mes personnages de *Donjons et Dragons* s'appelait comme ça.

—Je ne sais pas trop quoi vous dire.

—Bien sûr… Ça n'a rien à voir avec votre travail ici, rien du tout. Je voulais simplement vous expliquer la raison pour laquelle j'étais resté un peu… un peu bête. Kevin a toujours été un patient très particulier, mais là, ça me dépasse.

—Est-ce vrai qu'il est capable de lire un livre à l'envers ?

—Surprenant, n'est-ce pas ? Et il comprend ce qu'il lit, ça, c'est clair. Vous savez, l'autisme se manifeste de bien des façons. Kevin n'a pas été soigné avant l'adolescence. Il a été placé dans un centre d'accueil où on l'a complètement négligé. On l'avait parqué dans un sous-sol où régnaient des conditions dignes du Moyen Âge. Il ne recevait aucune stimulation. En fait, c'est moi qui l'ai fait sortir de là. Il est ici depuis ce temps-là. Il n'a rien à faire à Saint-Pacôme, mais on ne sait pas trop où le placer.

—Puisqu'on est sur le sujet, saviez-vous que j'avais découvert le sens du message qu'il m'avait laissé ?

Leduc se frappa le front.

—Le message en latin ! Ça me trottait dans la tête depuis la rencontre de ce matin ! Je me rappelais que Kevin avait fait quelque chose d'inhabituel récemment, mais j'étais incapable de me souvenir. Alors, oui, vous avez trouvé ce que ça signifiait ?

—C'étaient bien des noms scientifiques d'animaux. Des papillons, pour être plus précis. Trois espèces de papillons.

Leduc se renfrogna.

—Des papillons ?

—Ç'a été ma réaction à moi aussi.

—Pourquoi Kevin aurait-il laissé sur votre oreiller un message avec des noms de papillons ?

—C'est à lui qu'il faudrait demander ça, pas à moi.

Leduc toisa Michel quelques secondes.

—Vous avez le message sur vous ?

—Oui.

Le psychiatre décrocha le combiné de son téléphone et demanda à un membre du personnel d'amener Kevin dans son bureau. Il raccrocha, une expression songeuse au fond du regard.

— Avec un autiste, on apprend à ne pas avoir de préjugés.

Ce fut Marie-Michèle qui amena Kevin et le fit asseoir dans un des fauteuils. Il était clair que l'infirmière en chef était intriguée par ce changement à la routine, mais Leduc la remercia. Avec ce qu'il fallait de lenteur pour montrer qu'elle partait de mauvaise grâce, Marie-Michèle sortit du bureau et ferma la porte. Kevin resta assis, impassible, une longue mèche de cheveux lui masquant un œil. Avec son visage hagard et sa robe de chambre élimée, il ressemblait à ces rescapés d'incendies nocturnes, à peine éveillés, choqués de se retrouver à la rue avec pour seule possession les vêtements qu'ils ont sur le dos.

— Bonjour, Kevin, dit aimablement Leduc. Tu reconnais ton camarade Michel Ferron, n'est-ce pas ?

Pas de réponse. Leduc fit signe à Michel de lui montrer la feuille de calepin.

— Tu reconnais ce papier, Kevin ?

Pas de réponse.

— C'est le message que tu as laissé sur l'oreiller de M. Ferron la semaine passée. C'est bien ça ?

Pas de réponse. Pas même un frémissement dans son regard noir.

— Pourquoi as-tu laissé ce message à M. Ferron, Kevin ? Pourquoi as-tu inscrit des noms de papillons ? Allez, Kevin, force-toi un peu. Je sais que tu me comprends.

— C'est un message secret, murmura Kevin d'une voix râpeuse, presque inaudible.

— Un message secret ? Mais c'est très intéressant, Kevin. Est-ce que tu peux nous en expliquer le sens ?

Il hocha négativement la tête.

— Tu ne veux pas nous expliquer ?

— Non. Vous devez le décoder.

— C'est une sorte de test ? Mais il faut nous donner quelques indices, Kevin. C'est ça le jeu.

Ses lèvres pincées en une moue d'enfant contrarié, Kevin se détourna de Leduc et fixa son regard d'obsidienne sur Michel.

— C'est pas un jeu. C'est sérieux.

— Mais on ne comprend pas ce que tu veux nous dire, dit Michel. Il faut être plus clair.

— Cherchez dans l'aile du papillon.

— Qu'est-ce que je dois chercher, Kevin ?

Le jeune homme se détourna, ignorant les appels répétés de Leduc. Les épaules de Michel s'affaissèrent.

— On perd notre temps. Ça n'a rien à voir avec ce qu'on cherche de toute façon.

Leduc hocha la tête, lui aussi un peu dépité, puis il consulta sa montre-bracelet.

— Oui, eh bien, parlant de temps, c'est l'heure de mon prochain rendez-vous. Je vous revois demain, à la même heure ?

— Oui, en espérant que j'aurai du nouveau. Serge Claveau travaille ce soir et j'ai l'intention de lui demander des choses, disons, illégales. J'ai le secret espoir que la nuit va être intéressante.

Le psychiatre se leva et serra la main à Michel, un sourire incertain sur les lèvres.

— Bonne chance. Et soyez prudent.

Kevin s'était levé et se dirigeait déjà vers la porte du bureau, sans attendre d'escorte. Michel n'eut qu'à le suivre.

Michel consacra le reste de l'après-midi à faire des tests de psychomotricité sous la surveillance de l'ergothérapeute, Sandy, une fille joviale à l'accent anglais à couper au couteau. Michel avait de la difficulté à se concentrer sur ces tests inutiles, réfléchissant à ces étranges histoires d'ambassadeurs, de jeux de rôles et de papillons, réflexions qui le distrayaient de la seule chose qui avait de l'importance ici : la découverte des membres du personnel impliqués dans le trafic de drogue.

Michel fut libéré un peu avant seize heures. Il observa sans y paraître le départ massif du personnel de jour, ainsi que l'arrivée de l'équipe réduite du soir : Martine, l'infirmière en chef ; Nabil, l'éducateur, Gilles et Nicole, les deux infirmiers ; et les derniers mais non les moindres, les deux préposés, Annette et Serge. Michel essaya de voir si les mains de ce dernier avaient des ecchymoses ou des éraflures, signes qu'il aurait pu frapper quelqu'un au visage. Mais le préposé tenait un dossier d'une main et gardait l'autre hors de vue. Gilles vint lui parler, et les deux hommes allèrent discuter derrière le comptoir.

— Est-ce qu'on peut t'aider ? demanda Martine sur un ton qui signifiait surtout « Fais de l'air ».

Michel se rendit au salon. Il y retrouva la même odeur de tabac froid, les mêmes émissions de télévision, les mêmes patients au visage figé de stupeur, les mêmes murs jaunes et le même ciel de pluie au-delà du grillage surtissé de toiles d'araignées. Sauf qu'en plus il faisait maintenant trop chaud et humide. La seule autre nouveauté consistait en trois banderoles bleues à motif de fleur de lys et une affiche dessinée au feutre bleu sur un grand carton blanc. On y annonçait un « grand party » la veille de la Saint-Jean, affiche placée juste au-dessus du panneau rappelant qu'on était lundi le 21 juin et que dehors c'était l'été.

Michel ne put s'empêcher de sourire. Un *party* chez les fous. Ça lui ferait une histoire à raconter à ses petits-enfants… Il alla s'asseoir à une table inoccupée, faisant mine d'écouter le téléroman en reprise. Il commença à réfléchir au genre de piège qu'il pourrait tendre à Serge. Il fallait prendre l'employé la main dans le sac, devant témoins – des témoins fiables, comme d'autres membres du personnel ou de la direction.

Si Serge était le coupable. Si, si, si…

Un cri lointain se répercuta le long des couloirs : *De la bière ! De la bière !* Un rire hystérique suivit…

Michel sortit du salon et marcha lentement devant le poste, comme si la contemplation du travail du personnel de soir était le seul moyen de vaincre son ennui. Il ne vit pas Serge Claveau. Il poursuivit sa marche du pas lent d'une personne désœuvrée. Il longea l'aile principale jusqu'à la porte verrouillée qui menait à l'ascenseur. La porte d'un placard était restée entrouverte. Michel écarta le battant, découvrant une petite pièce – ou un grand placard – où on entreposait du matériel de nettoyage, de la papeterie et des dizaines de boîtes de carton contenant divers accessoires médicaux. Michel jeta un regard vers le poste. Personne ne regardait dans sa direction. Il entra dans le placard sans refermer la porte et, en prenant soin de déplacer les objets le moins possible, fouilla rapidement les lieux. Il ne trouva rien de particulier.

En sortant du placard, il faillit heurter Nicole. La jeune infirmière cria de surprise, la main sur la poitrine.

— Mon Dieu ! Tu m'as fait sursauter ! Veux-tu bien me dire ce que tu fais dans la réserve ?

— Je cherchais… (Michel réfléchit furieusement.) Je cherchais des kleenex…

— C'est pas ici qu'on les garde, expliqua Nicole, à la fois soulagée et agacée. De toute façon, t'as pas d'affaire à fouiller ici. T'as juste à nous le demander et on t'en apportera.

— Je m'excuse. Je voulais pas vous déranger.

— C'est correct. Retourne au salon, maintenant. Je t'apporterai une nouvelle boîte de kleenex quand j'aurai le temps.

— OK. Merci.

Le dos légèrement voûté, Michel rebroussa chemin, mais, au lieu de continuer vers le salon, il préféra tourner dans le couloir menant à sa chambre. Sur son chemin, il jeta un regard dans la chambre d'Anthony. Le colosse dormait toujours. Presque en face se trouvait la chambre de Kevin. Le jeune homme se berçait dans son fauteuil, les jambes repliées sous ses cuisses. Il tenait entre ses mains curieusement recroquevillées un album de *Babar*, livre qu'il lisait à l'endroit cette fois-ci. Michel se demanda s'il s'agissait simplement d'un hasard ou si la présence de dessins l'aidait à placer le livre dans le bon sens. Le jeune patient, bien entendu, ne lui porta pas la moindre attention. Il lisait, transfiguré par sa lecture, sa tête dodelinant du mouvement répétitif caractéristique des autistes. Ainsi donc, il lisait aussi des livres pour enfants, pas juste des livres techniques et des encyclopédies historiques.

Une pensée à la fois triste et un peu choquante s'immisça dans l'esprit de Michel. Kevin lui rappelait un peu son fils Mathieu. Les mêmes cheveux rebelles, le corps trop vite monté en graine, le même

visage un peu androgyne. Michel imagina Mathieu
à la place de Kevin, il imagina la détresse de Nathalie
si leur fils n'avait pas été normal… Voilà qui re-
mettait en perspective les petites déceptions de la
vie courante, n'est-ce pas ? Mathieu était un bon
garçon, en santé, un peu paresseux à l'école, mais
les enfants sont tellement sollicités de nos jours. Et
Nathalie… Nathalie était une femme terre à terre,
pas compliquée pour deux sous. *Je suis chanceux*,
songea Michel avec un accès subit de sentimentalité
et de nostalgie pour la maison qu'il venait pourtant
à peine de quitter. Ses yeux picotèrent lorsqu'il se
rappela le sourire mutin de Nathalie annonçant une
surprise pour sa fête. *Oui, je suis chanceux…* Plus
chanceux que ses compagnons et ses compagnes
prisonniers du cinquième étage, pour sûr, et même
plus chanceux que ce vendeur de drogue avec son
trafic minable.

Dans sa chambre, Michel aperçut un livre posé
sur son oreiller. Un album grand format, avec une
jaquette blanche illustrée de nombreuses photos
multicolores. Michel souleva le livre, intitulé *Le
Grand Album des papillons*.

*Kevin…* Michel feuilleta le livre. Qu'aurait-il pu
faire d'autre ? C'était un ouvrage de vulgarisation
scientifique de bonne qualité, avec des centaines
d'excellentes photos et illustrations. Un signet avait
été glissé entre les pages. Le livre s'ouvrit presque
tout seul à l'endroit marqué. Pendant quelques secondes, Michel ne parvint pas à comprendre ce qu'il
avait sous les yeux. Un tableau constitué de petits
dessins carrés s'étalait sur le papier glacé. Les dessins, brillamment colorés, illustraient les chiffres de
0 à 9 et les lettres de A à Z. Michel lut la légende
qui accompagnait le tableau, le cœur lui battant un

peu plus fort à chaque phrase. Il ne s'agissait pas de dessins, mais de photos macroscopiques. Une scientifique particulièrement observatrice, minutieuse et patiente, avait réussi à repérer au sein d'ailes de papillons de toutes espèces des agencements de couleurs reproduisant les chiffres et les lettres de l'alphabet. Elle avait ensuite classé ces photographies dans l'ordre alphanumérique, une façon amusante et originale d'illustrer la richesse et l'invention de la nature.

Sous le tableau, une seconde légende en petits caractères identifiait par leur nom scientifique chaque papillon sur lequel on avait repéré un chiffre ou une lettre. Michel posa le livre sur sa table de chevet et sortit d'une main moite la feuille de carnet. C'est sans véritable surprise qu'il retrouva parmi cette liste les trois noms inscrits à l'encre bleue sur la petite feuille lignée.

On avait photographié le chiffre 5 sur une l'aile d'un *Morpho cypris*, le chiffre 6 sur celle d'un *Iphiclides podalirius*, tandis que le chiffre 8 avait été repéré dans les motifs d'un *Zerynthia polyxena*.

*Cherche dans l'aile du papillon.*

Cinq, six et huit. Un nombre de trois chiffres commençant par cinq. Comment cela aurait-il pu désigner autre chose qu'une chambre du cinquième étage ? Michel pénétra en coup de vent dans la chambre de Kevin, le message dans une main et le livre de référence dans l'autre.

—Chambre 568 ! dit-il avec une emphase triomphale un peu absurde. C'est ça que tu voulais dire, hein ?

Pas de réponse.

—Qu'est-ce qui se passe dans la chambre 568, Kevin ?

Le jeune autiste continuait de se bercer, les jambes sous les cuisses, absorbé par sa lecture. Michel jeta l'album sur le lit et sortit de la chambre. L'envie de courir était si forte que la juguler en était presque douloureux.

— Hé, hé, Michel!

— S'il te plaît, Jean-Robert… Pas maintenant…

— Qu'est-ce qui se passe? Où vas-tu?

Michel ignora le jeune homme et continua vers le poste central. Il pénétra dans l'aile Est, mais celle-ci ne menait qu'aux chambres 551 à 560. Il rebroussa chemin – en heurtant presque Jean-Robert qui marchait sur ses talons –, dépassa la salle à manger, puis les chambres 565, 566, 567… Il s'arrêta, bloqué par la porte menant à l'ascenseur. Une intense sensation de déception et de ridicule submergea Michel. C'était quoi cette histoire? Un exemple d'humour autistique?

— Tu peux pas sortir comme ça, expliqua Jean-Robert qui se méprenait sur les causes de sa déconvenue. C'est barré. La porte de sortie est barrée. On sort pas comme ça, qu'est-ce que tu penses?

Michel n'écoutait pas, perdu dans la contemplation de la solide porte de métal. Un souvenir du plan de l'étage, consulté quelques semaines plus tôt en compagnie de Saint-Pierre et de Leduc, lui revint en mémoire. Il avait lu le plan en vitesse et ne se rappelait donc pas tous les détails, mais il comprenait maintenant que la chambre 568 existait bel et bien. C'était une des chambres de la partie désaffectée. La section qu'il avait visitée en rêve en compagnie de Sylviane… Le rêve dans lequel il avait entr'aperçu de *l'écriture* dans l'aile d'un papillon.

*Cherche dans l'aile du papillon…*

Un puissant sentiment d'étrangeté enveloppa soudain Michel, lourd et désagréable comme un drap mouillé.

—Qu'est-ce qui se passe, les gars ?

C'était Gilles qui les interpellait ainsi. Le grand infirmier les regardait, les bras croisés, sa moustache roussâtre soulevée par un sourire à la fois débonnaire et un peu caustique.

—Vous essayez pas de sortir, j'espère ? C'est fermé à clé.

—Ben non ! dit Jean-Robert. On le sait que c'est barré.

Gilles s'approcha nonchalamment.

—T'as bien l'air énervé, Michel. Est-ce qu'il y a un problème ?

—Mais non. Je regardais la porte, c'est tout.

—Mff… Regarde-la si tu veux. Pourvu que tu te laisses pas entraîner dans les combines de Jean-Robert.

—Hein ? Quoi ? Quelle combine ? J'ai rien fait ! J'ai rien dit !

Gilles s'éloigna en hochant la tête d'un air incrédule.

—C'est ça, Jean-Robert… C'est ça…

—T'as vu ça ? s'exclama Jean-Robert en prenant Michel à témoin. Hein ? Hein ? T'as vu ça ? Je suis avec toi, je dis pas un mot, pis c'te grand tarla de Gilles te dit de pas écouter mes combines ? *Mes* combines ! Boing ! J'ai rien fait, je te suivais. Je sais même pas pourquoi, mais je te suivais.

Constatant que Michel ne l'écoutait pas, Jean-Robert se tut. Il réussit même à rester silencieux une bonne minute. Finalement, incapable de se retenir plus longtemps, il s'adressa de nouveau à son compagnon, sur un ton presque inquiet cette fois-ci :

—Je veux dire, on va pas regarder la porte toute la soirée, hein Michel? Ça va être l'heure du souper, tu sais. Qu'est-ce qu'on fait maintenant?

—Je sais pas, Jean-Robert, finit par mumurer doucement Michel. Je sais pas... Il faut que je réfléchisse...

# CHAPITRE 20

Sous la lumière blanche des phares halogènes, la chaussée de la 40 se matérialise pour disparaître aussitôt sous la Mustang. Dans le ciel dégagé, un quartier de lune effleure l'horizon. Nicole écoute la radio, en sourdine.

—Ça va? murmure-t-elle. Tu t'endors pas?

—Pas une miette.

—Je peux conduire un peu si tu veux.

Il se moque d'elle gentiment:

—Tu t'es pas regardée? Je suis moins endormi que toi…

Nicole sourit.

—Je pense que t'as raison…

Il lui sourit à son tour. Il la trouve belle comme ça, la tête appuyée en une pose langoureuse, la lueur de ses yeux dans la faible lumière venant du tableau de bord. Quand Nicole le regarde comme ça, il est prêt à tout lui pardonner. Et elle le sait, la petite torieuse, elle le sait très bien…

Ils continuent de rouler en silence. Il y a beaucoup de trafic à cette heure tardive. C'est normal. C'est l'été. Les *morons* sont en vacances. Des enfilades de voitures et de camions bouchent parfois les deux voies de l'autoroute. D'habitude, ça le purge royalement. Pas ce soir. Il réfléchit.

—Tu le trouves pas un peu bizarre, toi, Ferron ? Nicole émerge de sa somnolence.

—Hein ? Quoi ?

—Michel Ferron, tu sais de qui je parle ?

—Ferron, oui, qu'est-ce qui se passe avec lui ?

—Tu trouves ça normal qu'il soit hospitalisé ?

—J'ai d'autres choses à faire que de me mêler des décisions de l'équipe.

—Tu trouves qu'il a l'air dépressif ?

—Ben, euh… (Elle le regarde, les sourcils froncés, ne comprenant pas trop où il veut en venir.) Pas toi ?

—Tu sais ce que m'a dit Sylviane ? Que c'était pas un vrai patient.

—Franchement ! On va se mettre à écouter Sylviane, maintenant.

Il ne répond pas tout de suite, car il essaie de dépasser une section de l'autoroute engorgée par les pépères.

—Pourquoi tu me demandes ça ? dit Nicole. Tu penses que c'est un… un policier ?

Elle a hésité avant de prononcer ce mot, comme si elle avait craint de le mettre en colère.

Ç'aurait pu. Pas cette fois. Il se contente de dire sur le ton le plus neutre imaginable :

—Non… C'est pas un flic… Non, non, non… Je le saurais… Je le *sentirais*…

—Maudit… (Un long silence.) Je savais que ça nous causerait des ennuis, ce trafic-là.

—« Nous » ? Depuis quand t'as quelque chose à voir là-dedans, toi ?

—Si tu te fais arrêter, personne ne va me croire si je dis que je savais rien.

— Justement. Tu *sais* rien.

— J'ai dit que personne allait me *croire*. De toute façon, c'est même pas vrai. Je sais que c'est pas des cartes de hockey que tu échanges dans les garages privés de Montréal-Nord. Je sais que tu en vends aux patients, pis à d'autres employés.

— Bon, ben ça suffit. Je t'ai déjà dit de pas te mêler de ça.

Nicole pose la main sur son avant-bras. Sa poitrine se soulève comme si elle se retenait de pleurer. C'est pas vrai ! Elle ne va pas encore se mettre à brailler !

— Tu comprends pas que tu vas te faire pogner un jour ? Que ça peut juste mal finir ?

— Nicole, je suis fatigué, je veux pas parler de ça.

— Pourquoi est-ce que tu arrêtes pas ?

— Pourquoi est-ce que j'arrête pas, hein ? explose-t-il. Maudite innocente ! C'est ben toi, ça, Nicole. Pourquoi, pourquoi, pourquoi ? Comment est-ce que tu penses que je paye ça, un appartement au centre-ville, hein ? Tu penses que c'est grâce à mon salaire de cul qu'on a pu se permettre des vacances en Guadeloupe ? J'ai quinze mille piasses sur ma carte de crédit. Réveille, chose ! C'est pas en torchant des fous que je vais rembourser ça !

Elle pleure doucement.

— Je sais pas… Je sais plus quoi penser. Je me pose des grosses questions sur nous deux…

— C'est ça ! Pose-toi des questions ! Gêne-toi surtout pas pour moi ! Retourne donc vivre avec ta sœur dans votre appartement de cul. Tu salueras de ma part les robineux à la station Berri, en attendant l'autobus de Trois-Rivières. C'est ça que tu veux, hein, c'est ça que tu veux ?

Elle ne répond pas. Elle ne fait que brailler. *What else is new?*

Lui aussi se tait. Il regrette de lui avoir parlé de Ferron. À quoi ça mène de l'énerver comme ça, hein? Elle est bien assez nerveuse, pas besoin d'en remettre. Et puis, c'est pas tellement de Ferron qu'il veut lui parler. Il veut lui parler de ses rêves récurrents, ceux où il est un nazi. Parler de ses rêves, c'est pas tellement son genre, et au début il n'y a pas trop porté attention, mais l'insistance avec laquelle cette thématique s'impose dans son sommeil commence à l'inquiéter.

Il s'est déjà fait traiter de nazi par un patient, mais il est convaincu que ça ne suffit pas comme explication. Il y a eu la rencontre avec le gros Dan, qui a fait resurgir les souvenirs. Il songe tout à coup qu'il aurait mieux valu ne pas trop parler à Nicole des révélations de Sylviane, étant donné ce qui s'est passé entre lui et sa patiente avant qu'elle lui parle… Il a presque oublié ce détail. Une baise insignifiante, de toute façon. Et ce n'est pas comme s'il croyait *vraiment* ce que lui a dit Sylviane, quand même. Comment l'aurait-elle su de toute façon? Si Ferron était un flic, ou un indic quelconque, il n'en aurait sûrement rien dit à sa compagne de chambre.

Il soupire. Il est fatigué. Ses yeux piquent. Toutes ces questions tournent dans son esprit. Il songe aux nombreuses occasions où il s'est fait traiter d'imbécile et il commence à soupçonner que ce n'est pas faux. La vérité est qu'il n'est *pas* très brillant, n'est-ce pas?

Bon, un autre bouchon. On approche de Repentigny, la circulation ralentit. Il rétrograde avec raideur, change pour la voie de droite et appuie sur l'accélérateur. Le gémissement du caoutchouc sur l'asphalte chaud est une mélodie à ses oreilles. L'accélération de la puissante voiture le plaque contre le dossier du fauteuil, un des rares moments de satisfaction de sa journée.

Il va entrer à l'appartement, boire une bière, dormir un peu. Ensuite il va s'asseoir et réfléchir à la suite des événements. Il y a quelque chose qui n'est pas clair au sujet de Ferron – c'est pas un beû, il pourrait jurer que c'est pas un beû – et il doit trouver un moyen de savoir ce que c'est.

# CHAPITRE 21

Caligo passait de plus en plus de temps dans le Cocon. Il avait remarqué qu'il pouvait y demeurer très longtemps sans qu'aucun de ses compagnons s'aperçoive de son absence. Il se concentrait maintenant sur les préparatifs de ses ennemis. En effet, un des écrans lui transmettait l'image du *Sturmbannfürher* Schwartz – une image souvent embrouillée, comme sur les écrans de Max et de l'Ambassadeur du Royaume d'Argent, mais qui s'avérait ce jour-là d'une qualité parfaite. Caligo ne comprenait pas toujours le sens exact des préparatifs du chef de ses ennemis, mais il était clair, à le voir discuter avec les représentantes des barbies, à le voir défiler devant ses soldats, inspecter l'usine de fabrication des *Kampfroboter* et vérifier les entrepôts de stocks de seringues qu'une grande opération se préparait.

Caligo monta l'escalier qui menait à la sortie du Cocon. Dehors, un vent léger soufflait la poussière sur la piste d'atterrissage. Ses compagnons vaquaient à leurs activités avec un certain désœuvrement. Cochon et Q2D4 fouillaient dans les entrailles rouillées d'un véhicule chenillé dérobé à l'ennemi. Demiflute sortit du quartier général, s'aperçut que

Caligo la regardait. Elle le salua timidement puis s'éloigna en regardant brièvement derrière elle pour voir si son chef la regardait toujours.

Il était plus que temps que Caligo organise une attaque contre les nazis pour balayer cette ambiance morose et raviver le moral de ses troupes, mais un étrange sentiment de futilité s'empara de lui à cette perspective, comme s'il comprenait que toutes les attaques que lui et ses compagnons avaient menées contre l'Alliance nouvelle et éternelle n'avaient été qu'une sorte de jeu préparatoire. La *véritable* guerre se préparait, cela, Caligo le sentait. De plus, ce qu'il y avait de terrible dans cette sensation, c'était le pressentiment qu'il était le seul à saisir l'ampleur du combat qui s'annonçait. Aucun de ses compagnons n'avait l'air de se douter de ce qui s'en venait – sauf peut-être Max et, d'une manière curieuse, Demiflute. Même l'Ambassadeur du Royaume d'Argent était devenu étrangement distant.

Un bruissement feutré se fit soudain entendre au-dessus de Caligo. Des papillons déferlaient par millions au-dessus de la frondaison, si nombreux qu'ils en obscurcissaient le ciel. Ils provenaient de l'est, de la ville occupée par les troupes de l'Alliance. D'autres nuées s'accumulaient à l'horizon, boursouflures grises contre un ciel lumineux comme un dôme d'or.

Caligo attendit l'orage, espérant que ses compagnons et lui seraient capables de le traverser sans trop de dégâts.

# CHAPITRE 22

Pendant la nuit du lundi au mardi, Michel rêva encore beaucoup. Encore des histoires de nazis et d'autres péripéties absurdes dont il oublia les détails aussitôt éveillé. Il lui resta un arrière-goût déplaisant et une mauvaise humeur matinale qui ne lui était pas coutumière. Sa nouvelle chambre donnait à l'est. Il faisait donc déjà chaud dans la pièce non climatisée. Il faillit se mettre en colère contre l'infirmière venue lui rappeler qu'il devait se dépêcher, que c'était le jour de la douche.

La douche remit Michel un peu d'aplomb. Il savait très bien que sa mauvaise humeur du matin était surtout due au fait que la soirée de la veille avait été fertile en déceptions. Il avait cru résoudre l'énigme du message de Kevin, mais cette piste n'avait mené nulle part – ni au sens propre ni au sens figuré! Il avait ensuite tenté d'observer les allées et venues de Serge Claveau, mais Gilles s'était aussitôt impatienté de voir son patient arpenter les couloirs et lui avait ordonné de rester dans la salle commune. Michel n'avait pas eu d'autre possibilité que de passer le reste de la soirée à écouter le bavardage de Jean-Robert. Sylviane était d'ailleurs venue s'asseoir quelques minutes en sa compagnie, mais elle n'avait pas dit un mot.

Michel déjeuna et assista à la séance de psycho-thérapie de groupe du matin, supervisée par Leduc qui, heureusement, réussissait maintenant à traiter Michel d'une manière plus naturelle, au point de passer d'un extrême à l'autre et de l'interroger au sujet de son mutisme matinal.

— Pardon? dit Michel, désarçonné.

— Je trouve que tu ne parles pas beaucoup, répéta le docteur Leduc sur un ton doucereux.

— Eh bien… J'ai passé une mauvaise nuit.

— Le but de ces rencontres est de partager nos expériences, de les verbaliser. Si tu ne dis rien, tu gaspilles l'occasion qui se présente à toi.

Michel resta une seconde muet, ébahi. Qu'est-ce qui prenait à Leduc de diriger son attention sur lui? Se foutait-il de sa gueule? Michel réussit à juguler le flot de surprise exaspérée; le psychiatre voulait sans doute lui rappeler qu'il fallait jouer le jeu. Michel grogna intérieurement, étonné par l'impa-tience dont il faisait preuve ces derniers jours. Que lui arrivait-il? L'ambiance qui régnait dans l'hôpital avait-elle réussi à fissurer sa carapace d'indiffé-rence?

En attendant, il était le point de mire du groupe. Tous attendaient qu'il réponde, certains avec intérêt, comme Lafrance ou Jean-Robert, d'autres avec un mélange de désintérêt et de soulagement, contents que le projecteur ait été braqué sur une autre per-sonne. Michel fit un geste vague, signifiant un em-barras qui n'était pas difficile à imiter.

— Je dors mal.

— Ça valait bien la peine de me voler ma chambre privée.

—Sylviane, s'il te plaît…

Michel ne répondit pas, espérant que l'intervention de son ex-compagne de chambre ferait dévier la conversation sur un autre sujet. Peine perdue, le psychiatre revint à la charge.

—Michel, il faut participer aux discussions. Ça fait partie du processus.

—Je sais.

—Jusqu'à présent, j'ai toléré ton désir de ne pas t'intégrer à fond au groupe, mais maintenant il va falloir faire un petit effort pour montrer ta bonne volonté. Tu comprends ce que je veux dire ?

Michel retint un sourire sardonique.

—Je comprends.

—Alors maintenant, nous t'écoutons. Tu disais que tu avais de la difficulté à trouver le sommeil…

—Oui… Oui, je rêve beaucoup, admit Michel. Je me réveille fatigué. De mauvaise humeur.

—Moi aussi, je rêve tout le temps, ajouta Jean-Robert avec enthousiasme. C'est comme un film des fois, hein, vous comprenez ce que je veux dire ? On retourne toujours dans le même rêve. Comme différents épisodes d'une série de télévision. Heille, ça vous est-tu arrivé des fois de rêver à un film avant qu'il sorte au cinéma ? Ça m'arrive souvent. J'en entends tellement parler que tous les commentaires, toutes les publicités se mélangent dans mon cerveau, pis je rêve au film…

—Jean-Robert…

—C'est comme si à la fois je *regardais* le film et que j'étais *dans* le film…

—Ça se peut pas, commenta Joanne avec son rire caquetant.

—Jean-Robert, intervint Lafrance avec plus de sévérité. Il faut arrêter d'interrompre Michel si on veut apprendre ce qu'il a à nous dire.

*Ça va, pas la peine d'en remettre!* soupira intérieurement Michel, qui finit par reprendre :

— Je me lève fatigué, je me traîne toute la journée et je me couche fatigué, avec l'impression que je n'ai pourtant rien fait de la journée. J'ai beau être crevé, j'arrive pas à dormir.

— As-tu été évalué par un spécialiste du sommeil? demanda Lafrance.

— Non.

Lafrance chercha une confirmation de ce détail auprès de Leduc, qui hocha brièvement la tête. Le psychoéducateur s'adressa de nouveau à Michel.

— La dépression est souvent reliée à des problèmes de sommeil. Tu dors probablement plus que tu penses, mais il s'agit d'un mauvais sommeil. Tu as dit que tu rêvais beaucoup? Des cauchemars, surtout?

— Oui.

Lafrance fronça les sourcils.

— Le dossier ne mentionne pas ce problème. Tu n'en as pas parlé avec le docteur Leduc?

— Non, répondit Michel qui commençait à avoir chaud.

— Et maintenant, tu te sens assez à l'aise pour en parler?

— Euh…

— Quel genre de rêves fais-tu?

— C'est… C'est pas aisé à décrire. Je rêve souvent à la Seconde Guerre mondiale. Il y a des soldats allemands, des nazis. Moi, je fais partie d'une sorte de Résistance. Les nazis ont des alliées… Des femmes habillées en – je sais que c'est ridicule, mais elles sont habillées comme des infirmières…

Michel s'aperçut que tous les patients l'écoutaient religieusement, même Sylviane, assise sur le bout de sa chaise, le dos raide. Même Kevin, oui, Kevin le fixait de son regard noir et insondable comme un éclat de verre volcanique, un pâle fantôme de sourire sur ses lèvres gercées. Soudain mal à l'aise, Michel reprit, en bégayant un peu, plongé dans la certitude irrationnelle qu'il valait mieux se taire maintenant, que chaque mot qui sortirait de sa bouche aurait dû rester inexprimé :

—Je… J'habite avec les résistants, mes compagnons, dans une sorte de camp en forêt. Il y a une piste d'atterrissage en terre battue. Nous luttons contre les nazis… Nous sommes les… Nous sommes les…

Le dossier d'une chaise renversée claqua comme un pétard dans la salle multi. Jean-Robert était debout. Il gesticula avec les mouvements brusques et incohérents d'un électrocuté. Il fixa Michel, les yeux exorbités, son visage congestionné fendu d'un sourire de ravissement démentiel. Il cria d'une voix rauque :

—*Les Amis de la forêt !* C'est capoté, bonhomme ! Toi aussi ! Toi aussi, t'es un Ami de la forêt ! *On est tous des Amis de la forêt !*

Sylviane se leva à son tour.

—C'est pas vrai ! Tais-toi, maudit tannant !

—Oui ! Oui, c'est vrai !

—*Non !* hurla Sylviane, les deux mains sur les oreilles, le visage rouge comme une tomate. *Tais-toi ! Ça se peut pas !*

—Du calme, lança le docteur Leduc. Jean-Robert ! Jean-Robert, assis-toi s'il te plaît !

Mais le jeune homme continuait de sautiller, complètement hystérique. « Non j'me tais pas ! Je dis ce que je veux ! Je dis ce que je veux ! » Il sauta par-dessus sa chaise renversée, calcula mal son

geste, son pied s'accrocha dans la chaise… Il tomba
de tout son long, mais se releva avec la vivacité
d'un singe. « Ouaaais ! J'vas toutes vous tuer, ma
maudite gang de nazis à marde ! »

— *Ta yeule !* hurlait Sylviane.

Leduc et Lafrance étaient debout et tentaient de
calmer le groupe. Leurs appels à la raison étaient
noyés par les vociférations maintenant inintelligibles
de Jean-Robert, les hurlements outragés de Sylviane,
le rire hystérique de Joanne. La porte de la salle
s'écarta pour laisser passer Marie-Michèle et Rico.
Ce dernier meugla « Heille, ça va faire ! », mais
c'est à peine si on l'entendit dans le vacarme. Les
deux employés contournèrent la rangée de chaises
à la poursuite de Jean-Robert. Il sauta comme un
possédé, souleva une chaise désertée par un patient
et la jeta sur Rico. Le préposé se protégea le visage.
La chaise l'atteignit en pleine poitrine. Rico glapit
de douleur et de colère, trébucha contre d'autres
chaises qui caracolèrent en tous sens avec un bruit
d'enfer. Lafrance réussit à poser une main sur l'épaule
de Jean-Robert, qui se dégagea en crachant des
obscénités. Marie-Michèle lui bloqua le chemin.
Rico réussit à attraper son patient. Les deux hommes
s'effondrèrent – on aurait cru un ours terrassant un
enfant.

Du coin de la salle, Michel contempla la scène,
navré. Il aperçut Kevin, allongé de tout son long
entre deux chaises renversées. Que se passait-il ?
Le jeune autiste avait-il reçu un coup ? Leduc aperçut lui aussi son patient. Oubliant un peu son rôle,
Michel suivit le médecin pour lui donner un coup
de main. Le jeune homme était la victime d'une
sorte de crise convulsive. Son long corps osseux
tremblait des pieds à la tête. Son visage était rouge

du sang qui coulait de son nez. Une flaque d'urine grandissait sous son pyjama détrempé. Michel aida Leduc à lui tenir la tête. Les patients s'étaient tous calmés, sauf Joanne qui serrait sa chemise autour de son cou maigre et continuait à rire, et à rire encore, à croire qu'elle n'avait jamais rien contemplé d'aussi comique.

Michel s'écarta pour laisser Marie-Michèle aider Leduc. Il se releva, contemplant ses mains et son pantalon ensanglanté. L'infirmière en chef lui ordonna d'aller se nettoyer, puis s'adressa aux autres patients.

—Retournez tous à vos chambres.

—On peut pas aller au salon ? demanda M. Landreville.

Une réponse impatientée :

—Non ! Dans vos chambres. Allez vous reposer un peu !

Comme ses compagnes et ses compagnons se dirigeaient sans enthousiasme vers la sortie, Michel fut bien obligé de les suivre. Dans le couloir, des membres du personnel et des patients des autres modules étaient venus voir ce qui se passait. Tout le monde parlait en même temps. Les patients du module bleu s'insurgeaient contre l'injonction de l'infirmière en chef – on ne comprenait pas pourquoi il était interdit d'aller au salon, ils n'étaient pas des enfants pour se faire envoyer en punition dans leur chambre. Rico sortit de la salle multi. Le visage sombre, massant sa poitrine endolorie, il darda un œil mauvais sur ce début de manifestation. Michel, comme les autres, jugea plus prudent de se disperser.

Michel apporta du linge propre dans la salle de bain, se nettoya, puis il retourna dans sa chambre.

Il marcha pour se calmer les esprits. La crise de Jean-Robert l'avait énervé plus qu'il ne voulait l'admettre. Il aurait voulu écarter du revers de la main les exclamations délirantes du jeune homme, mais ces histoires d'amis de la forêt et de nazis évoquaient de façon troublante son cauchemar de la fin de semaine. Michel but un peu d'eau, puis s'allongea. Avec des efforts héroïques, il réussit à contraindre son esprit à se remettre sur les rails, à se concentrer sur le travail en cours. L'éruption dans la salle multi n'était qu'un incident de parcours. Ce genre de crise était certainement monnaie courante dans un hôpital psychiatrique. Il n'y avait pas de quoi en faire un plat. Et surtout, surtout, cela n'avait aucun rapport avec son enquête.

Au dîner, Michel trouva particulièrement exaspérante l'obligation de manger en groupe. Il aurait voulu rester seul et réfléchir. Au moins, il n'avait pas à subir le bavardage incessant de Jean-Robert. Sylviane, qui s'était finalement réconciliée avec lui, mangea à sa table, mais elle respecta son désir de silence. Michel avala le contenu de son plateau, puis il alla se poster devant le bureau du médecin, sur des charbons ardents chaque fois qu'il voyait quelqu'un surgir de la porte menant aux locaux du personnel. Mais ce n'était jamais Leduc. Un ronronnement de moteur électrique envahit le couloir. Un employé de l'entretien cirait le plancher de tuiles.

— Salut, Michel. Tu t'impatientais ?

Michel sursauta. Leduc était revenu : à cause de la cireuse, il ne l'avait pas entendu approcher. Ils entrèrent tous les deux dans le bureau. Le psychiatre ferma la porte derrière lui, l'air un peu hagard, sa chemise déboutonnée.

— Ça va ? s'inquiéta Michel.

—Oui, oui… La crise de Kevin et de Jean-Robert m'a un peu énervé. Sans compter qu'il fait tellement chaud… Je ne peux pas rester longtemps de toute façon. Je dois discuter avec le reste de l'équipe. Je ne devrais même pas être ici.

Michel ne cacha pas son agacement.

—On peut au moins se parler deux minutes ?

—Oui, oui… Allez-y.

Tout d'abord, Michel raconta comment il avait réussi à déchiffrer le sens du message laissé par Kevin, une explication accueillie avec surprise et scepticisme par Leduc.

—Ça me paraît un peu tiré par les cheveux.

—Quand même, docteur ! L'album était sur mon lit. Avec un signet pour marquer la bonne page.

—Mais pourquoi Kevin vous aurait-il dirigé vers une chambre de la partie désaffectée ?

—Je ne sais pas et c'est pourquoi j'aimerais la visiter.

Leduc écarta les bras en un signe d'impuissance.

—Je n'ai pas la clé. Il faudrait que je la demande à Marie-Michèle, je suppose. Mais pour quoi faire ? Cette partie de l'aile est fermée depuis des années.

Michel sursauta.

—Quoi ? Qu'avez-vous dit ?

Le psychiatre se renfrogna.

—J'ai dit que je n'avais pas la clé.

—Non, tout de suite après. Vous avez dit « cette partie de l'aile ». Vous vous rappelez ce que nous a dit Kevin ? De chercher dans *l'aile* du papillon ! Ça ne peut pas être un hasard si la solution de son énigme, un numéro de chambre qui nous obligeait à fouiller dans des ailes, nous oblige à chercher *encore* dans une aile. Une aile d'hôpital !

Leduc se caressa la lèvre supérieure, le regard lointain et songeur, toute son attitude dénotant soudain un détachement professionnel.

—Monsieur Ferron... Si vous étiez un de mes patients, je vous dirais que vous faites du délire d'association.

Michel se tut une longue seconde, incrédule.

—Je ne comprends pas trop le sens de cette remarque, docteur Leduc. Je ne suis *pas* un de vos patients.

—Ce que je veux dire, se dépêcha de préciser le psychiatre, c'est que je ne vois pas le rapport entre cette histoire d'aile de papillon et votre enquête.

Michel resta un moment silencieux, comprenant à quel point Leduc avait eu raison de le rappeler à l'ordre. Il n'arrivait pas à croire qu'il avait dit ce qu'il venait de dire. Pas possible, il était en train de devenir comme Jean-Robert ! Il prit le temps de se calmer, essuya son nez humide de sueur. Qu'il faisait chaud !

—Vous avez raison, docteur. Je suis en train de m'égarer. Je suis désolé. Effectivement, nous devrions être en train de discuter de la manière dont nous allons prendre le coupable sur le fait. Je n'ai qu'un suspect pour l'instant, Serge Claveau.

—Là non plus, nous n'avons aucune preuve tangible.

—Tout à fait exact, mais il faut commencer quelque part. Ce soir, je vais carrément demander aux autres patients s'il y a moyen de se procurer de la cocaïne.

—Vous ne trouvez pas que vous y allez un peu raide ?

—J'ai essayé de ne pas me faire remarquer, de me contenter d'un rôle d'observateur. Vous voyez

bien que ça ne marche pas. Il est plus que temps de
brasser la cage.

— Je suis seulement votre contact, rappela Leduc.
Pour organiser un piège, vous devez vous arranger
avec M. Saint-Pierre.

Michel grinça des dents.

— Difficile de m'organiser avec le directeur pendant que je suis en dedans.

— Ha ! Que c'est compliqué, cette histoire, dit
Leduc en essuyant la sueur sur son front. Attendez
que je réfléchisse. Que diriez-vous si je vous signais
votre congé aujourd'hui ? Ça vous permettrait de
vous organiser avec Saint-Pierre… Même si… Enfin,
ça risque d'avoir l'air encore plus bizarre auprès
des membres de mon équipe… C'est vous qui dé-
cidez…

— Je ne peux pas partir comme ça. Je n'ai aucune
preuve, rien.

— Écoutez, on en reparlera demain, parce que
je ne peux pas rester plus longtemps. Toute l'équipe
m'attend, je dois y aller. Ça vous laissera une
journée pour y penser. À… À demain, monsieur
Ferron.

Michel regarda le psychiatre se lever pour sortir
du bureau, surpris par la soudaineté de cette déro-
bade. La main sur la poignée de la porte, Leduc se
retourna. Il n'avait pas l'air particulièrement fier
de lui.

— Il faut que vous compreniez. Ce n'était pas
mon idée, tout ça.

Michel hocha la tête, incrédule.

— Alors, pourquoi avez-vous accepté ?

— Je voulais rendre service. Je ne pensais pas que
ce serait aussi compliqué. J'ai bien assez de travail
avec mes patients. Vous… Vous avez vu ce que c'est

que de travailler ici. Je vais en toucher un mot à M. Saint-Pierre. Peut-être qu'un de mes collègues va pouvoir vous aider mieux que moi.

Michel se retrouva dans le couloir, essayant de prendre les choses avec philosophie en dépit de l'amertume qu'il ressentait face à la manière dont cette enquête allait se terminer. En queue de poisson. Il avait eu tort de s'aligner sur le psychiatre. Il aurait dû être plus audacieux, poser des questions plus directes aux patients, leur expliquer sans fard qu'il cherchait un moyen de se procurer de la drogue et leur demander si certains employés pouvaient lui procurer ce qu'il cherchait.

Michel marcha jusqu'à sa chambre. En regardant vers la chambre de Kevin, il vit le jeune homme qui dormait dans son lit impeccablement bordé. On avait nettoyé son visage et coiffé ses cheveux. Le jeune autiste n'avait jamais autant ressemblé à Mathieu, lorsque ce dernier avait cinq ou six ans, une fois endormi après le bain, avec son visage d'ange sous les cheveux frais peignés. Du couloir surgit un couinement bref et répété que Michel crut reconnaître : une roulette mal huilée. Il s'agissait d'une civière, poussée par Rico, sous la surveillance de l'infirmière en chef. Sur la civière, Jean-Robert dormait, dûment sanglé. Ils entrèrent dans la chambre du patient. Le couinement de la roulette diminua et cessa. Michel entendit des chocs légers, des directives échangées à voix basse, le cliquetis des sangles que l'on détache, des froissements de draps.

Michel entra dans sa chambre, s'allongea sur son lit. La civière repassa bientôt dans le couloir, vide. Il resta un long moment à fixer le plafond, ce plafond qui avait déjà reçu tant de regards d'effroi

ou d'incompréhension, des regards durs, ou hallu-
cinés, ou plus souvent rougis de larmes. Il pensa à
Anthony, à Kevin, et maintenant à Jean-Robert,
tous trois silencieux, immobilisés par le cuir et les
stupéfiants. Il avait connu des ambiances plus gaies.

◆

L'après-midi fut consacrée à une ennuyeuse
rencontre d'information sur les médicaments, rencontre qui se termina juste avant le changement de
garde. Michel résista à l'envie d'aller observer l'arrivée de l'équipe du soir. Il soupa – la salle à manger
semblait bien vide sans Jean-Robert et Kevin, et
cela en dépit du retour d'Anthony. Ce dernier était
visiblement encore sous calmant, car il était très
tranquille. Sa grosse tête marquée d'ecchymoses
dodelinait parfois.

Michel passa le début de la soirée au salon. Il
joua aux cartes avec M. Landreville et deux patients
d'un autre module, pendant que Sylviane papil-
lotait autour de leur table en comparant les jeux.
Michel trouvait fascinant la dextérité avec laquelle
M. Landreville manipulait les cartes en dépit de ses
moignons. Ce dernier s'en aperçut. Avec un sourire
supérieur, il expliqua à ses compagnons de jeu que
ce n'était pas aussi difficile qu'il y paraissait.

—Je suis une personne qui croit que l'esprit
doit commander au corps et à la matière. J'ai une
formation d'ingénieur, après tout. Je suis de la
génération qui a connu les collèges classiques, une
génération pour laquelle l'éducation était vraiment
une *formation*. J'ai eu une éducation religieuse, j'en
ai gardé la notion que l'esprit doit contrôler l'homme.
On a l'impression que de nos jours les jeunes sont

entièrement laissés à eux-mêmes, à leurs pulsions
animales. Le résultat n'est pas très édifiant. De
quoi parle-t-on dans les médias, sinon de violence,
de suicides, d'adolescentes enceintes ? L'homme
dominé par la chair est un être pitoyable, grotesque
comme ces singes dans les parcs zoologiques qui
se masturbent devant le public. J'ai été scout, loyal
à la Reine et à mon pays, à mes parents, fait pour
servir, ami de tous, courtois et chevaleresque, pur
dans mes pensées, mes paroles et mes actes.

À mesure qu'il parlait, le ton se durcissait, le regard devenait fixe. L'aura d'urbanité qui d'habitude
entourait M. Landreville s'évaporait à vue d'œil.

— C'est à vous de jouer, dit Michel.

L'homme parut émerger de sa transe. Il se racla
la gorge, étudia quelques secondes les cartes qu'il
avait sous les yeux pour finalement en extraire une
avec la pince de chair difforme qui, autrefois, avait
été sa main droite. Michel déposa une carte à son tour
en songeant qu'il ne se donnerait pas le mal de demander à M. Landreville s'il achetait de la drogue.

Au fond du salon, Serge et Gilles discutaient
automobile en surveillant leur petit monde.

Michel se retira tôt, laissant la porte de sa chambre
ouverte. Allongé sur son lit, il fit semblant de lire
une revue à la couverture arrachée, toute son attention portant sur les personnes qui passaient dans le
couloir. Il ne vit que des patients.

À vingt-deux heures, on éteignit les lumières du
couloir. Michel se leva et alla flâner autour du poste
central. Il crut entendre des voix provenant du
salon du personnel. Il s'approcha de la porte en
question, mais il était impossible de voir le salon
sans traverser un vestibule en forme de L, conçu
de manière à bloquer les regards indiscrets.

Michel traversa le vestibule. Dans un petit salon fraîchement repeint, debout près d'une cafetière, Serge et Nicole discutaient à mi-voix. Ils lui lancèrent un regard. La jeune infirmière avait les yeux rouges, comme si elle avait pleuré.

—T'es pas supposé entrer ici, lui dit Serge avec brusquerie.

—Il n'y a personne au poste.

—Va m'attendre. Je vais te rejoindre.

Michel obéit, l'air déconfit, et alla attendre à côté du poste. Serge vint le rejoindre, un café à la main, l'air mécontent.

—Qu'est-ce que tu veux?

—Je m'endors pas, expliqua Michel à mi-voix. Est-ce que je pourrais avoir la même chose que la semaine passée? Je peux payer.

Le préposé ne répondit pas tout de suite. Il brassa un peu son café avec un bâtonnet de plastique.

—Tu peux payer? Ça veut dire quoi, ça?

—Ben… Je veux pas dire que… Je…

—Tu veux que je te vende des somnifères sans en parler à ton équipe? demanda Serge avec un sourire de chat jouant avec une souris.

—L'autre fois…

—L'autre fois, c'était une faveur. À soir, tu vas t'en passer. C'est clair?

Michel entendit des pas derrière lui. C'était Gilles, qui regarda son patient de haut.

—Qu'est-ce qui se passe ici?

—Rien, dit Serge. Michel veut un somnifère. Je lui ai dit qu'il n'en aurait pas.

Gilles n'eut même pas besoin de faire de commentaires : son regard suffit. Michel retourna à sa chambre la queue entre les jambes. Il croisa Nabil, l'éducateur, qui le salua. Il maugréa une vague réponse. Une fois sous les couvertures, Michel réfléchit. Pour un coup d'épée dans l'eau, c'était un beau coup d'épée dans l'eau ! Fallait-il définitivement rayer Serge de sa liste de suspects ? Ou était-ce lui qui y était allé trop raide ? Les pleurs de la jeune infirmière avaient déconcentré Michel : il s'était présenté au mauvais moment. Il aurait dû simplement rebrousser chemin et s'y reprendre plus tard…

Michel ressentit de nouveau un poignant sentiment d'écœurement et d'aliénation. Il se rappela les reproches de Nathalie. Sa femme avait raison. Ça n'avait plus de bon sens, ce genre de mission à son âge. Il arriverait sans doute à se trouver un travail avec un horaire plus régulier pour être tous les soirs à la maison. Rester détective, mais se contenter de petites enquêtes tranquilles. Du bon vieux boulot d'assurances. Il regretta soudain d'avoir décliné l'offre de Leduc de le laisser partir ce jour-là. Michel en avait assez de cette enquête qui n'arrivait pas à décoller. La chambre anonyme lui donnait la nausée. Il voulait quitter cette prison aseptisée, cette atmosphère moite aux relents d'urine et de tabac froid. Ce serait bien de fêter la Saint-Jean en famille pour une fois, d'aller voir les feux d'artifice et de faire la grasse matinée le lendemain sans avoir à se préoccuper de l'heure à laquelle sa douche était programmée.

Michel poussa un long soupir, un peu déçu de lui-même de succomber à la déprime, et pourtant décidé à arrêter les frais, pour lui et pour tout le monde. Demain, il demanderait à Leduc de lui signer son congé. Il irait discuter directement avec Saint-Pierre d'une nouvelle façon de poursuivre l'enquête, à la condition bien sûr que le directeur lui fasse

suffisamment confiance pour la suite. Une perspective qui paraissait maintenant un peu douteuse,
reconnut Michel sans grande fierté.

# CHAPITRE 23

À travers les vitres teintées de la Cadillac – une grosse Cadillac de mon'oncle –, il reconnaît la camionnette sport de Leduc dans le stationnement presque désert. Le psy s'est stationné en retrait contre le mur nord de l'édifice abritant un cinéma et un restaurant afin de profiter du peu d'ombre que pouvait lui offrir le bâtiment.

*C'est parfait!*

Il fait signe au chauffeur de la Cadillac de se stationner à côté. Avec la lenteur d'un navire accostant au quai, la lourde voiture se glisse à l'endroit désigné. Le chauffeur coupe le moteur. À l'intérieur, ça sent le cuir, le cigare refroidi et l'huile à friture. Le chauffeur s'appelle Mathias, c'est un grand blond avec une gueule de jeune premier vieillissant. Dans le siège du passager, c'est Castor. Un surnom qui lui va très bien, avec ses incisives écartées, sa grosse face ronde et ses épais cheveux gras lissés par en arrière.

Castor se tourne vers la banquette arrière et lui tend un cheeseburger dans son emballage de papier ciré.

—En veux-tu?

—Non merci, j'ai mangé.

Mathias baisse sa vitre et, en aspirant sa boisson gazeuse, contemple distraitement l'asphalte neuf sous le ciel très bleu.

—Ça risque d'être encore long?

—Ça devrait pas. Il a des rendez-vous avec ses patients l'après-midi. Vous vous rappelez ce que vous avez à lui dire?

Mathias récite les questions apprises par cœur.

—Excellent.

—Tu nous as fait venir à Shawinigan juste pour ça? demande Castor sur un ton de reproche.

—Il faut pas qu'il me voie. À part ça, j'ai besoin de donner un peu de poids à mes arguments.

Castor se tape sur la bedaine.

—Ah ben ça... Pour du poids, chu là!

Il sourit. Un silence s'installe dans l'habitacle de la luxueuse voiture. Les minutes passent. De rares automobiles circulent au loin. D'autres entrent et sortent d'une station-service. Il commence à faire chaud. Mathias démarre la climatisation, allume une cigarette. Castor réitère son offre de cheeseburger en précisant de ne surtout pas se gêner, il en a acheté six.

—Six cheeseburgers? s'exclame Mathias, dégoûté. Tu peux ben être gros.

Au lieu de s'offusquer, Castor se met à raconter une blague, son passe-temps favori.

—C'est un gros bonhomme qui rentre dans un restaurant. Le gros commande quatre-vingt-dix-neuf hamburgers. La waitress lui demande: «Pourquoi vous en commandez pas cent?» Le bonhomme se choque: «Me prends-tu pour un cochon?»

Castor s'esclaffe, la bouche ouverte pleine de cheeseburger à moitié mâché. Confortablement adossé à la banquette arrière, il sourit faiblement. Il la connaissait.

—C'est un gars qui rentre dans un restaurant, poursuit Castor. Il demande à la waitress : « Avez-vous des cuisses de grenouille ? » La waitress dit oui…

—Tais-toi ! C'est lui !

Le docteur Leduc sort de la brochetterie. Il marche vivement, sans regarder autour de lui, l'air d'un savant distrait avec ses petites lunettes rondes et sa queue de chemise qui sort de sa ceinture. Il pointe son porte-clés vers la camionnette sport. Un « bip » signale le débranchement du système d'alarme du véhicule. Il est obligé de contourner la Cadillac pour atteindre la portière côté conducteur.

—Bonjour, docteur Leduc !

Le psy sursaute, trébuche presque, reprend son équilibre, son regard affolé toisant le corpulent personnage qui vient de surgir comme un diable de la Cadillac.

—Scusez-moi, docteur, dit Castor. Je voulais pas vous faire peur.

Leduc sourit vaillamment tout en essayant de reconnaître celui qui lui bloque le passage vers sa portière ; il s'agit peut-être d'un ancien patient.

—Je… Je ne vous avais pas vu…

—Scusez-moi, scusez-moi… Je voulais pas vous faire sursauter. Je vous ai vu passer, je me suis dit « Heille, c'est le docteur Leduc ». J'ai voulu vous dire bonjour.

—C'est… C'est une bonne idée.

Leduc a de la difficulté à se concentrer sur la discussion, car Mathias a contourné la Cadillac et s'approche à son tour. Le psy manipule son porte-clés d'une main nerveuse, fait un geste vague vers sa portière.

— Écoutez, ça me ferait plaisir de discuter, mais…
mais je dois y aller. J'ai des rendez-vous à l'hôpital.
Je suis en retard.

— Ben sûr, pas de problème !

Mais Castor ne bouge pas d'un poil. Le psy lui
fait signe de s'écarter, mais Castor est perdu dans
la contemplation de l'aménagement intérieur de la
camionnette sport.

— Pas pire, pas pire… Quelle sorte de moteur
vous avez là-dedans ?

Leduc trépigne. Pour un peu on croirait que le
digne psychiatre va se mettre à pleurer.

— S'il vous plaît, je suis en retard. Je dois aller
travailler.

Invisible derrière les vitres teintées, il contemple
la scène avec satisfaction. C'est beaucoup plus
comique que les blagues éculées de Castor. C'est
maintenant au tour de Mathias d'interpeller le médecin.

— Justement, Doc… J'aimerais vous poser une
ou deux questions à propos de votre travail. Michel
Ferron, ça vous dit quelque chose ?

Leduc s'immobilise, tétanisé. Sous son front en
sueur, son visage se plisse en une tentative dérisoire
pour exprimer l'incompréhension. Pris au piège, il
regarde autour de lui, mais les personnes les plus
proches sont à la station-service, à des centaines de
mètres de là, complètement à l'autre bout de la
plaine asphaltée du stationnement.

— Michel Ferron, répète Mathias en articulant
soigneusement.

— Je vois pas de… de qui vous voulez parler.

— Doc, vous avez hâte que je vous sacre la paix,
explique Mathias sur un ton raisonnable. Pis moi,
j'ai hâte de m'en aller. Ça fait qu'on va arrêter de

perdre notre temps à dire des niaiseries. Ferron est un des patients du module bleu et vous êtes chargé du module bleu. Vous voyez ? Je sais tout. La seule chose que je sais pas, c'est d'où sort Ferron. C'est qui ce gars-là ?

Leduc déglutit, son pâle visage se colorant de colère.

— Qui êtes-vous ?

— On n'est pas dans votre cabinet, doc. Ici, c'est moi qui pose les questions.

— Je… Je le savais que ça ne marcherait pas ! Je le savais !

— Qu'est-ce qui marcherait pas ? C'est un flic, Ferron, hein ?

— Laissez-moi tranquille ! C'était pas mon idée ! Je ne me mêle pas de vos affaires… Je veux juste faire mon travail…

Leduc tente d'écarter Castor pour accéder à sa portière, mais l'autre le repousse sans peine. Le psy panique et se met à hurler en direction de la station-service. Castor lui dit de se calmer, mais Leduc est hystérique. Mathias intervient. Les trois hommes dansent un tango sauvage en rebondissant d'un véhicule à l'autre.

Quand Mathias et Castor réintègrent précipitamment la Cadillac, Leduc s'est tu. Il est allongé entre les deux voitures.

— Crisse, les gars ! Vous l'avez frappé ?

— C'est lui qui s'est mis à capoter ! proteste Castor, le visage congestionné, la joue marquée d'une longue éraflure. Regarde ce qu'il m'a fait avec ses ongles !

— On l'a juste un peu sonné, dit Mathias qui démarre et embraye avec raideur.

— Tourne le coin du bâtiment, ordonne Castor. Va pas vers la station. On nous a peut-être vus.

Mathias suit le conseil. Lorsque la Cadillac passe le coin du restaurant, Leduc n'a toujours pas bougé, étendu de tout son long sur la ligne blanche qui délimite la place de stationnement. Mathias roule vite, mais pas trop. C'est pas le moment de se faire remarquer. Par la fenêtre arrière, le passager fixe l'édifice qui diminue de taille. Il secoue la tête, n'en revient pas :

—Crisse... Crisse, les gars... Vous êtes pas reposants...

—On l'a juste sonné, répète Mathias.

—Je voulais juste que vous lui fassiez peur. Je vous ai pas dit de le tuer !

—La prochaine fois, tu feras ta job de bras toi-même ! Regarde-moi la joue !

Castor tâte son visage, regarde sa main pour voir s'il y a du sang.

—Ça fait mal... Ça brûle en chien...

—En tout cas, t'as eu ta réponse, dit Mathias en se retournant vers la banquette arrière, un rictus mauvais sur les lèvres. Je sais pas si ton Ferron est un flic, ou un *stool*, ou je sais pas quoi, mais en tout cas, c'est pas un patient ordinaire.

Lui ne répond pas tout de suite. Un peu calmé, il songe à la suite des événements. Il revoit Ferron dans le salon des employés, la veille, venu quémander des somnifères. Le maudit chien sale ! Pour une fois, son instinct ne l'a pas trompé. Il a bien fait de se méfier de lui. Crisse qu'il a bien fait...

—Où est-ce qu'on va ? demande Mathias.

—Tu me ramènes à Trois-Rivières. Faut que je rejoigne ma blonde au centre commercial. J'ai encore ma soirée de travail.

—Toujours avec la belle Nicole ?

—On dirait… Passe pas par l'autoroute. On va descendre par Shawinigan-Sud et Cap-de-la-Madeleine.

—Relaxe. Personne n'a rien vu.

—On sait jamais.

—Si ça te fait plaisir. Pourvu que tu connaisses le chemin.

—Fais-toi-z-en pas… Je connais le chemin…

Il guide Mathias à travers Shawinigan. Au-dessus du pont menant à Shawinigan-Sud, sous les banderoles à motif fleurdelisé, il aperçoit avec un pincement de dégoût l'hôpital qui se dresse sur la colline, telle une immense pierre tombale surplombant la ville. L'énervement consécutif à l'échauffourée diminue peu à peu. Le pire, c'est que Sylviane l'avait prévenu. C'est tellement évident maintenant qu'il y pense. Il revoit Ferron en train de bourdonner autour du poste, toujours en train de les espionner. Le type n'a jamais eu la tête d'un dépressif, il s'en rend compte maintenant.

Une fureur froide lui serre la poitrine avec la lenteur et l'inexorabilité d'un étau. Maudit chien sale… Maudit crisse de chien sale… Il n'arrive pas à croire qu'il va pouvoir continuer à faire comme si de rien n'était. Mais il le faut, n'est-ce pas ? Il *doit* continuer à agir comme si de rien n'était. Surtout ce soir, n'est-ce pas, où il va être très occupé par le *party* de la Saint-Jean. Il n'aura pas le temps de penser, pas ce soir… À moins que… À moins que…

Il contemple les *bungalows* de Shawinigan-Sud qui défilent à travers la vitre teintée. Si au moins il avait eu plus de temps pour réfléchir…

# CHAPITRE 24

Il avait fait très froid pendant la nuit et il avait
encore neigé. Un manteau d'hermine couvrait les
champs désertés. La terre n'ayant pas encore eu le
temps de geler, les roues et les chenilles des véhicules nazis avaient transformé la route en une
affreuse mare de boue glacée sillonnée d'ornières
dans lesquelles trébuchaient Caligo, Cochon et
Bonhomme-au-fouet. Ils marchaient depuis des
heures, courbés de fatigue et gourds de froid, sous
la surveillance constante des *Kampfroboter*, dont la
mince tourelle se découpait contre le ciel bouché.
Il était vain de songer à s'échapper. L'officier nazi
avait été clair : si un des trois prisonniers cherchait
à s'enfuir, les deux autres seraient fusillés. Caligo
avait donc interdit toute tentative en ce sens, du
moins tant qu'il ne trouverait pas un moyen de les
sortir de ce pétrin ou que leurs compagnons ne
viendraient pas à leur secours.

Caligo s'en voulait d'avoir été imprudent. Il
avait été intrigué par le lourd ciel d'orage qui s'approchait de la forêt et qui avait fait fuir tous les
papillons. Il avait décidé d'accompagner Cochon
et Bonhomme-au-fouet à bord du Bv-141 pour un

vol de reconnaissance. Bonhomme-au-fouet était
un pilote émérite : il fallait plus qu'un orage pour
l'empêcher de décoller. Q2D4 avait vérifié que les
vaches fermentées étaient bien nourries et les
réserves de gaz bien remplies, pour confirmer que
l'avion était en état de voler. Assis entre ses deux
compagnons dans le poste de pilotage, Caligo avait
vu la forêt glisser sous l'appareil, puis le ciel
nuageux s'approcher. Un néant gris avait fait disparaître tous les repères. Des vents violents avaient
secoué l'appareil. Un éclair avait lacéré le ciel, suivi
du roulement sourd du tonnerre. Les vaches avaient
meuglé d'inquiétude.

« Regardez ! »

Cochon avait tendu la patte vers une énorme
forme arrondie, presque indistincte dans la grisaille.
Caligo avait essayé de reconnaître cette étrange apparition.

« On dirait une montgolfière. »

« Il n'y a pas de nacelle », avait dit Bonhomme-
au-fouet. « Pas d'identification, pas de décoration.
Ce n'est qu'un gros ballon gris. »

« Il y en a d'autres, droit devant », avait dit
Cochon. « Quelle idée de remplir le ciel de ballons ! »

Ils n'avaient pas tardé à en découvrir l'utilité, et
cela de la manière la plus désagréable possible.
Alors que le Bv-141 passait directement sous un
des gros ballons, un choc métallique d'une violence
à déchausser les dents avait secoué l'appareil.

« Qu'est-ce que c'était que ça ? » avait demandé
Cochon, le groin dressé.

Un second choc, encore plus violent que le premier, avait déstabilisé l'appareil. Le Bv-141 avait
piqué du nez. Les deux mains sur son manche à
balai, Bonhomme-au-fouet avait hurlé :

«Les ballons sont retenus au sol! Nous heurtons les câbles!»

L'avion avait entamé une descente en vrille. Bonhomme-au-fouet avait dû exploiter toutes ses connaissances de pilote pour leur éviter un écrasement catastrophique. Il y avait tout de même eu de la casse et l'avion avait pris feu. Toussant et crachant dans l'épaisse fumée qui refluait dans la cabine, Caligo avait réussi à détacher sa ceinture, à libérer les vaches et à sauter à son tour hors de l'appareil en flamme. Le sol s'était avéré étrangement glissant. Il était tombé plusieurs fois sur les genoux avant de comprendre, une fois sorti de la fumée, que les nuages avaient crevé et dégorgeaient une neige lourde et fondante qui se transformait en glace dès qu'elle touchait le sol.

Encore étourdi, Caligo avait rejoint Cochon et Bonhomme-au-fouet, heureux de constater qu'ils avaient tous survécu. Ce n'est qu'en cherchant les vaches – qui s'étaient enfuies, prises de panique – que Caligo et ses compagnons avaient reconnu l'endroit où ils avaient atterri. Ils se trouvaient en dehors de la forêt, au milieu d'une lande sauvage, en plein territoire nazi. À travers les rafales de neige s'étaient profilées les silhouettes des *Kampfroboter* envoyés sur les lieux de l'écrasement pour voir s'il y avait des survivants...

L'officier nazi ordonna un temps de repos pour les prisonniers. Caligo, Cochon et Bonhomme-au-fouet purent s'asseoir une demi-heure dans une cantine hâtivement édifiée. Pendant qu'ils se dégelaient un peu les pieds, une barbie leur servit une louche de brouet dans une gamelle sale, le tout accompagné d'un dessert de *Jell-o* dans de la crème fouettée

artificielle. Ils eurent à peine le temps d'avaler goulûment leur repas qu'il fallut repartir.

Caligo encouragea ses deux compagnons. Heureusement, ceux-ci étaient de l'étoffe dont on fait
les héros. Bonhomme-au-fouet avançait en silence,
sa barbe blanche trempée et sale. Un pas après
l'autre, il arrachait ses bottes rouges de la gadoue
au rythme de marche forcé imposé par les nazis.
Cochon, par contre, protestait sans arrêt, contestait
les ordres, invectivait les nazis en choisissant les
termes les plus offensants. Il arrivait qu'un officier
lui ordonnât de se taire, mais tant que Cochon main-
tenait le rythme et se contentait de paroles, les nazis
le laissèrent ventiler sa rage. Certains soldats faisaient
même exprès pour l'asticoter.

« *Schnell, schnell, Herr Schwein!* »

« Si fous marchez pas vite, Môzieur Cochon,
nous allons manger le jambon ze zoir, *ya* ! »

« Vous pouvez tous me baiser le cul ! »

« Pas baiser », se gaussa le jeune soldat qui
baragouinait le français. « Manger ! »

Tous les soldats ennemis éclatèrent de rire. Caligo
conseilla à Cochon de garder son souffle et son
énergie pour la marche. Ce dernier grogna pour lui-
même, mais il cessa de porter attention aux quolibets
des soldats... pour un certain temps du moins.

Les Amis de la forêt marchèrent ainsi pendant
plusieurs jours. Chaque matin était plus froid que
le précédent. Les prisonniers aperçurent un soir un
autobus et trois camions militaires qui attendaient
sur le bord de la route. Leurs moteurs tournant au
ralenti, les véhicules exhalaient de leurs pots d'échap-
pement une épaisse fumée gris-blanc qui se déployait
en volutes dans l'air glacial. Les soldats soulevèrent
les bâches encroûtées de glace qui couvraient la

boîte des camions, découvrant des caisses de bois et des barils de métal. On ordonna aux prisonniers de monter. Caligo hésita : la boîte était presque pleine, il y avait moins d'un mètre entre la bâche et le sommet des caisses. Il comprit que l'autobus était destiné aux soldats et qu'on leur réservait un mode de transport beaucoup moins confortable. Les soldats nazis s'impatientaient. « *Schnell ! Schnell !* » Caligo et ses compagnons escaladèrent les caisses et les barils. La bâche n'était pas assez haute pour leur permettre la position assise, ils durent ramper et rester allongés.

Les camions s'ébranlèrent dans les lourds grondements de leur moteur diesel. Caligo demanda à ses compagnons si ça allait.

« Mais bien sûr ! » répondit Cochon. « Pourquoi est-ce que ça n'irait pas ? Je suis aux anges ! Sur une échelle de bonheur graduée de un à dix, je suis à quatorze millions ! »

« Mfff… Je préfère le camion que la marche forcée », se contenta de maugréer Bonhomme-au-fouet.

« Moi aussi », dit Caligo.

N'empêche, il faisait froid sous la bâche et il fallait prendre garde aux barils qui s'entrechoquaient et pinçaient cruellement les doigts, les cuisses ou toute partie du corps placée au mauvais endroit. Caligo en fit la douloureuse expérience lorsque, par suite d'un cahot, sa main fut coincée entre un baril et la paroi de planches.

« Où est-ce qu'on va, comme ça ? » fulmina Cochon.

« Je n'en ai pas la moindre idée. »

« Tu crois que les autres sont à notre recherche ? » demanda ensuite Cochon sur un ton où transparaissait une nuance d'inquiétude inhabituelle chez lui.

«J'en suis sûr», répondit Caligo avec plus d'assurance qu'il n'en ressentait réellement. « Souvenez-vous que Max est l'envoyé de l'Ambassadeur du Royaume d'Argent. Il est certain que celui-ci est maintenant au courant de notre infortune et qu'il doit être en train d'organiser une opération de sauvetage. Ils sont probablement déjà à nos trousses.»

«J'ai confiance en l'Ambassadeur.»

« Moi aussi, Bonhomme-au-fouet. Nous avons tous confiance en l'Ambassadeur.»

*Il le faut*, faillit ajouter Caligo, mais il se retint à temps. La situation était assez critique comme cela, inutile d'y ajouter le désespoir.

Le soir fit place à la nuit. La noirceur fut bientôt absolue sous la bâche. Les trois Amis de la forêt finirent par grappiller quelques bribes d'un mauvais sommeil morcelé par les grondements du moteur diesel et les chocs des barils contre les planches grossières des parois, incapables d'imaginer en quel lieu d'incarcération les nazis pouvaient bien les amener.

# CHAPITRE 25

La journée du mercredi avait pourtant commencé de façon normale…

Michel s'était présenté aux douches sans attendre qu'on vienne le chercher. Il s'était lavé et rasé, soulagé à la perspective qu'il s'agissait fort probablement de sa dernière journée au cinquième étage du Centre hospitalier Saint-Pacôme. La nuit portant conseil – en dépit des rêves –, sa décision de demander son congé au docteur Leduc était définitive.

Dans le miroir embué, il avait aperçu Jean-Robert qui lui souriait, l'air d'un lévrier afghan avec ses longs cheveux encore mouillés.

—Salut, Jean-Robert… Ça va mieux ce matin ?

—*Yeah*… Ça va pas pire…

Le ton de la réponse et le regard larmoyant du jeune homme avaient fait comprendre à Michel qu'il était encore sous l'effet des tranquillisants.

—On m'a détaché, avait ajouté Jean-Robert en montrant ses poignets rougis. J'ai promis que je me tiendrais tranquille.

—Ce serait mieux, oui.

—Parce que sinon j'aurai pas le droit d'assister au party à soir.

—Sûr que ce serait dommage de manquer ça.

Serviette au bras, Michel était retourné à sa chambre, s'était habillé, était allé déjeuner, accueillant avec magnanimité Sylviane lorsque celle-ci s'était assise en face de lui. Il pouvait bien renouer avec la jeune femme, il n'aurait plus à la supporter longtemps.

Il avait entamé son déjeuner. Allez, un dernier petit effort. Jean-Robert était venu se joindre à eux, toujours aussi calme, sans le moindre tic. *Il faudrait lui administrer ce médicament tous les jours*, n'avait pu s'empêcher de songer Michel tout en regrettant cette pensée sarcastique.

Jean-Robert s'était massé le cou et les épaules.

—Je suis raqué de partout.

—Pas étonnant. Après le match de lutte d'hier.

Son visage s'était fendu d'un large sourire de fierté.

—Je me suis débattu, hein? Je suppose que j'ai dû leur en faire baver, hein? Ça devait être cool.

—Tu ne t'en rappelles pas? avait demandé Michel, un peu surpris.

—Je me souviens que Kevin a crié. Je me souviens que j'étais hyper stressé tout à coup. Je me rappelle pas trop pourquoi. Il y a de l'interférence dans mes neurones quand je pense à ça. En tout cas, j'ai tellement sué cette nuit que mon pyjama était trempé comme une guenille.

Après le déjeuner, Michel avait assisté à une autre des horripilantes rencontres de groupe. À la fin de la séance, il avait réussi à attirer l'attention de Leduc avant que celui-ci quitte la salle multi, pour lui murmurer à l'oreille:

—J'ai réfléchi. J'accepte votre offre de me faire sortir d'ici. Quand vous voulez.

—Oui, oui… On se parle de tout ça cet après-midi à mon bureau, avait répondu froidement le psychiatre avec un regard entendu vers Pascal Lafrance et Rico. Il avait ajouté, un ton plus bas : « Ça aura l'air plus normal. »

Michel avait réussi à sourire. C'est bon. Il patienterait.

Et c'est ce qu'il faisait depuis ce temps. Il avait dîné, bavardé distraitement avec ses compagnons, puis s'était présenté à son rendez-vous bien à l'avance. Depuis ce temps il déambulait, parcourant encore et encore le court segment de couloir menant du poste à la porte de sortie. Il savait qu'il n'aurait pas dû s'impatienter ainsi, que Leduc était souvent en retard.

Il s'assit sur une des chaises adossées au mur, essayant de se calmer. Il attendit. Le présent n'existait pas. Le futur, tout l'univers du possible, se coagulait irrémédiablement en un passé d'une rigidité infinie…

Au bout d'une demi-heure, Jean-Robert et Anthony approchèrent, ce dernier d'une démarche lente et peu assurée. Il arborait l'expression médusée d'un vieux molosse.

—T'es pas encore passé ? s'étonna Jean-Robert. Qu'est-ce qui se passe ? C'est l'heure de mon rendez-vous à moi.

Michel poussa un soupir exaspéré. Il se leva et s'approcha du poste central. On ne voyait personne, mais des rires féminins jaillissaient du salon des employés, accompagnés de moqueries. « T'es pas mal *cute*, en tout cas ! »

Marie-Michèle et deux infirmières des autres modules apparurent, toutes trois hilares, coiffées de bonnets bleus avec des fleurs de lys. Elles se taquinèrent encore un peu, puis Marie-Michèle s'aperçut que Michel voulait lui parler. D'excellente humeur, l'infirmière en chef lui demanda ce qu'il voulait.

— J'avais un rendez-vous avec le docteur Leduc.

— Moi aussi ! dit Jean-Robert.

— Patience. Il a dû avoir un empêchement.

Michel attendit encore une heure, chaque minute lui paraissant plus horripilante que la précédente. Il se plaignit ensuite à Denis qui passait par là. Le visage toujours aussi inexpressif, l'infirmier lui recommanda aussi la patience.

— Mais… Je… (Michel réfléchissait furieusement.) Le docteur Leduc devait me donner mon congé ce matin.

— Pas au courant, dit l'infirmier sur un ton morne.

— Est-ce que vous pouvez lui téléphoner ? Lui demander ce qui se passe ?

Denis fixa Michel, un vague scintillement de vigilance professionnelle dans son visage bovin. Marie-Michèle apparut de nouveau. Sous son petit chapeau bleu, son visage maigre avait repris sa sévérité coutumière.

— Le docteur Leduc a beaucoup de patients, Michel. Il a dû être appelé pour une urgence. Tu lui parleras demain.

— Pis moi, hein ? Hein ?

— Pourquoi tu me fais parler pour rien, Jean-Robert ? Si le docteur Leduc est pas là pour Michel, il est pas là pour toi non plus.

Michel retourna au salon, faisant des efforts héroïques pour ne pas hurler d'exaspération. Si Leduc avait été présent à ce moment, il l'aurait volontiers étranglé. Quel plaisir ç'aurait été de secouer sa tête de hibou. Michel réussit tout de même à se calmer un peu. Leduc avait sans doute été appelé pour une urgence. Mais enfin, pourquoi n'avait-il pas téléphoné au cinquième pour les prévenir de son absence ? Ouais… Qu'est-ce que ça aurait changé, de toute façon ?

—Prends ça cool, bonhomme ! lui dit Jean-Robert. T'étais quand même pas pour partir juste avant le party !

Michel sourit faiblement, essayant de faire contre mauvaise fortune bon cœur.

Il passa le reste de l'après-midi dans le salon, assis en compagnie de Jean-Robert, qui fumait et qui parlait, parlait, parlait encore, excité à la perspective du *party*. Il y avait aussi Anthony, qui se taisait. Il y avait aussi M. Landreville, Joanne, la femme au cou de poulet qui riait, qui riait, qui riait. Il y avait aussi la télévision, les publicités qui hurlaient, qui hurlaient, qui hurlaient…

Michel attendit.

◆

En cette veille du jour de la fête nationale du Québec, c'était la tradition au cinquième étage d'ouvrir officiellement la terrasse et de célébrer l'événement par un barbecue. Ça tombait bien : le temps était particulièrement doux. Michel posa les mains contre l'enceinte grillagée et regarda plus bas. Ils n'étaient pas les seuls à fêter : dans le parc ceinturant la baie de Shawinigan, il distinguait les taches de couleur des couvertures sur lesquelles des familles et des groupes de jeunes se préparaient à passer la soirée. Le vent tiède de l'ouest charriait le parfum un peu âcre et minéral de la centrale électrique, mais tout valait mieux que l'air en conserve du vieil édifice.

Les infirmiers, infirmières et membres du personnel, tous coiffés de leur chapeau de carton à l'insigne du fleurdelisé, avaient suspendu des drapeaux du Québec, attaché des ballons et tendu des rubans de papier bleu. Ils distribuèrent aux patients des chapeaux et des t-shirts bleu et blanc de circonstance – refusés avec véhémence par M. Landreville qui ne voulait rien savoir de cette «propagande péquiste». Voyant cela, Sylviane se débarrassa aussi du chapeau qu'elle avait accepté. Elle expliqua à Michel, avec maintes circonlocutions, que c'était à cause de ses opinions fédéralistes que sa famille l'avait fait enfermer à l'hôpital. Michel écouta patiemment – lui qui détestait discuter politique trouvait le lieu et la compagnie particulièrement inappropriés pour changer cette manière de faire. De toute façon, la conversation de Sylviane dériva sur d'autres sujets. Attendrie par l'atmosphère festive, elle finit par rassurer Michel à propos de la chambre.

— Je suis plus fâchée. Je comprends que c'était pas ta faute.

— C'est rien, Sylviane, dit Michel avec un sourire. *Avec un peu de chance, tu vas récupérer ma chambre plus vite que tu penses.*

Sylviane s'approcha encore un peu.

— J'aurais voulu qu'on reste des amis, Michel.

— T'en fais pas avec ça. Ç'a été un malentendu, c'est tout.

— Tu sais, j'ai parlé avec mon avocat hier. Je vais bientôt sortir.

— Ah oui? C'est merveilleux, ça.

— Je voulais te dire que… Si tu voulais qu'on se téléphone une fois en dehors…

— Mais oui, Sylviane, j'aimerais ça.

Un petit mensonge sans méchanceté, décida Michel. Jean-Robert vint se joindre à eux. Il ignora le regard assassin que lui lançait Sylviane. Contrairement à celle-ci, le jeune homme n'avait aucun scrupule à s'afficher indépendantiste pur et dur. Il scandait joyeusement « Un, deux, trois, quatre, cinq, six, sept… Québec ! Un, deux, trois, quatre, cinq, six, sept… Québec ! », le tout ponctué de « *All right !* » et de « Vive le Québec libre ! », imitant la voix du général De Gaulle pour ce dernier slogan. Anthony vint compléter le quatuor, colosse silencieux et un peu lugubre avec sa tête marbrée d'ecchymoses comme une boule de quilles.

Michel décida d'accepter la situation avec humour ; il surveilla tout de même Serge Claveau qui était arrivé en compagnie des employés habituels de la garde du soir, venus s'ajouter à la demi-douzaine d'infirmières et de préposés des modules du jour qui étaient restés pour aider au bon déroulement de la fête.

Gilles apparut à son tour, suivi de Marie-Michèle. Ils poussèrent deux gros barbecues au gaz sur la terrasse, puis vint Alain qui ramenait des cuisines une bonne quantité de hot-dogs, de boulettes de bœuf haché, de pains et tous les condiments et accessoires nécessaires. Les haut-parleurs crachotèrent de la musique folklorique. Jean-Robert se mit à danser. Il détacha un drapeau et dansa autour du balcon en agitant le fleurdelisé au rythme des violons et des battements de pieds. Évidemment, il finissait toujours par bousculer quelqu'un. Une patiente du module rouge se mit à lui crier des insanités après avoir été heurtée par le jeune homme.

—Jean-Robert, arrête-ça, ordonna Martine.

—Un, deux, trois, quatre, cinq, six, sept... Tout le monde ensemble : Québec !

—Jean-Robert ! Si tu ne te calmes pas, tu vas fêter tout seul dans ta chambre.

Avec un geste théâtral de dignité offensée, ce dernier s'enveloppa dans le drapeau et rejoignit Michel, Sylviane et Anthony. Des infirmières couvrirent une table d'une nappe bleue, sur laquelle elles disposèrent un bol à punch, des paniers de craquelins et des verres de plastique. D'autres employés poussèrent les fauteuils roulants des patients plus handicapés. Kevin apparut, marchant tranquillement en tenant la main de Nicole. Elle le fit asseoir dans un coin après l'avoir coiffé d'un bonnet de carton. Le jeune homme resta là, son regard fixe contemplant le ciel bleu.

La terrasse était bondée. On distribua les verres de punch, avec une petite assiette de crudités et de raisins.

—Un punch de moumounes ! s'insurgea Jean-Robert en constatant que le mélange ne contenait pas d'alcool.

Il se mit à lancer des raisins dans le terrain plus bas, mais quelques grains frappaient la grille et retombaient sur la terrasse. Un des raisins rebondit sur la joue de Martine.

—Jean-Robert ! C'est ton dernier avertissement.

—Quossé ça, cette maudite fête-là ? J'ai-tu l'air d'un mangeux de raisins ? À la Saint-Jean, ça prend de la bière ! De la bière, *yes* ! *De la bière !*

À l'autre bout de la terrasse, Joanne éclata d'un rire de crécelle et Jean-Robert hurla de rire, plié en deux.

—Ça rate jamais ! (Il se pencha vers Michel, un petit sourire de comploteur sur le visage.) De toute façon, la bière, ça sera bientôt plus un problème. Non, bonhomme. Attends un peu.

—Tu penses pouvoir t'en procurer ? demanda distraitement Michel, comme si la chose ne l'intéressait qu'à moitié.

—Attends, je te dis. Attends… Tu vas voir.

—J'aime pas la bière, dit Sylviane.

—Ben, bois-en pas.

—C'est pas toi qui vas me dire quoi boire ou quoi pas boire.

—Et c'est pas toi qui vas me dire quoi dire ou quoi pas dire, rétorqua Jean-Robert, fier de sa repartie.

—Maudit tannant ! Va donc achaler quelqu'un d'autre.

Anthony se dandina en émettant un grognement sourd. Il n'aimait pas la dispute. La prise de bec fut vite oubliée. Il régnait une atmosphère exceptionnellement festive et bon enfant sur la terrasse. Marie-Michèle, assignée à la cuisson des hamburgers, avait coiffé une toque de chef et le personnel ne se privait pas de la taquiner.

—Faut toujours que tu diriges tout, hein?

—Mangez de la schnoutte !

Alain, assigné aux hot-dogs sur l'autre barbecue, n'était pas en reste. Il clamait haut et fort qu'il savait faire autre chose que pousser des chariots et que personne n'avait goûté à de *vrais* hot-dogs avant ce soir. On commença à distribuer les victuailles. Michel attendit que les patients les plus pressés se soient servis, puis il alla se chercher deux hamburgers et de la salade de chou. Sylviane le suivit et prit la même chose. Ils mangèrent assis près de la porte, sous le haut-parleur. Au-dessus de leurs têtes, les violoneux et les joueurs de cuillères y allaient bon train. Michel reprit un troisième hamburger et ajouta même un hot-dog : ça valait certes mieux que les repas habituels, fallait en profiter. Il laissa tomber la moutarde et la relish : les patients avaient transformé les plateaux à condiments en un gâchis innommable.

Jean-Robert, qui avait disparu, réapparut sur la terrasse en tapant du pied au rythme de la musique. Il s'approcha, retenant sa cape drapeau d'une main et tenant une bouteille de *ginger ale* dans l'autre. Il tendit la bouteille sous le nez de Michel.

— Veux-tu de la bonne liqueur ?

Gentiment mais fermement, Michel repoussa la bouteille au goulot maculé de moutarde et de miettes de pain.

— Si j'en veux, j'irai m'en chercher.

Le jeune homme insista, multipliant les clins d'yeux.

— Il faut savoir où la trouver. C'est vraiment de la *bonne* liqueur, hein Michel ?

Michel accepta de renifler le goulot. C'était de la bière. Jean-Robert lui fit signe de le suivre à l'intérieur. Michel obtempéra, suivi bien sûr par Sylviane. Ils traversèrent la salle multi, où s'étaient réfugiés patients et membres du personnel qui trouvaient la musique trop forte. Ils continuèrent dans le couloir. Un frisson remonta l'échine de Michel lorsqu'il aperçut Serge qui fumait tranquillement à côté de la porte du placard qu'il avait fouillé deux jours plus tôt. Le préposé se leva à leur approche. Sur le sol du grand placard se trouvait une glacière remplie de glace et de bouteilles de cola, de *gingerale* et de soda à l'orange.

— De la bière, du *rhum and Coke* et de la vodka-jus d'orange, expliqua Serge sans vergogne. Cinq piasses la bouteille.

— J'ai pas d'argent sur moi, dit Michel.

— Aie pas peur, je vais m'en rappeler.

Jean-Robert attrapa trois bouteilles vertes.

— C'est moi qui paye !

— Non, Jean-Robert.

— Tut, tut, tut ! Serge, je te dis de noter dans ton petit calepin que c'est moi qui paye la traite, OK ?

Le préposé haussa une épaule. Michel, la main un peu engourdie par l'énervement, accepta la bière. Sylviane préférait de la vodka-jus d'orange. Ils retournèrent sur la terrasse. Le soleil s'était déplacé, la terrasse était maintenant plongée dans l'ombre de l'aile Ouest de l'hôpital. Michel dégusta lentement son alcool de contrebande. Un effluve de boisson gazeuse se superposait à l'odeur maltée de la bière, mais le résultat n'était pas trop désagréable.

Ses pensées retournaient toujours à Serge. Cette fois-ci, il n'y avait plus de doute raisonnable. Il n'en revenait pas de l'insolence du préposé. Il se cachait à peine. Il ne s'agissait bien sûr que d'alcool, il était certainement plus prudent lorsqu'il fournissait des substances plus compromettantes. Mais pourquoi avait-il refusé de lui procurer des somnifères, la veille ? C'était évident : parce que Gilles et Nicole étaient juste à côté. L'infirmier et l'infirmière devaient être honnêtes.

M. Landreville vint se joindre à eux. La conversation se transforma rapidement en discussion acerbe entre lui et Jean-Robert au sujet de l'indépendance du Québec. Il y eut un échange d'affirmations aussi délirantes d'un côté que de l'autre. Le ton monta au point que Landreville, avec sa main la moins abîmée, empoigna un couteau de plastique et se mit à crever les ballons bleus en hurlant :

— Voilà ce que j'en fais ! C'est rien qu'une baloune pleine de vent, votre référendum ! J'vais la crever, la maudite baloune du référendum !

Il fallut plusieurs membres du personnel pour calmer M. Landreville et rassurer les patients effrayés par l'éclatement des ballons.

— Je vous interdis de parler encore de politique !

L'avertissement de Martine s'adressait surtout à M. Landreville, mais elle lança aussi un regard entendu vers Jean-Robert. Ce dernier protesta qu'il était innocent, mais il avait de la difficulté à ne pas rire. Le personnel s'occupa ensuite au rangement des barbecues. Jean-Robert disparut de nouveau et revint avec une vodka et trois autres bouteilles de « *gingerale* » – la surnuméraire pour Anthony. Michel ne voulait plus boire, mais il accepta la bière sans dire un mot. Il rembourserait Jean-Robert d'une manière ou d'une autre.

Maintenant que le soleil avait disparu, il faisait un peu plus frais. La terrasse se vidait peu à peu. On ramassa les nappes souillées et les patients handicapés furent ramenés devant les téléviseurs dans la salle de séjour. Une ambiance de désœuvrement flottait sur la fête. Pour sa part, Michel en avait assez du violon, de la cuillère et des chansons à répondre. D'autant plus que l'affection de Sylviane à son égard augmentait à mesure qu'elle buvait. Elle lui donnait chaud à se tenir constamment contre lui, le bras autour de sa taille.

Ils acceptèrent l'invitation de Jean-Robert d'aller continuer le *party* dans sa chambre. Le long des couloirs, Jean-Robert et Anthony coururent comme des dératés, au cri de *Un, deux, trois, quatre, cinq, six, sept… Québeeec !* qui se répercutait d'un bout à l'autre du cinquième étage. Michel réussit à se dé tacher de Sylviane en montrant du doigt les toilettes des hommes. À l'intérieur, le plancher de tuiles était jonché de saletés et de vomissure. Un des urinoirs débordait, bouché par du papier de toilette. Michel pénétra dans un des cabinets. Dans celui d'à côté, une femme pouffa de rire. Il aperçut au bas de la paroi séparatrice les souliers blancs d'une infirmière et ceux d'un homme lui faisant face. Elle était manifestement assise sur la cuvette, et l'homme debout.

Embarrassé, Michel se dépêcha de faire ce qu'il avait à faire et de quitter les lieux, poursuivi par un éclat de rire féminin au moment où il fermait la porte.

—Il y a une femme là-dedans ? demanda Sylviane, les yeux ronds.

Il fit un geste agacé.

—Elle fête la Saint-Jean.

—Heille, on vous attend ! leur cria Jean-Robert de l'autre bout du couloir. Venez, venez !

Michel et Sylviane obéirent, ne serait-ce que pour faire taire le jeune homme. Une fois tout le monde dans sa chambre, Jean-Robert ferma la porte et dénicha dans le fond d'un tiroir une cigarette d'allure particulière. Il l'alluma avec un briquet et l'arôme caractéristique de la marijuana envahit la chambre.

—C'est aussi Serge qui t'a fourni ça ?

Jean-Robert n'écoutait pas, toute son attention centrée sur son joint, qu'il passa ensuite à Michel. Ce dernier aspira une minuscule bouffée, pour la forme. Bon Dieu ! Les souvenirs dévalèrent dans son esprit comme un piano dans un escalier. Il n'avait pas fumé de joint depuis la mort de Bertrand. Ça faisait si longtemps déjà… Sylviane vida le reste de sa bouteille de jus d'orange et vodka et accepta le joint, ses gestes un peu incertains. Elle aspira, s'étouffa, aspira de nouveau. Seul Anthony ne fumait pas. « Ça le fait capoter », expliqua Jean-Robert, qui sortit ensuite son album de photos. Les visiteurs durent encore une fois en passer le contenu au complet, cette fois avec des commentaires aux frontières du compréhensible. L'effet combiné de l'alcool et de la marijuana avait rendu Sylviane plus collante que jamais. Elle s'adossait mollement sur Michel, la tête appuyée dans le creux de son épaule, la main sur sa cuisse. Il ne pouvait pas rester insensible au corps tiède de la jeune femme et il ressentait une compression douloureuse au bas-ventre. Elle devait d'ailleurs s'en rendre compte.

Avec délicatesse, il tenta de se dépêtrer d'elle.

—Heille ! s'étonna celle-ci. Tu t'en vas ? Je viens avec toi…

—Reste ici, reste ici ! Je vais aux toilettes…

—Mais tu reviens tout de suite ?

—Oui, oui…

Michel avait déjà quitté la chambre. Il marcha un moment le long du couloir, reprenant ses esprits débalancés par la bière et le désir soudain de céder aux avances de Sylviane. Il se secoua. Oh, là, là ! Fallait-il qu'il ait bu pour songer une seule seconde à se taper son ancienne compagne de chambre ! Oh oui, il avait bu et il était fatigué. Il ne pensait *vraiment* plus droit.

Autour du poste, Michel sentit que l'ambiance avait changé. Les membres du personnel discutaient à mi-voix, par petits groupes. Certains paraissaient sceptiques, d'autres hochaient la tête, navrés. Dans la salle de bain, Michel aperçut Nabil, qui se lavait les mains, le regard préoccupé.

—Vous avez tous des faces d'enterrement, dit-il le plus innocemment possible. Qu'est-ce qui se passe ?

L'éducateur hocha négativement la tête, puis
sembla changer d'idée pendant qu'il s'essuyait les
mains. Il regarda Michel des pieds à la tête, puis
lui demanda avec son accent chantant:

— Tu es dans le module bleu, toi?

— Oui.

— Ah! Alors je peux bien te le dire, parce que de
toute façon tu vas sûrement l'apprendre demain.
Le docteur Leduc a été hospitalisé d'urgence à Trois-
Rivières. Il est gravement blessé.

Michel eut l'impression de dessoûler d'un coup.

— Qu'est-ce qui s'est passé?

Nabil leva les mains au plafond.

— À ce que j'ai compris, il a été battu par des
voyous. C'est arrivé ce midi, dans le parking d'un
restaurant. Personne n'a rien vu. C'est pas croyable!
En plein Shawinigan.

En voyant l'expression de son patient, l'éducateur sembla regretter d'avoir trop parlé.

— Mais il ne faut pas vous inquiéter pour ça.
Les autres psychiatres de votre module vont remplacer le docteur Leduc jusqu'à ce qu'il soit de retour.

Michel sortit des toilettes, les oreilles tintantes,
proprement sonné par la nouvelle. Il dut s'écarter
pour laisser passer des membres du personnel qui
ramenaient de la terrasse les poubelles remplies de
verre de plastique et d'assiettes de carton. Serge le
frôla presque. Michel le suivit du regard. Le préposé sortit le sac vert de la poubelle, le noua et le
jeta dans une benne à ordure. Il attrapa un second
sac vert. Lorsqu'il s'étirait le bras, la manche de sa
combinaison se relevait et révélait les tatouages sur
ses biceps. Il s'aperçut que son patient le fixait. Un
vague sourire dévoila ses dents, comme de l'arro-
gance ou du mépris. Michel détourna les yeux, entra

dans la salle multi et sortit sur la terrasse. Ses mains se refermèrent sur l'épais grillage. La nuit était complètement tombée. En bas de la colline, le parc grouillait de monde attendant le feu d'artifice. Le vent charriait la fraîcheur de la baie de Shawinigan, mais Michel était soudain en nage. Il sentait des gouttes de sueur couler le long de ses flancs. Il y avait longtemps qu'il n'avait pas ressenti ce poids au creux de l'estomac, cette douleur sous la pomme d'adam, diffuse comme une gencive qui dégèle lorsqu'on revient du dentiste. Un sentiment extrêmement désagréable dont il se souvenait trop bien et qu'il aurait préféré ne plus jamais éprouver de son vivant.

Il avait peur.

Ou bien l'agression de Leduc n'avait rien à voir avec son enquête, ce qui était tout à fait possible, et même probable, ou bien…

Il osait à peine envisager l'alternative…

Michel s'aperçut qu'il était seul avec Gilles. Le grand moustachu relaxait en fumant une cigarette, tranquillemment adossé contre le grillage. Michel se rappela de quelle manière Serge Claveau avait refusé de lui vendre des somnifères lorsque Gilles s'était pointé.

Michel s'approcha de l'infirmier.

— Gilles, est-ce qu'on peut se parler ?

Un scintillement de curiosité apparut dans le regard rougi par la fatigue.

— Qu'est-ce que je peux faire pour toi ?

Michel déglutit. Sa salive avait un relent doucereux de bile et de hot-dogs trop vite avalés.

— Gilles. Il faut absolument que tu m'aides. Je devais rentrer chez moi ce soir. Le docteur Leduc devait signer mon congé aujourd'hui. Il l'aurait fait si on ne l'avait pas blessé.

—Qui t'a dit ça?

—Je vous ai entendus parler au poste. C'est pas grave. Ce qui est important, c'est que je dois absolument rentrer chez moi aujourd'hui, tu comprends? J'avais des choses très importantes à régler. Le docteur Leduc était d'accord.

Gilles croisa ses longs bras mous sur son torse puissant, l'image même de l'incrédulité.

—Michel. Il est dix heures du soir.

—Je sais, Gilles. Je croyais… Je croyais que le docteur Leduc reviendrait et me donnerait mon congé. Maintenant, je comprends pourquoi il ne l'a pas fait.

—Je ne peux pas signer de congé, Michel.

—Tu peux m'ouvrir la porte. Je sais que tu as les clés. C'est tout ce que je te demande. Pas besoin de le dire à personne, Gilles. Qu'est-ce que ça peut faire? Je sortais vendredi de toute façon.

Gilles grimaça comme s'il n'arrivait pas à croire qu'il poursuivait cette conversation.

—Tu vas avoir l'air fin, pris dans Shawinigan pas d'argent. Je ne peux pas te redonner tes effets personnels. On saurait qu'un employé t'a aidé.

Le cœur de Michel se mit à battre un peu plus fort: si l'infirmier avait été intraitable, la discussion aurait été terminée depuis longtemps.

—N'aie pas peur. Je vais me débrouiller.

Michel s'était résigné à appeler Nathalie d'un téléphone public, en espérant qu'elle serait à la maison pour accepter les frais. Au pire, Mathieu ou la gardienne répondraient. Pour sûr que sa femme allait être furieuse et inquiète de se lancer sur la route en pleine nuit jusqu'à Shawinigan pour le rescaper, et il aurait droit à une sacrée engueulade. Michel serra les dents, se faisant intérieurement la promesse qu'il allait exiger de Saint-Pierre un supplément d'honoraires salé pour compenser tout ce qu'il avait subi.

Gilles écrasa sa cigarette et jeta le mégot à travers la grille.

— Il est tard. Va te coucher.

Michel déglutit de nouveau, sachant à l'avance à quel point ce qu'il allait dire ressemblerait à un délire mythomane. Il aurait voulu inventer un mensonge plus crédible, mais rien ne lui venait à l'esprit sauf la vérité, la simple et pure *vérité!*

— Gilles, tu ne me donnes pas beaucoup de chances, là. Promets-moi que tu vas m'écouter. Gilles, je ne suis pas un patient. Je suis un détective privé. Je suis ici pour une enquête. Il y a seulement deux personnes qui sont au courant, Yves Saint-Pierre, le directeur de l'hôpital, et le docteur Leduc. J'enquête sur certains de tes collègues, comprends-tu?

— *Oh boy*, Michel, je pense qu'il est *vraiment* temps d'aller te coucher.

— Gilles! Regarde-moi. Est-ce que j'ai *l'air* d'un patient dépressif? Est-ce que je *parle* comme un dépressif?

Gilles le regarda une longue seconde, visiblement pris d'un doute.

— Si tu me crois pas, téléphone à Yves Saint-Pierre.

— Oui! C'est ça! Je vais téléphoner au directeur de l'hôpital à dix heures du soir.

— Gilles… Gilles, moins fort s'il te plaît. Tu peux me faire sortir par la porte qui mène directement des locaux du personnel à l'ascenseur. Sais-tu comment je suis au courant de ça? C'est parce que j'ai étudié le plan de l'étage avant de venir ici, en compagnie de Leduc et de Saint-Pierre. Tu ne me crois toujours pas ? Téléphone à Saint-Pierre, dis-lui qu'un patient nommé Michel Ferron veut lui parler et s'il te répond qu'il ne sait pas qui je suis, s'il *refuse* de me parler, je te donne la permission de me bourrer de pilules et de m'attacher dans mon lit jusqu'à vendredi soir !

L'infirmier resta un long moment silencieux, puis haussa les épaules.

— On n'est pas une aile à haute sécurité. Je peux bien te laisser sortir.

Pendant une fraction de seconde, Michel refusa d'en croire ses oreilles, puis il éprouva une sensation de soulagement si intense qu'il en eut les larmes aux yeux.

— Merci, Gilles… Merci…

— Remercie-moi pas. Je m'en crisse que tu t'en ailles, moi. Tu veux partir tout de suite ?

— Dans deux secondes. Je vais à ma chambre chercher mes souliers.

— Rejoins-moi devant le salon des employés.

— Surtout, surtout ne dis rien à *personne*. Pas un mot à *aucun* de tes collègues.

— J'ai compris. Je te ferai signe quand le passage sera libre.

C'est presque au pas de course que Michel retourna à sa chambre. Il enleva ses pantoufles et mit ses souliers. Il attrapa un chandail léger, en espérant que ça n'éveillerait pas trop de soupçons : mais il risquait d'attendre une bonne partie de la nuit l'arrivée de Nathalie. Il en profita pour se donner un coup de peigne et s'examiner dans le petit miroir de plastique. Bon, il avait l'air un peu bizarre, mais on le prendrait pour quelqu'un qui avait commencé à fêter la Saint-Jean de bonne heure.

Dans le miroir, il vit la porte s'ouvrir… Son cœur faillit s'arrêter. *Ah là là*… C'était Sylviane, qui referma la porte derrière elle puis s'approcha du lit de Michel. Elle sourit, son regard bleu louchant un peu.

—On s'est mal compris. Je pensais pas que tu m'attendais dans ta chambre.

Elle souleva son chandail en polaire rouge, se débattit maladroitement pour extirper sa tête de l'encombrant vêtement, mais finalement réussit à se libérer. Elle regarda de nouveau Michel, caressant ses petits seins en un geste de sensualité presque puéril.

—Si tu veux, moi, je veux aussi…

Michel cligna des yeux, incapable de croire à ce retournement de situation.

—Je t'en prie, Sylviane, habille-toi. Je… Je ne peux pas maintenant. Je dois rejoindre Gilles.

Les yeux de poupée tressaillirent, décontenancés.

—Rejoindre Gilles? Qu'est-ce qu'il te veut?

—Je t'expliquerai tout à l'heure… Dans… dans une heure. Attends-moi ici, d'accord?

Le visage de la jeune femme s'effondra totalement. Sa poitrine menue fut soulevée par des sanglots.

—Je t'ai pardonné, moi, pour l'affaire de la chambre privée… (Sur son visage baissé, des larmes coulaient sans retenue.) Pourquoi tu me traites comme ça? Tu me trouves pas belle? Mes seins sont trop petits, c'est ça?

*Non, ça se peut pas, c'est pas vrai!*

—Sylviane, tu es très jolie. C'est pas ça le problème. Mais je dois aller discuter avec Gilles. On se… On se reparlera plus tard.

Le regard de la jeune femme se fixa sur les pieds de Michel. Elle releva la tête, les sourcils froncés.

—T'as mis tes souliers ? Pourquoi as-tu mis tes souliers ? Qu'est-ce que tu fais avec un chandail ? Tu sors de l'hôpital ? C'est pour ça que Gilles t'attend ? Il va te faire sortir, hein ?

Irrité contre lui-même d'avoir perdu du temps à essayer de raisonner la jeune femme, Michel attrapa son chandail et sortit de sa chambre. Toujours à demi nue, Sylviane le suivit dans le couloir, hurlant d'une voix éraillée :

—C'est ça ! Va-t'en ! T'es rien qu'un maudit fif, comme tous les autres ! Retourne à Montréal ! Retourne voir tes petits amis du village gai !

Michel était hors de lui. Cette folle allait tout faire rater. Joanne, toujours coiffée de son petit chapeau de carton bleu, contempla la scène sur le pas de la porte de sa chambre en riant. Jean-Robert aussi sortit dans le couloir. Un membre du personnel n'allait pas tarder à rappliquer.

—Sylviane, fous-moi la paix ! gronda Michel. Retourne à ta chambre !

—De toute façon, je le sais que t'es pas un vrai patient ! Je le sais que t'es de la police !

Michel continua d'avancer, étourdi de surprise et d'angoisse, poursuivi par les sanglots de la jeune femme qui, heureusement, ne le suivait pas. *Elle dit n'importe quoi*, songea furieusement Michel, *c'est une coïncidence, elle a inventé ça, comme le reste !* En marchant vers le poste, il croisa Martine. Il s'attendait à ce que l'infirmière en chef du soir l'interpelle, mais bien sûr ce fut la patiente hystérique aux seins nus qui attira son attention, pas lui.

Gilles l'attendait dans le vestibule du salon du personnel, apparemment indifférent à la crise de Sylviane. Michel se dit que l'infirmier devait en avoir vu d'autres. Les deux hommes traversèrent le petit salon et atteignirent une courte section de couloir avec plusieurs portes. Ils passèrent dans une pièce étroite, moitié entrepôt, moitié vestiaire. À l'aide d'une clé, Gilles déverrouilla une porte tout au fond du réduit. Les deux hommes se retrouvèrent dans la cage d'un escalier de secours aux murs de brique et aux marches de métal. Michel descendit quelques marches, chacune résonnant comme une cloche sourde, mais Gilles lui fit signe de remonter tout de suite.

—Ça ne marchera pas. Il y a une alarme à la porte d'en bas.

Gilles poussa la porte menant au vestibule en forme de L qui donnait sur l'ascenseur. Au lieu d'avancer vers l'ascenseur, il s'approcha plutôt d'une ancienne porte de bois percée d'une fenêtre au verre dépoli. L'infirmier choisit une clé d'un ancien modèle et l'introduisit dans la serrure de bronze terni. La clé tourna avec un claquement de pêne métallique. Gilles ouvrit la porte et fit signe à Michel d'entrer.

Ce dernier hésita un peu, puis avança. Le grand infirmier entra derrière lui et se dépêcha de fermer la porte. La section abandonnée du cinquième étage était parfaitement silencieuse. Une pénombre profonde y régnait. On distinguait à peine, sur le carrelage, des losanges un peu plus clairs : les lumières de la tour de la Cité de l'énergie à travers les fenêtres des chambres. Il n'y avait pas d'autre lumière dans l'aile désaffectée.

—Avance, murmura Gilles sans trop d'aménité.

Michel n'obéit pas tout de suite à l'injonction. Il scruta la pénombre devant lui, la gorge sèche comme du papier. L'air sentait le vieux velours. Une intense sensation de déjà-vu l'assaillit. Il avait rêvé qu'il

venait ici, n'est-ce pas ? Dans le rêve, l'étage croulait
sous la poussière – en réalité, c'était assez propre –
et des cadavres momifiés pourrissaient dans les lits
– les chambres étaient vides, bien sûr. Les rares lits
que Michel aperçut étaient inoccupés et couverts
d'une housse. Et l'escalier… Il savait qu'en réalité
il y avait au bout de l'aile un escalier qui descendait
jusqu'à la sortie. Dans le rêve, l'escalier refusait de
mener au rez-de-chaussée. Mais il ne s'agissait que
d'un rêve, un rêve…

Un autre souvenir papillota dans l'esprit enfiévré
de Michel. Il s'approcha de la première porte sur
sa gauche, essaya de lire le numéro de la chambre.
Il s'aperçut que c'était lui qui bloquait la faible
lumière glauque qui traversait la fenêtre dépolie. Il
s'écarta. Un numéro de chambre apparut, un numéro
qui s'était inscrit en lettre de feu dans sa mémoire :
568. Il se trouvait devant la chambre 568. La solution de l'énigme de Kevin. Un store devait être
baissé, car la nuit qui régnait dans la chambre était
absolue. Michel tendit la main dans l'ombre, sentit
sur le mur un commutateur, l'activa. Il ne se passa
rien.

— Il n'y a pas d'électricité ici, expliqua Gilles
sur un ton curieusement distant. Pourquoi est-ce
que tu veux voir cette chambre-là en particulier ?

Michel allait répondre « C'est sans importance »
lorsqu'une stridulation aiguë venue de l'extérieur
lui coupa la parole. Le store qui masquait la fenêtre
de la chambre s'illumina brièvement de blanc,
suivi d'une succession de flashs rouges. Un choc
sourd fit vibrer le sol et les murs de l'hôpital, suivi
d'une rafale d'explosions sèches.

Au milieu de la chambre 568, dans la lumière
tressautante du feu d'artifice, Michel vit un fauteuil,

une lampe-torche, une table basse sur laquelle il entraperçut des boîtes de carton, des sacs de plastique, des gants d'examen, un accessoire de pharmacie destiné à compter les comprimés. Il ne manquait qu'une balance pour compléter le kit du parfait revendeur.

Michel recula dans le couloir. Il se tourna vers Gilles. Le visage de l'infirmier restait dans l'ombre, à peine esquissé par les flashs du feu d'artifice.

—Tu pensais que c'était Serge, hein ? demanda Gilles d'une voix douce. À cause des tatouages ? Ça fait mauvais genre, hein ?

Michel ne répondit rien. L'infirmier avança d'un pas.

—C'est pour ça que t'arrêtais pas de nous achaler pour des somnifères, hein ? Vous autres, les beûs, vous prenez le monde pour des caves, hein ?

Des explosions sourdes firent vibrer l'air. Michel recula de quelques pas.

—L'administration ne veut pas te poursuivre, Gilles. Elle veut juste se débarrasser de toi. T'as juste à partir, tu ne seras pas inquiété.

—C'est pas un mardeux de flic qui va me faire perdre ma job !

Flashs blancs, roses, verts… Explosions sèches…

—Je ne suis pas un policier, Gilles. Je suis un privé.

—C'est pareil pour moi ! T'es un maudit sale qui s'est pas mêlé de ses affaires !

Michel souleva les poings devant lui.

—Je suis capable de me défendre, Gilles.

—Maman, j'ai peur.

Michel continua de reculer, jetant de rapides coups d'œil derrière lui. L'infirmier avançait sans se presser, son uniforme blanc coloré par la lumière des feux. Michel était presque arrivé au bout de l'aile condamnée lorsqu'il aperçut, sur le plancher du couloir, dans un flash de lumière d'or traversant une fenêtre, une ombre étirée, hors de proportion. La silhouette d'un homme, dissimulé dans la dernière chambre, qui attendait...

Michel fonça. Gilles cria : « Attention, le v'là ! » Un infirmier gras et solide jaillit de la chambre et intercepta Michel. Autant par réflexe que par décision réfléchie, Michel balança un violent coup de poing dans l'estomac de son agresseur. Le gros se plia en deux. Par-derrière, Gilles lui attrapa la tête d'une main et lui remonta le poignet dans le dos, à la hauteur des omoplates. Une douleur infinie irradia de l'épaule de Michel. Il frappa du talon un tibia, donna un coup de tête derrière lui. La clé de bras mollit. Il réussit à se dégager, mais l'autre infirmier s'était ressaisi. Michel essuya un coup en pleine mâchoire. Étourdi, il frappa à l'aveuglette, assez fort pour se faire mal aux jointures. Il reçut un coup derrière la tête. Ses genoux faiblirent. Il tomba. On le frappa, encore et encore. Il n'était plus qu'un esquif sans gouvernail tourbillonnant dans un maelström de douleur. Il aurait voulu supplier qu'on arrête, mais il n'en avait plus la force. Presque inconscient, il se rendit compte qu'on avait cessé de le brutaliser. Une voix tonna tout près de son oreille, la voix de Gilles, essoufflée et rauque.

— Maudit chien sale ! Tu voulais savoir si quelqu'un vendait de la dope, hein ? (Un coup de pied dans les côtes.) Tu la veux, la vraie réponse ? Tu la veux ?

Michel ressentit, à la cuisse, la brûlure d'une seringue plantée sans ménagement. Il eut l'impression qu'un flocon de neige grandissait à l'intérieur de sa cuisse, s'étendait avec une lenteur glacée, transperçait son corps d'aiguilles de glace. Un filet arachnéen de froidure l'enveloppa, l'anesthésia. Le tourbillon rugissant de la douleur s'éloigna et finit par disparaître. Toutes ses autres sensations disparurent aussi. Puis sa conscience s'amenuisa et fut soufflée à son tour, comme la neige de janvier lorsque, sur la plaine nue, glisse le blizzard du nord.

# CHAPITRE 26

Évidemment, évidemment, Nicole, au lieu de l'aider, capote. Elle aperçoit Ferron, sans connaissance sur le plancher de la chambre abandonnée, complètement effarée, puis elle le regarde et se met à tourner en rond, en gémissant:

— J'en peux plus, Gilles ! Je le savais que ça finirait comme ça ! Je le savais !

— Peux-tu baisser le volume un peu, crisse ! On va le laisser près de l'ascenseur. L'équipe de nuit arrive bientôt. Ils vont le trouver. On va les laisser se débrouiller avec ça.

— Pourquoi est-ce que tu m'as mêlée à ça ? Qu'est-ce qu'on va faire avec lui ?

— Je veux que tu confirmes qu'il a pris de la dope pendant le party.

— Quoi ?

— Il faut être plusieurs à le dire, si on veut être crus.

— Il va finir…

— Moins fort !

— Il va finir par se réveiller !

— Je lui ai donné assez de Largactyl pour le garder knock out jusqu'à quatre heures demain. On lui en donnera une nouvelle dose à ce moment-là.

—Mais c'est débile ! On peut pas le garder comme ça éternellement !

—Ma fille, prie pour qu'on trouve une autre solution. Sinon…

Nicole pleure de plus belle :

—Non… Non… On peut pas faire ça… Tu peux pas me mêler à ça !

—D'ici là, t'as besoin d'avoir une meilleure idée… En attendant, arrête de brailler pis va voir si le chemin est libre…

—J'en peux plus… J'en peux plus…

Mais Nicole finit par obéir. Il a l'impression que cette fois-ci elle ne s'arrêtera jamais de brailler… Qu'est-ce qu'il va faire d'elle, maintenant ? Il décide qu'elle ne doit surtout pas se présenter le lendemain, ni vendredi, tiens. Elle doit téléphoner pour se déclarer malade. Ça lui laissera quatre jours pour se calmer. Parce que sinon, il ne voit *vraiment pas* ce qu'il va faire d'elle.

Ce qui n'est pas le cas de Ferron. Lui, il *sait* comment il va finir. Il aurait certainement pu augmenter un peu la dose, mais pour cela il lui faudra attendre que Nicole se soit éloignée un peu. Émotive et écervelée comme il la connaît, elle serait capable de faire des conneries. Des grosses conneries…

Il caresse son menton douloureux. Nicole, Nicole, la belle Nicole… Il commence à soupçonner qu'aucune prière au monde ne va empêcher l'inéluctable. Plus il réfléchit à la conduite à tenir avec la jeune infirmière, et plus ses pensées lui déplaisent… *C'est plus des farces, Nicole. On a besoin de trouver une bonne idée d'ici là. Une très bonne idée.*

# CHAPITRE 27

Après de nombreuses heures à se faire meurtrir dans la cabine du camion militaire, Caligo, Cochon et Bonhomme-au-fouet crurent distinguer une lueur spectrale filtrant à travers la toile de la bâche. Une rougeur sombre à la limite de la visibilité, comme des braises couvant sous la cendre.

Les camions ralentirent, stoppèrent. Des portes claquèrent. La toile arrière de la bâche fut soulevée. La lumière d'un projecteur glissa sur Caligo. Des ordres impatients s'élevèrent dans la nuit. Les Amis de la forêt descendirent en grognant : tous trois étaient courbaturés et aveuglés par la lumière trop vive. Le projecteur se déplaça vers une troupe de soldats entourant un second groupe de prisonniers. Caligo fut horrifié de reconnaître les autres Amis de la forêt, ceux qu'il croyait libres et en train d'organiser une opération de sauvetage.

Aucun de ses compagnons n'avait échappé à la rafle. Ils étaient tous ici : Q2D4, Pieuvre, Autoverte, Demiflute, tous les autres, incluant Max qui fermait la marche en trébuchant de fatigue, les yeux écarquillés dans un visage blême, comme s'il n'arrivait pas à croire à la réalité du monde qui l'entourait.

Caligo n'eut guère le loisir de fraterniser avec ses compagnons d'infortune. Obligés d'obéir aux ordres féroces des nazis, ils furent tous alignés le long de la route et forcés d'attendre sans bouger et surtout sans dire un mot. Ils eurent tout le temps de contempler le pays dur, cruel et âpre qui s'offrait à leurs regards. Devant leurs pieds, la route disparaissait. Ce n'était pas une falaise mais presque : la pente descendait en grands escarpements dans une sombre auge. De l'autre côté s'élevait une croupe, beaucoup plus basse, au bord dentelé et haché de rochers pointus qui se détachaient comme des crocs noirs sur la lumière rouge. Les lacets plus pâles de la route traçaient leurs méandres sur la paroi fuligineuse, seule voie praticable dans cette vallée émergeant à peine de l'obscène convulsion ayant donné naissance au monde. Dans le lointain, au-delà d'un vaste lac de ténèbres pointillé de petits feux, on distinguait une grande usine, d'où s'élevaient d'immenses colonnes de fumée tournoyante, d'un rouge poussiéreux à la sortie des cheminées, et noire au-dessus où elle se fondait dans la voûte ondulante qui recouvrait tout ce pays maudit.

Il faisait toujours très froid, mais sans la moindre trace de neige pour adoucir le panorama. De temps à autre, une colonne de fumée s'embrasait dans un grand soulèvement ronflant. Le flamboiement se tordait comme un dragon rouge vomi par la cheminée cintrée d'acier et jetait un éclat éblouissant sur la face des rochers nus, de sorte qu'ils paraissaient trempés de sang.

Cochon renifla, dédaigneux.

« Ça me donne soif, toute cette boucane. Au premier bar sur le chemin, je paye la tournée ! »

Les nazis lui aboyèrent de se taire, leurs armes s'agitant de façon menaçante. Les Amis de la forêt furent groupés en deux files et on leur ordonna de se mettre en marche en direction de la vallée. Ils obéirent, Cochon et Q2D4 en tête, Caligo fermant la marche en compagnie de Max.

Parmi tous ses compagnons d'infortune, Caligo était surtout inquiet pour Max. La recrue n'était pas parmi eux depuis assez de temps pour s'être endurcie à la lutte. Caligo et Cochon, et tous les autres, n'en étaient pas à leur premier coup dur. Leur âme s'était forgée à la rude école du combat. Max, en dépit de sa vaillance, n'avait presque jamais connu la véritable adversité. Il marchait comme un somnambule, le regard vide dans son visage maculé de boue.

« Allons, du nerf ! » lui dit joyeusement Caligo. « Nous nous sortirons de ce mauvais pas comme nous nous sommes sortis des autres. »

« Ceci n'est pas la réalité », répondit Max. « Ce n'est qu'un rêve. Nous sommes tous des patients d'un hôpital psychiatrique. »

Pauvre Max ! Il était visiblement en état de choc depuis la destruction de la base. Peut-être s'en voulait-il particulièrement de n'avoir rien vu venir ? De tout le groupe, il était celui pour qui l'absence d'aide de la part de l'Ambassadeur du Royaume d'Argent était le moins compréhensible.

« Les nazis… Ce ne sont pas de véritables nazis », expliqua Max lorsque la marche forcée lui laissait assez de souffle pour parler. « Ce sont les infirmiers que vous voyez ainsi. Les barbies sont des infirmières. Comprenez-vous ? Vous êtes tous… *Nous sommes tous* des incarnations de patients.

Demiflute, c'est Sylviane. Cochon s'appelle en réalité Jean-Robert… Enfin, je crois bien que c'est lui… Q2D4, c'est M. Landreville. Il est un cube de bois, et lui c'est un menuisier…»

«Et moi? Qui suis-je?»

Max hocha la tête, le regard incrédule sous son front encrassé.

«Tu es… Tu t'appelles Kevin… Tu es très différent dans la réalité. D'ailleurs, tu ne parles jamais. Tu es un autiste. Sais-tu ce que c'est, un autiste?»

«Non.»

«Ici, c'est toi le chef. Je ne comprends pas comment ça fonctionne. J'ai l'impression que c'est toi qui rêves ce monde, Kevin. Tu rêves ce monde et tu nous entraînes dedans.»

«J'ai bien peur que ce soit ton hôpital qui soit un rêve, Max», dit Caligo.

«Silence!» s'impatienta un des gardes.

Max courba les épaules de désespoir.

«Ça ne peut pas être la réalité. Je veux retourner chez moi.»

«J'ai dit: silence!»

Ils se turent. La situation n'était propice ni aux explications ni aux paroles de réconfort. La route serpentine était étroite, percée de nids-de-poule et encombrée de caillasse. La seule lumière était celle des flammes reflétées par les nuages bas. Aussi bien dire qu'il faisait noir. Suivre la route sans trébucher exigeait une vigilance de tous les instants. Au bas de la vallée, un pont suspendu fait de planches et de câbles s'élançait au-dessus d'une surface luisante comme de l'obsidienne. Un ruisseau, peut-être même une rivière. Le pont craqua et tangua sous le poids des prisonniers et de leurs surveillants. Le cours d'eau exhalait un remugle âcre, sulfureux. Néanmoins, ils mirent pied sur l'autre rive sans plus de désagrément qu'un peu de nausée et quelques quintes de toux.

Ils poursuivirent la marche forcée, assez longtemps pour qu'une aube maladive repousse avec effort les ténèbres. Ils arrivaient au grand bâtiment festonné de cheminées aperçu à leur débarquement des camions. L'édifice était entouré d'une haute palissade de béton surmontée de barbelés et de miradors. La route menait à une unique porte percée dans la palissade, fermée par une lourde grille d'un métal qui paraissait noir dans la misérable lumière matinale. Quelques lettres d'acier avaient été soudées aux barreaux de la grille, une devise : *Arbeit macht frei*.

Avec une pétarade de moteur à essence mal ajusté, la grille s'ouvrit. Les Amis de la forêt pénétrèrent dans l'enceinte. Les gardes leur ordonnèrent de s'aligner face à un des bâtiments secondaires. Un officier nazi poussa une des portes grises de suie du bâtiment et s'avança face à Caligo et à ses compagnons d'infortune. C'était le *Sturmbannfürher* Schwartz en personne.

« Prisonniers, vous voici au Bunker Ultime », annonça l'officier nazi avec un lourd accent. « Vous êtes arrivés au terme de votre voyage. Ne gaspillez pas votre énergie à tenter de vous échapper. Vous vous rendrez rapidement compte que nous savons comment prévenir les révoltes et les complots. »

Le *Sturmbannfürher* Schwartz se tut pendant quelques secondes en toisant un à un les prisonniers. Sous le regard du nazi, Cochon grimaça.

« Qu'est-ce qu'y a ? J'ai quelque chose sur le groin ? »

Un soldat s'avança et assena un coup de crosse dans les reins de Cochon. Ce dernier tressaillit mais resta debout. Schwartz eu un sourire froid.

« J'espère que vous avez bien savouré cette réplique, car ce sera sans doute votre dernière fanfaronnade. » Il se tourna vers Q2D4. « Il y a longtemps que nos espions et nos ingénieurs étudient vos inventions, *Herr Professor*. Vous souvenez-vous de votre appareil de non-communication ? »

« Je m'en souviens. »

Deux barbies approchèrent en poussant un chariot sur lequel s'alignaient un grand nombre d'étranges appareils semblables à des masques à gaz. Schwartz souleva un des masques. L'assemblage de cuir et de caoutchouc se prolongeait à l'endroit de la bouche par un boîtier métallique percé d'un haut-parleur.

« Nos ingénieurs ont perfectionné et simplifié votre invention. Nous appelons ceci un *Störsender*. Un brouilleur de paroles. Il s'agit d'un masque non communicateur qui fonctionne sur un seul mode, le mode aléatoire. »

Les barbies s'approchèrent des Amis de la forêt et leur posèrent chacun un *Störsender*. Quelques prisonniers protestèrent, mais les soldats veillaient à l'ordre. Caligo accepta stoïquement le masque. L'appareil était retenu par de larges sangles bien ajustées et rivetées en place. L'intérieur sentait un peu la soudure et l'huile à machine, mais Caligo fut soulagé de constater qu'on y respirait presque normalement.

Schwartz reprit son discours.

« Vous travaillerez tous au camp de concentration. Les gardes vous assigneront à chacun un baraquement et vous expliqueront en quoi consiste votre travail. Votre rôle est simple : obéir aux ordres, en tout lieu et en tout temps, sans discuter. De toute manière, vous comprendrez très rapidement que discuter est impossible. »

Les soldats ordonnèrent aux Amis de la forêt de traverser une enceinte secondaire qui entourait la grande usine centrale. Devant l'édifice, sur une esplanade de terre battue, travaillaient d'autres prisonniers. Sales, vêtus de haillons, le regard chassieux au-dessus du *Störsender* dont ils étaient tous affublés, les prisonniers avançaient d'une démarche trébuchante, les uns poussant de lourds chariots de métal, les autres soulevant des barils de métal dans un convoyeur, d'autres encore pelletant une poudre grisâtre ou cassant des monceaux d'une substance noire et vitreuse qui éclatait en mille éclats acérés.

Caligo et ses amis furent menés à un baraquement. Une barbie en chef leur attribua à chacun une couche étroite et sordide. Elle leur conseilla ensuite de profiter des quelques heures de repos qu'on leur accordait après leur voyage, car ils en auraient besoin.

Caligo tâta sa couchette. C'était une planche de bois avec un peu de paille, le tout couvert d'un drap gris râpeux. Il soupira. Cela valait mieux que le transport sur des barils. Il s'approcha de Max et lui demanda « Ça va, mon vieux ? », mais il eut la surprise d'entendre le *Störsender* clamer juste sous son nez, d'une voix identique à la sienne :

« Tes pantoufles sont cuites ? »

Au-dessus du masque, Max fronça les sourcils.

« La ville, le nombril… »

Caligo demanda « Qu'est-ce que tu dis ? », ce que le brouilleur traduisit, sur le même ton de surprise :

«Neuf cymbales sont en hausse?»

Max hocha négativement la tête.

« Rétracte-toi, porte-fanion. Je veux des ongles mous.»

« La quatrième position est inflexible mais turquoise!» intervint Q2D4.

«Latitude de morue…» dit Caligo.

Tous les Amis de la forêt se mirent à parler en même temps, une cacophonie absolument incompréhensible dominée par les rugissements de Cochon : «Mosaïque! La soupe aux fenêtres plaît aux scouts!» Il tenta fébrilement d'arracher son masque brouilleur. Constatant qu'il ne réussissait qu'à se faire mal au groin, il se mit à frapper sur le boîtier électronique. « Eutocie! Xylophone! Mes filles granulées téléphonent en canot! Crincrin du vallon et fourbures en us!»

La matraque d'un des gardes nazis atteignit Cochon à la hauteur des oreilles. Ce dernier tomba à genoux, une patte de devant se protégeant l'occiput.

«*Verboten!* » hurla le garde en assenant quelques coups de matraque supplémentaires aux prisonniers les plus proches. « Non! Pas enlever *Störsender*! Sinon nous fusiller, oui?»

Caligo leva les mains en un geste d'apaisement. Ils avaient compris. Il aida ensuite Cochon à se relever.

«Espoir de cactus…» gémit ce dernier.

Par gestes, Caligo fit comprendre à ses compagnons de ne plus dire un mot, qu'il devait réfléchir à la nouvelle situation. Le chef des Amis de la forêt tenta de contourner l'obstacle à la communication que représentaient les casques. Il se colla l'oreille tout près de la bouche d'un de ses compagnons, mais le volume du *Störsender* était toujours ajusté pour couvrir la parole originale. Caligo tenta ensuite de répéter la même phrase plusieurs fois de suite, afin de repérer des corrélations entre ce qui était dit et ce qui était transmis. Il aurait ensuite suffi d'un peu d'entraînement pour communiquer de nouveau. Ç'aurait été l'équivalent d'apprendre une nouvelle langue. Hélas ! les masques brouilleurs méritaient bien leur nom. Il répéta trois fois « Je suis Caligo, votre chef », une phrase tour à tour remplacée par « Repens-toi, Panama », « Le prix est en couronne » et « Une, deux, pensez bleu ». Q2D4 tenta lui aussi quelques expériences. Or, même le brillant ingénieur fut incapable de trouver une logique dans la transmutation effectuée par les appareils.

Pendant tout ce temps, quelques gardes nazis et des barbies les surveillaient sans s'interposer. Au contraire, ils semblaient trouver fort distrayantes leurs tentatives de communication.

◆

Pour Caligo, les jours qui suivirent furent les plus difficiles à vivre depuis sa libération du funérarium. Tous les Amis de la forêt furent dispersés et incorporés à la masse laborieuse des prisonniers, affectés au même travail harassant du matin au soir – en admettant que ces notions de matin et de soir eussent un sens sous le ciel perpétuellement assombri par la fumée noire vomie par les hautes cheminées de brique. La première semaine, Caligo et Max travaillèrent au ramassage des cendres. Les opérateurs du camp de concentration laissaient refroidir les fours à tour de rôle, afin d'en retirer ce qui ne s'était pas volatilisé. Caligo, Max et une petite équipe de prisonniers pénétraient dans le four. À l'aide de pelles et de grattoirs de fortune, ils soulevaient les cendres poudreuses, réduisaient en morceaux les strates plus solides et en remplissaient des brouettes qu'ils acheminaient à l'extérieur vers d'autres esclaves qui allaient les porter au broyage. Leur masque brouilleur n'était pas d'un grand secours pour filtrer l'abondante poussière soulevée par leur activité. Les travailleurs devaient s'entourer la tête de foulards improvisés. Max et Caligo ne tardèrent pas à ressembler aux autres prisonniers : des gueux au visage hâve, couvert de haillons crasseux, trébuchant de fatigue sous les sarcasmes des gardes nazis.

« *Na ihr lieben Freunde, wie würde euch ein Landurlaub gefallen ?* » leur cria un officier, ce qui fit éclater de rire les gardes et les barbies qui lui faisaient la cour.

Au bout d'une semaine de cette corvée, alors que Caligo croyait qu'ils mourraient tous de congestion pulmonaire, ils furent transférés à la fonderie, un grand hall mal éclairé et bruyant. À tout prendre, Caligo préféra cet enfer de flammes et de bruit à la prison des fours ; l'odeur du soufre valait mieux que la poussière rêche. Ici, le travail ne manquait pas non plus. Les prisonniers devaient pelleter du borax, de la silice et du carbonate de calcium, que l'on mélangeait aux cendres broyées. Le mélange était entassé dans des creusets, qu'il fallait ensuite descendre à l'aide de longues pinces dans des puits d'où jaillissait une flamme grondante. Les pinces auraient pu être moins courtes : il fallait se dépêcher d'insérer le creuset, car la chaleur du four roussissait les cheveux et faisait fumer les vêtements. Au bout d'une heure de cuisson, il fallait soulever le creuset incandescent – opération encore plus éprouvante. Le mélange en fusion, épais comme un sirop, était ensuite versé dans des moules d'acier, avec force grimace des prisonniers en train de cuire sur place. Il arrivait qu'un moule éclate sous le choc thermique. Caligo et Max étaient présents lors d'une de ces explosions. Ils s'en tirèrent avec quelques éraflures mineures, mais plusieurs prisonniers furent gravement blessés. Finalement, une fois leur contenu durci, les moules étaient vidés. Des briques de verre noir s'empilaient sur une large enclume de fer. Sous la supervision d'un technicien nazi, des prisonniers cassaient les briques à la masse. Le verre éclatait en mille éclats brûlants, libérant un mince lingot clair comme le cristal, qui rebondissait sur la surface de fer en tintant comme une clochette. Le précieux lingot était récupéré par le technicien. « L'âme des prisonniers », expliqua un jour le technicien nazi avec une lueur de convoitise et d'effroi au fond de son regard. Il tendit le lingot devant le masque de Caligo, comme pour le narguer. « Là-dedans se trouvent les âmes d'au moins dix mille prisonniers. Un jour, tu te retrouveras là-dedans toi aussi. »

Ce jour-là, profitant d'un des rares moments de répit entre deux fusions, Caligo fit signe à Max de s'approcher. Il traça dans la poussière : « Courage ! L'Ambassadeur du Royaume d'Argent va nous libérer bientôt. » Max ploya les épaules et hocha négativement la tête. Caligo soupira : rien ne semblait pouvoir remonter le moral de son ami. Un officier chargé de la surveillance surgit à ce moment. Caligo tenta d'effacer son message. Trop tard.

L'officier avait eu le temps de lire. Sa réaction ne fut pas celle à laquelle on pouvait s'attendre. Au lieu de se fâcher, le nazi éclata de rire. Comme il ne parlait qu'allemand, il fit signe à Caligo et à Max de le suivre.

Ils sortirent de la fonderie et traversèrent le camp. En chemin, l'officier rencontra des collègues et leur expliqua ce qu'il avait en tête. Tous les nazis regardaient les deux prisonniers, la plupart avec un sourire de mépris. Caligo et Max suivirent l'officier jusqu'à une vieille cabane un peu affaissée, en retrait. L'officier écarta la porte de planche grossière et tendit la main vers l'intérieur en ricanant.

Sur le coup, Caligo ne voulut pas reconnaître ce qu'il apercevait à travers les vieux madriers, les rouleaux de corde poussiéreux et les appareils rouillés qui encombraient le cabanon. Il s'avança. Une surface courbe et lustrée reflétait la maigre lumière grise. Caligo écarta un madrier. Il eut l'impression de recevoir une gifle en reconnaissant la silhouette accroupie, le visage argenté, le sourire empreint de bonté. C'était l'Ambassadeur du Royaume d'Argent! Caligo se mit à écarter fébrilement les immondices. Ce n'était pas possible! L'Ambassadeur ne pouvait pas être enfermé dans cet ignoble cabanon. Il était dans son quartier général, en train de préparer leur libération, à lui et à tous les Amis de la forêt!

Lorsque Caligo écarta une échelle aux barreaux cassés, l'Ambassadeur bascula par en avant, frappant de sa tête l'établi poussiéreux. Ce dernier balbutia des paroles incohérentes, les bras secoués de spasmes grotesques. Sous le regard horrifié de Caligo et de Max, une trappe s'ouvrit dans le dos de l'Ambassadeur, révélant des rouages et des circuits électroniques. Des étincelles fusèrent, une affreuse odeur de plastique brûlé envahit le cabanon. L'Ambassadeur du Royaume d'Argent s'immobilisa. On n'entendait plus que le rire de l'officier.

« Votre Ambassador, oui ? *Eine Maschine, ya ?* Brisé, compris ? *Kaput !* »

« Ce n'est pas le vrai Ambassadeur ! » cria Caligo, mais il entendit son cri de douleur transformé en insanités par le *Störsender*. Max posa la main sur l'épaule de son chef. Dans le regard de la jeune recrue, Caligo vit que celui-ci avait essayé de le prévenir.

« Brouillard en triangle. Il analyse le bocal », murmura Max, et quoique ses paroles fussent incompréhensibles, la bonté qui en émanait consola un peu Caligo.

◆

Ce soir-là, blotti dans sa râpeuse couverture de laine grise, écrasé par l'interminable journée à la fonderie et la terrible révélation, Caligo sentit peser sur ses épaules une fatalité aussi lourde qu'au temps de son emprisonnement dans le cylindre transparent. Pour la première fois depuis qu'il était le chef des Amis de la forêt, il se sentit véritablement démuni, livré à lui-même. Il était surtout inquiet pour Max. Il avait toujours pensé que la jeune recrue n'appartenait pas vraiment à ce monde, que si un des Amis de la forêt méritait de quitter le camp de concentration, c'était d'abord et avant tout le dernier arrivé parmi le groupe.

Ces terribles et angoissantes réflexions, pour lesquelles Caligo démontrait si peu d'aptitude, l'amenèrent à se pencher sur des questions finalement plus inquiétantes que sa capture et son emprisonnement. Conclure que Max n'appartenait pas à ce monde lui était apparu comme allant de soi. Mais qu'entendait-il exactement par cela? Si Max n'appartenait pas à ce monde-ci, fallait-il en déduire qu'il y avait *d'autres* mondes? Il savait qu'il ne fallait pas entendre par là d'autres planètes, comme celles où on avait capturé des millénaires plus tôt les extraterrestres prisonniers du funérarium. Non, il s'agissait ici d'autres *univers*, fonctionnant selon des lois physiques et chimiques différentes du leur.

Caligo éprouva un grand réconfort à songer aux lois physiques et chimiques. Il aimait la science, les chiffres, la technique. Autant il détestait les sentiments et faisait tout son possible pour s'abstraire de leur influence, autant il se passionnait pour les choses concrètes. Il préférait mille fois la réalité condensée, régularisé et structurée des livres aux faits chaotiques et bruts, au contact avec les autres. Caligo s'agita. Pourquoi ne réussissait-il pas à s'endormir? Pourquoi songeait-il à de pareilles choses ce soir? Pourquoi dire qu'il n'aimait pas le contact avec les autres? Il aimait pourtant ses compagnons. Il les aimait tous, Cochon, Bonhomme-au-fouet, Autoverte, Q2D4, Pieuvre et tous les autres Amis de la forêt. Il ne pouvait même pas garder rancune à Demiflute. C'était par faiblesse qu'elle avait trahi ses compagnons, pas par méchanceté…

Caligo entendit un bruit de couvertures froissées sous lui. Il vit Cochon se dresser, presque invisible dans la lumière rougeoyante qui pénétrait par les étroites fenêtres sans vitres.

« Grain gauche… » murmura Cochon tout près de Caligo. Il eut un geste impatient – il n'arrivait pas à s'habituer au brouilleur. Il tendit sa patte à la hauteur de l'oreille. Caligo s'assit sur son lit, attentif. Tout d'abord, il n'entendit rien de plus que les ronflements de ses camarades prisonniers. Puis il reconnut le bruit d'une porte qui s'ouvrait à l'autre bout du baraquement obscur.

Une barbie entra, tenant haut une chandelle, la flamme timide vacillant dans le vent. Caligo la regarda s'avancer, interloqué. Que venait faire ici cette barbie, toute seule, à une heure aussi tardive? Entre les rangées de lits superposés, elle continuait d'avancer, regardant d'un air peiné tous les prisonniers rassemblés. Les barbies les traitaient avec moins de dureté que les nazis, et certaines étaient presque aimables avec les prisonniers, cependant Caligo comprit, à la lueur de compassion qui scintillait dans son regard, que celle-ci était différente des autres. Très différente. Cette impression s'intensifiait à chaque pas qu'elle faisait dans sa direction. Sous la lumière de la chandelle, qui semblait elle aussi augmenter d'intensité à chaque seconde, le visage et les cheveux de la barbie acquéraient une couleur dorée, lumineuse.

Une vague de murmures étonnés parcourut le baraquement. Les prisonniers s'éveillaient l'un après l'autre et regardaient passer l'étrange apparition. La barbie s'arrêta tout près du lit de Caligo et de Cochon, mais ce n'était pas vers eux qu'elle se dirigeait. Elle regardait Max, sur la couchette du bas, toujours endormi. Maintenant qu'elle était tout près, son visage et ses cheveux semblaient d'or liquide. Ses yeux dorés s'écarquillèrent en apercevant Max et ses lèvres tendres, mais luisantes comme un métal poli, formèrent un mot, un appel presque.

«Michel?»

Max s'éveilla d'un coup, ses pupilles dilatées de surprise reflétant la riche lumière qui émanait de celle qui n'avait plus rien d'une barbie. Le costume blanc se volatilisa et dans le dos de la fine créature deux ailes en or fluide se déployèrent.

*C'est un ange*, songea Caligo en tremblant soudain d'extase. L'Ange du Royaume d'Or, venu sauver les prisonniers abandonnés par l'Ambassadeur du Royaume d'Argent!

L'Ange tendit une main lumineuse et toucha le *Störsender* de Max. Le détestable appareil tomba au sol, ses sangles de cuir rompues. L'Ange prit ensuite la main de Max, qui continuait de fixer le merveilleux visage, incapable de dire un mot. L'Ange s'envola doucement. Elle souleva Max comme si ce dernier n'était pas plus lourd qu'un oreiller de plume. Le toit du baraquement s'ouvrit, les planches s'envolèrent pour laisser passer l'Ange du Royaume d'Or et Celui qui avait été choisi. Dehors, un cri enroué s'éleva:

«*Alarm! Ein... Ein Engel verschwindet mit einem Gefangenen!*»

Caligo, comme tous les autres prisonniers, contempla Max et l'Ange qui s'élevaient dans le ciel nocturne – et l'on eût dit que la voûte du ciel se fissurait, révélant derrière elle un monde lumineux et magique. Le Royaume d'Or! Caligo, pleurant comme il ne l'avait pas fait depuis une éternité, cria: «Amène-moi aussi!», supplique transformée en éructation obscène par son masque brouilleur. Il était toutefois dans le pouvoir de l'Ange de comprendre à travers le brouillage. Elle regarda Caligo, le temps d'un souffle. Malgré le tumulte qui régnait maintenant dans le baraquement, Caligo entendit tout contre son oreille la voix infiniment douce de l'Ange.

« Il n'en tient qu'à toi, Kevin. »

Des éclairs dorés lacérèrent la voûte ombreuse et, lorsqu'ils cessèrent, le ciel avait repris sa teinte de cendre. L'Ange et Max avaient disparu.

# CHAPITRE 28

Michel volait au-dessus du Bunker Ultime en compagnie de l'Ange du Royaume d'Or. L'atroce camp de concentration où il avait vécu des jours d'enfer rapetissa jusqu'à ressembler à un jouet. Les montagnes noires s'aplanirent, la plaine neigeuse s'étendait dans toutes les directions. Michel s'enfonça dans la nuée grise au-dessus de lui. Des rafales violentes et des éclairs éblouissants l'étourdirent. Il ne distinguait plus rien et se serait perdu si l'Ange ne lui avait pas tenu la main. De grise, la nuée devint blanche. Le soleil apparut... Ce n'était pas le soleil, c'était un long rectangle allongé qui noyait l'univers dans une luminosité un peu glauque... Une rampe luminescente... Au milieu d'un plafond pâle... La main qui lui serrait le poignet continuait de le secouer. L'Ange continuait de l'appeler par son nom : *Michel... Michel...* L'Ange avait pris les traits de Nathalie... Nathalie qui continuait de le secouer... Nathalie qui lui essuyait le visage avec une débarbouillette humide en l'implorant de se réveiller. Son visage n'était plus un masque d'or fluide, il était blême d'angoisse. Elle avait perdu ses ailes et avait repris son costume

pastel de barbie… Non ! Pas de barbie… *D'infirmière*… Nathalie portait son costume d'infirmière.
Ses vêtements de travail.

—Michel ! Réveille-toi !

Michel, les yeux ouverts, reprenait lourdement
conscience. Il aurait voulu dire quelque chose, mais
son esprit visqueux refusait d'obéir à sa volonté.
Malgré la fraîcheur de l'eau sur son visage, il avait
l'impression qu'il allait retomber dans le cauchemar
du camp nazi. Car ce qui l'entourait était encore
terriblement flou et irréel.

Nathalie lui essuya de nouveau le visage, et
chaque fois cela le soulageait et lui faisait mal à la
fois.

—Michel, ça va ? Tu es réveillé, maintenant ?
Tu me reconnais ?

Michel posa sa main sur celle de Nathalie. Il
réussit à croasser :

—Oui.

—Qu'est-ce qui t'est arrivé, Michel ? Seigneur,
qui est-ce qui t'a battu comme ça ?

Michel tourna la tête. Doucement. Doucement.
Des centaines d'aiguilles s'enfoncèrent dans son
cou. Il eut l'impression que chacun de ses globes
oculaires allait éclater sous la pression. Il reconnut
la chambre d'hôpital, sentit les draps sur son corps,
l'oreiller sous sa tête. Bien sûr… Bien sûr… L'autre
endroit, le camp nazi, la fonderie des âmes, Caligo
et les autres, tout cela n'avait été qu'un cauchemar.
Un cauchemar stupéfiant de clarté, mais un cauchemar tout de même… Il n'avait jamais quitté sa
chambre du Centre hospitalier Saint-Pacôme.

Mais…

Mais alors…

Mais alors, Nathalie… Sa présence lui parut soudain si incongrue qu'il se demanda s'il ne rêvait pas encore. Il releva un peu la tête, ignorant la douleur et la nausée qui lui chavirait l'estomac. Il serra plus fort la main de sa femme.

—Nathalie…

—Oui ! Oui, c'est moi, Michel. Tu me reconnais enfin… Seigneur, réponds-moi, qu'est-ce qui t'est arrivé ? Es-tu tombé ? T'es-tu fait battre par un autre patient ?

—Qu'est-ce que… (Michel reprit son souffle, le cœur au bord des lèvres.) Qu'est-ce que tu fais *ici* ?

—Je fais du remplacement, expliqua Nathalie, les joues livides. Je me suis arrangée pour faire du remplacement.

—Du remplacement ? Ici ? Sans me prévenir ? Es-tu devenue folle ?

— *C'était ça, la surprise!* Je voulais te faire une surprise pour ta fête, Michel ! Je ne voulais pas te nuire… Je ne l'aurais dit à personne, ce que tu faisais ici. Je voulais juste te faire une surprise…

Michel, proprement abasourdi, contemplait Nathalie qui riait et pleurait en même temps. Il ne l'avait jamais vu faire une crise d'hystérie semblable.

—Nathalie ! Nathalie, calme-toi. Quel jour on est ? Quelle heure est-il ?

—On est le 24… Je devais venir demain, pour ton anniversaire… On m'a appelée plus tôt que prévu… Je remplace une infirmière qui est malade.

Ainsi, l'interminable et horrible cauchemar de sa capture par les nazis ne correspondait qu'à une journée dans le monde réel. Michel se rappelait avec une clarté phénoménale l'attaque de l'Alliance contre leur camp, les heures et les jours pendant lesquels il avait marché dans la gadoue, il respirait encore l'odeur de l'huile diesel... Il se secoua. Lentement, trop lentement, son esprit se mettait à fonctionner d'une manière normale – son esprit seulement, car ses membres étaient toujours aussi faibles, son corps toujours perclus de courbatures. Mais ce n'était pas le plus grave. Le plus grave, c'était l'angoisse qui lui comprimait la poitrine, qui s'amplifiait en panique en même temps qu'il mesurait toutes les conséquences de la présence de Nathalie.

— Quelle heure est-il ? Quelle garde fais-tu ?

— C'est la garde de soir. Il est cinq heures... Ah ! Michel, si j'avais su dans quel état tu étais, je serais venu te voir tout de suite...

— Nathalie, tais-toi et écoute-moi ! Il faut que tu quittes l'hôpital tout de suite !

— Quoi ? Je ne peux pas te laisser ici !

— Ne parle pas si fort ! J'ai découvert un des trafiquants.

Nathalie appuya ses poings crispés sur ses joues.

— C'est lui qui t'a battu comme ça ?

— Oui ! Il s'appelle Gilles Baribeau. Il m'a drogué, aussi. Je ne sais pas avec quelle cochonnerie...

— Seigneur, seigneur...

— Tu comprends, maintenant ? On est tous les deux en danger. Sors tout de suite ! Va directement à la police.

Elle hocha la tête désespérément en lui caressant le visage.

— Je ne peux pas te laisser. Tu ne t'es pas vu. Ils t'ont tellement magané.

Michel suffoqua d'exaspération devant l'obstination de Nathalie, sans qu'il puisse retenir aussi des larmes de tendresse. Il allait la supplier de lui obéir lorsque la porte de la chambre s'ouvrit. C'était Gilles.

L'infirmier s'immobilisa, la moustache frémissante, ses yeux rougis fusillant tour à tour sa collègue et son patient.

—Woah! Qu'est-ce qui se passe?

Nicole essuya ses larmes, bredouillant.

—Le patient… Le patient était en train…

Les paroles de Nicole moururent sur ses lèvres. Le regard de Gilles ne cessait d'aller et de venir entre Nicole qui pleurait, une serviette humide à la main, et son patient inexplicablement réveillé. L'estomac contracté de terreur, Michel vit l'infirmier refermer la porte derrière lui et s'approcher de Nathalie, agressif.

—Pourquoi tu pleures? T'es qui, toi? Je te connais pas!

—J'ai entendu le patient crier… Je voulais juste…

—Touche-la pas!

Avec un effort inhumain, Michel écarta ses couvertures pour se lever. Gilles le repoussa brutalement au creux de son lit.

—Reste couché, toi!

Nathalie s'élança sur Gilles, folle de rage. Ses petites mains nerveuses l'empoignèrent au col de sa combinaison. Pris par surprise, le grand infirmier recula, buta contre la table de chevet et faillit s'écrouler par terre. Mais Nathalie n'était tout simplement pas de taille. Sous le regard horrifié de Michel, Gilles empoigna brutalement sa femme par les cheveux et lui balança un coup de poing sur le côté du visage. Nathalie émit un cri bref comme un sanglot et plia les genoux.

—T'es une flic, toi aussi, hein? Une crisse de femme flic?

Gilles frappa encore. Nathalie s'écroula sur le plancher de la chambre comme un pantin disloqué.

— *Au secours !* hurla Michel.

— Ta gueule !

Les mains de Gilles se refermèrent autour de son cou. Michel frappa le visage déformé par la haine à quelques centimètres devant le sien. Ses coups étaient faibles comme ceux d'un enfant. Des doigts durs comme des gougeons d'acier lui écrasaient le larynx. Un voile rouge descendit devant ses yeux.

La porte s'ouvrit à la volée, révélant Martine, l'infirmière en chef.

— Qu'est-ce qui se passe ?

La prise autour du cou de Michel se desserra.

— Ferron est encore en train de capoter ! Je l'ai arrêté juste à temps ! Il était en train de tuer la remplaçante !

— Maudite marde ! Veux-tu ben me dire ce qui lui prend à lui ?

— Appelle une ambulance, je vais le tenir pendant ce temps-là.

— Je t'envoie Serge ?

— Ça va aller. T'as juste à m'apporter une dose de Largactyl. Ferme la porte.

À demi sonné, Michel voulut protester, mais sa gorge en feu ne laissa filtrer qu'un gémissement aigu. Les murs pastel dansèrent la sarabande autour de lui. Il s'aperçut qu'il était de nouveau seul avec Gilles.

— Je vais te le régler, ton compte, souffla ce dernier.

Michel vit du coin de l'œil la seringue de narcotique que Gilles avait sur lui. C'est à peine s'il sentit la douleur de la piqûre. Son esprit battait au vent, tournait et grinçait comme une éolienne mangée par la rouille. Solitaire dans la tourmente, un dernier cristal de lucidité vibrait, douloureux. Martine allait revenir, elle aussi avec une dose de tranquillisant. Gilles ne lui dirait pas qu'il avait déjà injecté une dose massive à son patient. Michel comprit qu'il allait mourir et que personne, même pas Yves Saint-Pierre, ne pourrait prouver qu'il s'était agi d'un assassinat. Et Nathalie… Qu'allait-il arriver de Nathalie?…

Michel retomba à travers les nuées sombres zébrées d'éclairs, tournant sur lui-même, assourdi par le vent de la chute dans ses oreilles. L'Ange du Royaume d'Or, comme l'Ambassadeur du Royaume d'Argent avant lui, l'avait laissé tomber… Les nuées s'écartèrent. Un panorama détestable s'étendit sous ses yeux, le Bunker Ultime et l'horizon déchiqueté des montagnes noires.

Michel termina sa chute en s'empalant sur le mât de la tour de radio du camp de concentration. Il attendit de mourir, résigné comme un papillon épinglé dans la vitrine d'un insectarium.

Mais la mort se fit attendre. Sous les yeux de Michel, le camp de concentration était en pleine ébullition. Stimulés par l'apparition de l'Ange du Royaume d'Or, les Amis de la forêt s'étaient révoltés. Les hordes grises et dépenaillées de prisonniers s'étaient élancées à l'assaut de leurs tortionnaires.

Juste sous les pieds de Michel, juché sur un mirador, le *Sturmbannführer* Schwartz pointait une lourde mitrailleuse sur les émeutiers. Bonhomme-au-fouet apparut à son tour dans le mirador et sauta sur l'officier nazi.

Des chocs contre son lit ramenèrent Michel dans une autre réalité, où il aperçut Anthony et Gilles luttant au milieu de sa chambre. Il entendit le hurlement d'Annette, la préposée, et le rire sauvage de Jean-Robert, qui hurlait « Ouaaais ! Ouaaais ! », des cris de guerre extatiques et féroces identiques à ceux de Cochon qui arrosait au lance-flammes les gardes nazis et les barbies.

Michel sentit vibrer la tour de radio. Autoverte et Q2D4 avaient découpé la base de la tour. Michel bascula sur le sol, mais sans se faire mal, car il fut rattrapé par ses deux compagnons qui le transportèrent à l'écart des combats, tout comme Joanne et Monsieur Landreville qui le sortaient de la chambre.

— Nathalie, réussit à murmurer Michel.

Autoverte le rassura. Derrière eux, Pieuvre et Demiflute transportaient le corps inerte de l'Ange.

Au milieu du couloir et au milieu du camp les attendaient Kevin et Caligo. L'oscillation entre les deux réalités s'était accélérée au rythme d'un battement de cœur, le cœur lourd de celui qui dort d'un sommeil profond. Kevin/Caligo leva la main, une lueur d'autorité tranquille dans son regard noir. Il s'était débarrassé de son *Störsender*, et cela dans les deux réalités.

— Bonhomme-au-fouet, au rapport !

Anthony/Bonhomme-au-fouet apparut dans le couloir/au milieu du camp. Il salua Kevin/Caligo, sa grosse main immobilisée contre son arcade sourcilière contusionnée/contre son capuchon rouge à la fourrure souillée de boue.

— À vos ordres, chef !

— Le *Strurmbahnfürher* est-il hors d'état de nuire ?

— Oui, chef !

Martine et Annette/deux barbies approchèrent en ordonnant aux patients/prisonniers de retourner à leurs chambres/de réintégrer leurs baraquements. Elles avaient sonné l'alarme. Des infirmiers montaient des étages inférieurs pour leur prêter main-forte/des *Kampfroboter* étaient en marche pour mater la révolte.

À ce moment, l'Ange du Royaume d'Or reprit conscience.

Nathalie regarda autour d'elle. Un filet de sang lui coulait du nez. Elle aperçut Michel, maintenant assis sur le plancher, adossé au mur du couloir. Elle se libéra des patients qui la soutenaient et accourut auprès de son mari, qu'elle serra en sanglotant de soulagement, sous le regard attentif des autres patients et celui, ébahi, de Martine, d'Annette et de Serge, qui ne comprenaient plus rien à ce qui se passait.

Nabil, suivi par des préposés venus des autres étages, accourait maintenant, ordonnant à tous les patients de retourner dans leurs chambres. Mais Michel avait de nouveau sombré dans les eaux translucides du rêve. Allongé au milieu du camp de concentration, sous les volutes de fumée grasse qui montaient du bunker en flammes, toujours empalé sur un tronçon de mât, il souriait, blotti contre le sein doux de l'Ange. Il savait que, d'une certaine manière, lui et les Amis de la forêt avaient porté un coup fatal aux nazis. Ils n'avaient sans doute pas gagné pour toujours, mais ils pouvaient être fiers de cette victoire contre le *Sturmbannfürher* Schwartz et son trafic de seringues.

Il sentit qu'on le soulevait. L'Ange le ramenait au Royaume d'Or, cette fois-ci pour de bon.

Max eut un dernier regard vers Caligo. Ce dernier achevait la métamorphose entamée pendant la révolte. Sa peau de nymphe creva, libérant son corps de papillon adulte. Autour de lui, tous les Amis de la forêt assistaient à sa transformation. Le nouveau Caligo leur sourit, humide et frémissant. Ses ailes chiffonnées se déployèrent avec une majestueuse lenteur.

« T'envoles-tu avec nous ? » demanda Max.

Caligo sourit.

« Mes ailes ne sont pas encore assez solides. Bientôt. »

Max s'envola, sous les salutations joyeuses de ses compagnons qu'il ne reverrait sans doute plus jamais.

« Ouaaais ! Vive Maaax ! » hurla Cochon, une mitraillette dans chaque main, arrosant de mitraille le ciel et les miradors en flammes.

« Vive Max ! » répondirent en chœur les Amis de la forêt.

« Vive Macf… » murmura Demiflute.

L'Ange sourit à Max, une larme d'or roulant sur sa joue. Puis ils poursuivirent leur ascension pour disparaître par une trouée dans les nuages.

# CHAPITRE 29

Au dernier étage du Centre hospitalier Saint-Pacôme, entièrement réservé à l'administration, Michel Ferron se leva lorsque la secrétaire le prévint que le directeur était prêt à le rencontrer. Yves Saint-Pierre, vêtu de son sempiternel complet noir, ne se leva pas lorsque Michel pénétra dans son bureau. Un sourire de pure formalité flotta sur son visage. Les deux hommes ne se serrèrent pas la main, ce qui faisait parfaitement l'affaire de Michel. Il s'était fait une entorse au poignet dans sa lutte contre Gilles Baribeau et son comparse, un infirmier du sixième étage nommé Rougerie.

Le directeur fit signe à Michel de s'asseoir. Il eut tout de même la cordialité de lui demander s'il désirait un café.

— Non. Je vous remercie.

— Comment va votre femme ?

— C'est une fille solide. Elle m'a pardonné. Je ne suis pas sûr que moi, je vais me pardonner aussi facilement. Et le docteur Leduc ?

— Il est de retour chez lui, mais je n'ai aucune idée quand il pourra revenir au travail. On m'a parlé de plusieurs mois d'arrêt. Tout bien considéré, c'est lui qui a souffert le plus dans toute cette histoire.

Michel hocha doucement la tête. Il n'avait pas le cœur compatissant cet après-midi. Saint-Pierre sortit une enveloppe de sa poche, la déposa avec un geste un peu sec sur son bureau. Michel prit l'enveloppe et l'ouvrit. Elle ne contenait qu'un chèque. Michel prit connaissance du montant.

— Je vois, dit-il en gardant un ton neutre.

— C'est le montant convenu, dit Saint-Pierre froidement.

— J'ai été battu et drogué à répétition. Je crois avoir demandé une compensation raisonnable.

— Une compensation *raisonnable* ?

C'était la première fois que Michel entendait le directeur élever la voix.

— Votre enquête a été un échec presque total. Non seulement vous vous êtes fait repérer, mais vous n'avez aucune preuve.

— Gilles Baribeau a quand même démissionné.

— Ah ! Avec pleine compensation. Depuis ce temps-là, je dois m'occuper des médias et des syndicats, sans oublier un étage complètement sens dessus dessous, avec un médecin en congé de maladie pour envenimer notre pénurie chronique. Rougerie est toujours là – s'il s'agit bien de son complice, je n'ai que votre parole. Il va se méfier maintenant.

— Ça n'a pas tourné comme prévu. J'en suis désolé.

— Je croyais avoir affaire à un professionnel.

Michel avala la pilule. Il était au moins assez professionnel pour ça. Il glissa le chèque dans sa poche et se leva.

— Au revoir, monsieur Saint-Pierre.

— Au revoir, monsieur Ferron.

Michel sortit du bureau, salua poliment la secrétaire du directeur. Le vieil ascenseur vert et beige le descendit poussivement au rez-de-chaussée. Il traversa le hall rénové et, au moment où il allait sortir, une jeune femme qui attendait près d'une des portes vitrée lui fit un sourire hésitant.

—Michel ? Ça va ?

Ce dernier la regarda de nouveau. Avec sa robe d'été, ses souliers à talons hauts, et une touche de maquillage, Sylviane était méconnaissable.

—Eh bien, eh bien… dit simplement Michel, pris au dépourvu.

La jeune femme tendit la main avec raideur vers deux valises appuyées contre une des colonnes d'aluminium.

—Ma mère vient me chercher. Elle va aussi amener ma fille.

—C'est merveilleux, Sylviane. Je suis heureux pour toi. Tu vas pouvoir remettre tes projets en marche.

Son regard très bleu se détourna, un peu embarrassé.

—Oui, oui… Mes projets…

—Est-ce que tout le monde allait bien au cinquième ?

—Oui. Tout le monde allait bien. Jean-Robert est un peu plus calme. Pas beaucoup, mais un peu. Il va peut-être sortir bientôt, lui aussi. Tu sais, je pense que c'est grâce à toi si tout le monde va mieux.

Michel éclata d'un rire un peu triste.

—Ça m'étonnerait beaucoup !

—Tu sais que même Kevin parle, maintenant ?

—Non, je ne savais pas. C'est merveilleux, ça aussi.

Des émotions contradictoires agitèrent le visage jusque-là parfaitement serein de Sylviane.

— Maintenant, faut que tu y ailles, je suppose ?

— Eh oui ! Mon travail est fini.

— On reste des amis, nous deux, hein Michel ?

— Si tu veux, Sylviane. Mais je ne suis pas sûr qu'on va avoir souvent l'occasion de se revoir.

— Je comprends… Je comprends…

— Au revoir, Sylviane. Prends soin de toi.

— Toi aussi !

Elle serra gauchement la main de Michel puis, avec sa démarche raide de pantin, retourna attendre à côté de ses valises, le dos tourné.

Dehors il faisait chaud. L'intérieur de la fourgonnette stationnée au soleil était brûlant. Michel laissa la porte ouverte quelques minutes pour faire entrer un peu d'air frais. Il regarda vers le Centre hospitalier Saint-Pacôme, dressé de toute sa hauteur sur la colline. L'immeuble lui paraissait moins grand, moins menaçant que la première fois.

Sur son téléphone portable, il appela à la maison. Nathalie répondit. Sa femme avait pris trois semaines de congé sans solde. Ils avaient décrété tous les deux qu'ils le méritaient.

— Saint-Pierre s'en est tenu au contrat, expliqua Michel.

— Je te l'avais dit, lui répondit-elle sur un ton narquois.

— Tu avais raison.

— J'ai toujours raison, tu le sais. Es-tu encore à Shawinigan ?

— Oui. Je pars maintenant.

Michel ferma la communication. Dehors, il aperçut un groupe de patients marchant dans le parc, surveillés par des membres du personnel. Michel tenta de voir s'il s'agissait de gens du cinquième étage. Ils étaient éloignés et les feuilles des arbres masquaient la vue. Un des patients se mit à glapir joyeusement, un cri qui aurait pu être «De la bière! De la bière!». Un rire de crécelle se réverbéra autour de la baie.

Michel aperçut, un peu à l'écart du groupe principal, un jeune homme grand et mince comme un roseau. Kevin marchait sous la surveillance rapprochée de Nicole Sansfaçon, la jeune infirmière aux épais cheveux châtains. Elle travaillait le jour, maintenant. Michel ne saurait sans doute jamais à quel point celle-ci était au courant au sujet du trafic de Gilles. Tout ce qu'il savait, c'était qu'elle semblait avoir quitté son amant.

Kevin se livra soudain à une curieuse activité. Il se pencha et tendit la main devant lui, un déhanchement étrange et très peu naturel. Michel comprit et sourit. Le jeune autiste – devait-il encore le qualifier ainsi ? – le jeune homme, plutôt, pointait le doigt vers un papillon qui voletait dans l'air tiède du parc, telle une feuille qui aurait pris vie. Ce qu'il avait tout d'abord cru un geste absurde se révélait avoir un sens.

Michel monta dans sa fourgonnette, la mit en marche. Il traversa Shawinigan, rejoignit l'autoroute 55, puis fila vers la 40. C'était une heure creuse et chaude de l'après-midi. Michel se relaxa. Il ferma la radio. Aux sottises des animateurs, aux rocks tonitruants, il préférait le ronron doux des pneus sur la route, le souffle de la ventilation.

Il lui fut difficile de ne pas songer à ce qui s'était passé au cinquième étage. Il en avait un peu discuté avec Nathalie – une fois qu'ils furent remis de leurs émotions –, mais il avait été incapable de trop s'étendre sur le rêve de Kevin. Voilà comment il avait appelé l'étrange expérience onirique qu'il avait faite sous l'effet de la drogue. Le rêve de Kevin. Un rêve… Ou une hallucination collective… Ni un ni l'autre n'expliquaient leur libération inattendue des mains de Gilles Baribeau.

Sous le ciel bleu piqueté de nuages, l'autoroute filait tout droit, tranchant la forêt avec une précision géométrique. Le ruban d'asphalte, étiré jusqu'à l'horizon, luisait comme une épée d'argent. Rêve ou hallucination : Michel songea avec une profonde satisfaction qu'au moins cette fois il avait été capable de discuter de son expérience. Il n'avait pas tenté de tout garder pour lui, de balayer le souvenir sous un tapis, comme sa puérile décision de cacher son passé de policier – comme si Nathalie ne savait pas déjà à quel point il était ignorant, vulnérable et humain. Seul le livre de sa mémoire conserverait toute l'expérience qu'il avait vécue au cinquième étage. Ce qui était nouveau, ce qui avait changé, c'est qu'à l'avenir Michel garderait le livre ouvert.

*1997-1999, Proulxville*

## JOËL CHAMPETIER...

... est né le 30 novembre 1957 à Lacorne (Abitibi-Témiscamingue). Il écrit depuis près de vingt ans et il a à son actif plusieurs nouvelles et romans touchant tant à la science-fiction qu'au fantastique et à la fantasy. Plusieurs prix jalonnent sa carrière. Son premier roman d'horreur, *la Mémoire du lac*, a d'ailleurs mérité le Grand Prix de la science-fiction et du fantastique québécois et le prix Aurora 1995 du meilleur roman.

# Extrait du catalogue

**ALIRE**

## « L'Autre » Littérature Québécoise !

➡ Fantastique / Horreur

### Champetier, Joël

#### 006 • *La Peau blanche*

Thierry Guillaumat, étudiant en littérature à l'UQAM, tombe éperdument amoureux de Claire, une rousse flamboyante. Or, il a toujours eu une phobie profonde des rousses. Henri Dieudonné, son colocataire haïtien, qui croit aux créatures démoniaques, craint le pire : et si " elles " étaient parmi nous ?

### Senécal, Patrick

#### 015 • *Sur le seuil*

Thomas Roy, le plus grand écrivain d'horreur du Québec, est retrouvé chez lui inconscient et mutilé. Les médecins l'interrogent, mais Roy s'enferme dans un profond silence. Le psychiatre Paul Lacasse s'occupera de ce cas qu'il considère, au départ, comme assez banal. Mais ce qu'il découvre sur l'écrivain s'avère aussi terrible que bouleversant…

➡ Fantasy

### Meynard, Yves

#### 029 • *Le Livre des Chevaliers*

### Rochon, Esther

#### 002 • *Aboli* (Les Chroniques infernales –1)

Une fois vidé, l'ancien territoire des enfers devint un désert de pénombre où les bourreaux durent se recycler. Mais c'étaient toujours eux les plus expérimentés et, bientôt, des troubles apparurent dans les nouveaux enfers...

## 007 • *Ouverture* (Les Chroniques infernales −2)

La réforme de Rel, roi des nouveaux enfers, est maintenant bien en place, et les damnés ont maintenant droit à la compassion et à une certaine forme de réhabilitation. Pourtant Rel ne se sent pas au mieux de sa forme. Son exil dans un monde inconnu, sorte de limbes accueillant de singuliers trépassés, pourra-t-il faire disparaître l'étrange mélancolie qui l'habite ?

## 014 • *Secrets* (Les Chroniques infernales −3)

Avant d'entreprendre son périlleux voyage au pays de Vrénalik, Rel, le roi des nouveaux enfers, veut partager avec son peuple les terribles événements qui ont parsemé son enfance et sa jeunesse. Les secrets qu'il révélera à la foule venue l'entendre seront pour le moins stupéfiants...

## 023 • *Or* (Les Chroniques infernales −4)

*Au-delà de la mort et du temps, il est une zone étrange, vivante et pourtant d'une infinie désolation. L'esprit vif, rompu à se mouvoir en fonction de structures, de lois naturelles et d'habitudes, y est décontenancé. Tel est l'univers des larves infernales...*

## 013 • *Le Rêveur dans la citadelle*

En ce temps-là, Vrénalik était une grande puissance maritime. Pour assurer la sécurité de sa flotte, le chef du pays, Skern Strénid, avait décidé de former un Rêveur qui, grâce à la drogue farn, serait à même de contrôler les tempêtes. Mais c'était oublier qu'un Rêveur pouvait aussi se révolter...

## 022 • *L'Archipel noir*

Quand Taïm Sutherland arrive dans l'Archipel de Vrénalik, il trouve ses habitants repliés sur eux et figés dans une déchéance hautaine. Serait-ce à cause de cette ancienne malédiction lancée par le Rêveur et sa compagne, Inalga de Bérilis ?

## KAY, GUY GAVRIEL

Le sort de la péninsule de la Palme s'est joué il y a vingt ans lorsque l'armée du prince Valentin a été défaite par la sorcellerie de Brandin, roi d'Ygrath. Depuis lors, une partie de la Palme ploie sous son joug, alors que l'autre subit celui d'Alberico de Barbadior. Mais la résistance s'organise enfin ; réussira-t-elle cependant à lever l'incroyable sortilège qui pèse sur tous les habitants de Tigane ?

Tout a commencé lorsqu'Ammar ibn Khairan a assassiné le dernier khalife d'Al-Rassan. Affaiblie et divisée, la contrée redevint alors la convoitise des royaumes jaddites du Nord et de Rodrigo Belmonte, leur plus célèbre chef de guerre. Mais un exil temporaire réunira à Ragosa les deux hommes et leur amitié – tout comme leur amour pour Jehane bet Ishak – changera à jamais la face du monde...

## SCIENCE-FICTION

### CHAMPETIER, JOËL

### PELLETIER, FRANCINE

Qu'y a-t-il au-delà du désert qui encercle la cité de Vilvèq ? Qui est ce « Voyageur » qui apporte les marchandises indispensables à la survie de la population ? Et pourquoi ne peut-on pas embarquer sur le navire de ravitaillement ? N'obtenant aucune réponse à ses questions, Nelle, une jeune fille curieuse éprise de liberté, se révolte contre le mutisme des adultes...

Apprentie mémoire, Samiva connaissait autrefois par cœur les lignées de Frée. Elle a cru qu'elle oublierait tout cela en quittant son île, dix ans plus tôt, pour devenir officier dans l'armée continentale. Mais les souvenirs de Frée la hantent toujours, surtout depuis qu'elle sait que le sort de son île repose entre ses mains...

**020 • *Issabel de Qohosaten*** (Le Sable et l'Acier –3)

Devenue la Mémoire de Frée, Samiva veut percer le mystère des origines de son peuple. Mais son enquête la mènera beaucoup plus loin qu'elle ne le croyait, jusque sur la planète dévastée des envahisseurs. Et c'est là, en compagnie de Nelle, qu'elle découvrira enfin la terrible vérité...

### SERNINE, DANIEL

**026 • *Chronoreg***

### VONARBURG, ÉLISABETH

**003 • *Les Rêves de la Mer*** (Tyranaël –1)
**004 • *Le Jeu de la Perfection*** (Tyranaël –2)
**005 • *Mon frère l'ombre*** (Tyranaël –3)
**010 • *L'Autre Rivage*** (Tyranaël –4)
**012 • *La Mer allée avec le soleil*** (Tyranaël –5)

La stupéfiante conclusion – et la résolution de toutes les énigmes – d'une des plus belles sagas de la science-fiction francophone et mondiale, celle de Tyranaël.

**017 • *Le Silence de la Cité***

À l'heure des Abominations, des scientifiques se sont repliés dans la Cité pendant qu'à l'extérieur les hordes de mutants retournaient à l'état sauvage. Dernière enfant dans la Cité, fruit des expériences génétiques de Paul, Élisa apprend à connaître ses facultés d'auto-régénération et reprend à son compte le projet des généticiens : réensemencer la race humaine, à l'extérieur de la Cité trop dorée et corruptrice, et lui transmettre ses nouveaux pouvoirs.

**027 • *Chroniques du Pays des Mères***

➡ ## THRILLER / ESPIONNAGE

### DEIGHTON, LEN

**009 • *SS-GB***

Novembre 1941. La Grande-Bretagne ayant capitulé, l'armée allemande a pris possession du pays tout entier. À Scotland Yard, le commissaire principal Archer travaille sous les ordres d'un officier SS lorsqu'il découvre, au cours d'une enquête anodine sur le meurtre d'un antiquaire, une stupéfiante machination qui pourrait bien faire basculer l'ensemble du monde libre...

## PELLETIER, JEAN-JACQUES

### 001 • *Blunt – Les Treize Derniers Jours*

Pendant neuf ans, Nicolas Strain s'est caché derrière une fausse identité pour sauver sa peau. Ses anciens employeurs viennent de le retrouver, mais comme ils sont face à un complot pouvant mener la planète vers l'enfer atomique, ils tardent à l'éliminer : Strain pourrait peut-être leur servir une dernière fois...

### 021 • *La Chair disparue*

Trois ans plus tôt, Hurt a démantelé un trafic d'organes en Thaïlande, non sans subir des représailles qui l'ont blessé jusqu'au plus profond de son être. Et voici qu'une série d'événements laisse croire qu'un réseau similaire a pris racine au Québec, là même où F, l'énigmatique directrice de l'Institut, a trouvé un refuge pour Hurt...

⇒  ## POLAR

## MALACCI, ROBERT

### 008 • *Lames sœurs*

Un psychopathe est en liberté à Montréal. Sur ses victimes, il écrit le nom d'un des sept nains de l'histoire de Blanche-Neige. Léo Lortie, patrouilleur du poste 33, décide de tendre un piège au meurtrier en lui adressant des *messages* par le biais des petites annonces des journaux...

### 030 • *Ad nauseam*

**L'Aile du papillon**
est le trente-troisième titre publié
par Les Éditions Alire inc.

Il a été achevé d'imprimer
en octobre 1999 sur les presses de